die horen

Zeitschrift für Literatur, Kunst und Kritik

67. Jahrgang | Ausgabe **287**

Morgen ist ein anderer Tag

Neue Literatur aus Schweden

Zusammengestellt von Aase Berg & Paul Berf

Inhalt

Gemeinsam einsam

Zu diesem Band

Die Schweden sind »das einsamste Volk der Welt« genannt worden. Besucher aus der Außenwelt finden auch häufig, dass »alle Schweden Hippies sind«. Widersprüchlich vielleicht, aber das liegt daran, dass der Staatsindividualismus, wie die schwedische Mentalität bezeichnet wird, widersprüchlich *ist* – eine eigentlich ziemlich unmögliche Kombination aus großer Privatsphäre und Vertrauen in den Wohlfahrtsstaat. Und, nicht zu vergessen, einem starken Konformismus, wenn es um Lebensstil und Normen geht. Ein anderes Wort für diese eigentümliche Gemütslage ist Pippiparadox, womit gemeint ist, dass die Schweden eine Truppe sind, die sich zusammensetzt aus der freien, selbständigen und tatsächlich auch ziemlich rücksichtslosen Pippi Langstrumpf und den braven und gehemmten Tommy und Annika. Schweden ist ein Kollektiv voller sozial inkompetenter, schüchterner Einzelgänger, gewöhnt an viel Raum in einem dünnbesiedelten Waldland, das nur zwei Generationen von der Bauerngesellschaft entfernt und noch immer nahezu besessen ist von der Natur.

Das Problem ist nur, dass der schwedische Wohlfahrtsstaat, also der Gedanke, einander auf steuerfinanzierter Basis zu helfen, statt durch den guten Willen der Familie, seit langem auf dem absteigenden Ast ist. Im Auge dieses Sturms steht die wachsende Mittelschicht, deren Vertreter sich wiederum in Hipster und Kleinbürger unterteilen lassen, wobei sie häufig eine Mischung aus beidem sind. Sie widmen sich in erster Linie der Angst vor dem Klimawandel, ökologischer Naturbegeisterung, Aktivitäten in freier Natur, nostalgischen Gefühlen gegenüber vorindustriellen Produktionsweisen und, in Hardcore-Fällen, einem Dasein als Prepper vor Katastrophen, Abenteuern in der Wildnis, der Elchjagd und einem primitiven Lebensstil in altertümlich idyllischen Hütten und Höfen. Dies führt natürlich auch zu diversen Konflikten zwischen den Einwohnern der Städte und den allradangetriebenen Landeiern, die wirklich im Wald leben und lieber Dieselmonster fahren als Elektroautos und gerne pittoreske, aber äußerst unpraktische Schotterpisten asphaltieren und furchtbar hässliche, dreifach verglaste Fenster in ihre schwedenroten Bullerbühäuser einbauen lassen.

Hier setzt die schwedische Gegenwartsliteratur an, bei der Frustration und Verwirrung, wenn das neue Schweden auf das verlorene trifft, und wenn der Glaube an die Zukunft angenagt wird von Migration, Pandemie, Krieg und den wachsenden Klassenunterschieden, die mit der Globalisierung und Gig Economy zusammenhängen. Fast alle schwedischen Gegenwartsautor:innen sind, unabhängig von ihrer ethnischen Herkunft, Angehörige der Mittelschicht, und die Mittelschicht hasst sich in aller Regel selbst. Und so findet eine umfassende Selbstkasteiung statt – oder sollen wir es eine Selbstprüfung nennen –, und zwar entweder in Gestalt von dunkler Melancholie oder von galgenhumoriger, hysterischer Verzweiflung.

Darüber hinaus ist die schwedische Literatur seit jeher stark in Naturprosa und Naturlyrik verankert gewesen, auch wenn diese Genres in den letzten Jahren als Klimaromane und Ökopoesie neue Namen erhalten haben. Und von der Natur führt eine thematische Linie zum Körper, der wiederum das Thema Gleichberechtigung berührt, ganz gleich, ob es nun um Geschlecht oder Ethnizität geht: Welche Körper zählen? Wer arbeitet mehr als andere und wie? Trotz der kollektivistischen Ader basiert die schwedische Gesellschaft in erster Linie auf der geglückten Kernfamilie, oder ihrer modernisierten Form, der Patchworkfamilie. Dank der noch existierenden Wohlfahrtssysteme – Kindergeld, Elterngeld, kostenlose Kinderbetreuung und so weiter – gibt es jedoch auch noch die finanziellen Möglichkeiten, auszubrechen oder neue Zusammenhänge zu bilden, wenn die Familienkonstellation sich als Irrtum erwiesen hat. Es gibt genügend Spielraum, um andere, beispielsweise sexuelle oder religiöse Identitäten zu entwickeln. Auch damit setzt sich die Literatur natürlich auseinander.

Dieser Band mit neuer schwedischer Literatur strebt allerdings nicht an, eine thematisch repräsentative Auswahl aus der schwedischen Gegenwartsliteratur zu treffen. Uns als Herausgebern ist es vielmehr darum gegangen, Autor:innen zu präsentieren, die in Deutschland entweder noch gar nicht oder bislang viel zu unbekannt sind, wobei die literarische Qualität für uns selbstverständlich ein wichtiges Auswahlkriterium gewesen ist, aber auch unser persönlicher Geschmack und nicht zuletzt: Wir haben den Zufall arbeiten lassen.

Die gleichen Gedanken haben uns auch bei der Auswahl der Kunstbeiträge geleitet. Wir haben uns für Künstler:innen entschieden, die auf einer tieferen Ebene an die Themen der Texte anknüpfen und ihnen weitere Facetten hinzufügen.

Und im Nachhinein, wenn wir sämtliche Beiträge betrachten, die in einem dichten Geflecht aus Tonfällen und Stimmen aufeinanderfolgen, stellen wir dennoch fest, dass der Zufall besser singt als die gesteuerte Ordnung, und dass die vorliegende Auswahl somit dennoch zu einer unerwartet repräsentativen Gestaltung Schwedens geworden ist.

*

Ein solcher Band kann nur durch die tatkräftige Unterstützung vieler engagierter Menschen verwirklicht werden, denen die Herausgeber an dieser Stelle ganz herzlich danken möchten. Als Erstes möchten wir uns bei allen Übersetzer:innen bedanken, die mit großer Freude, Inspiration und Genauigkeit die Texte ins Deutsche gebracht und diesen Band erst möglich gemacht haben. Des Weiteren danken wir allen Autor:innen und Künstler:innen, die uns ihre Texte und Kunstwerke zur Verfügung gestellt haben. Die Vielfalt der Stimmen und literarischen Ansätze, die wir präsentieren wollten, ist ihrer Unterstützung des Projekts zu verdanken.

Ganz herzlich möchten wir uns auch bei der Abteilung Swedish Literature Exchange beim Swedish Arts Council (Statens kulturråd), namentlich bei Maria Antas und Susanne Bergström-Larsson, für die überaus großzügige finanzielle Unterstützung bedanken.

Unser Dank gilt darüber hinaus der *horen*-Redaktion, namentlich Andreas Erb, für ihre Unterstützung und die Bereitschaft, sich auf dieses Projekt einzulassen. Schließlich möchten wir uns noch sehr herzlich bei Dr. Florian Welling bedanken, der immer ansprechbar war und uns kompetent und stets hilfsbereit zur Seite gestanden hat.

Aase Berg und Paul Berf, Stockholm und Köln im August 2022

Ida Linde

Das Zimmer der Erhängten

Lávra stand im Zimmer der Erhängten. Das fahle Licht, die schiefen Jalousien. Sie hatte die Geschichte schon so oft gehört, dass sie dachte, sie wäre es gewesen, die den Körper heruntergenommen und die Schwere der Toten in ihren Händen gespürt hatte.

Die Leute wollten das Zimmer immer loswerden, sie beschwerten sich über die vergilbte Toilette oder das kaputte Telefon. Nachts zog es kalt, und spätestens dann wollten sie erst recht tauschen. Sie sagten, das Zimmer sei zu teuer für diese Art von Kälte und spannten ihre Lippen zu einem Strich.

Das Hotel Skellet hatte 207 Zimmer und Lávra war in jedem einzelnen von ihnen gewesen. Bevor sie hineinging, kamen oft Geschäftsmänner an ihr vorbei, die eine Schnapsflasche in den Papierkorb legten. Sie benutzten nur ein Kissen und eine Bettseite, obwohl es zwei gab.

Manchmal ein feuchter Fleck auf dem Laken.

Sie kamen spätabends und am Morgen mussten sie schon wieder weiter. Sie benutzten das Handtuch und legten es danach auf den Boden, so wie es vorgesehen war. Das Saubermachen im Hotel fühlte sich an, wie über einen Körper zu streichen, der nie dagewesen war.

Die Junior-Hockeynationalmannschaft hatte zeitig ausgecheckt. Der Teppichboden war gelb und schuppig von den Käseflips, die sie ausgeschüttet und kaputtgetrampelt hatten. Sie rief bei der Rezeption an, dass es noch ein wenig dauern werde, bis die Zimmer wieder bezugsfertig seien. Begann mit den Fingern das Gröbste aufzusammeln. Unter ihren Nägeln sammelte sich Gelb, das sie nicht vergessen durfte, vor dem Servieren des Mittagessens zu entfernen. Dann fuhr sie lange mit dem Staubsauger über den Boden, aber an mehreren Stellen blieben Fettflecken zurück.

Unter einem der Betten fand sie eine Brieftasche und ein Handy. Unter einem Kissen einen Gameboy, als ob der Junge ihn bei sich zu Hause im Kinderzimmer vor seinen Eltern versteckt hätte. Sie legte die Sachen in eine Mülltüte und ging hinunter zur Rezeption, wo der Trainer gerade Formulare ausfüllte:

»Die haben das hier vergessen.«

»Entschuldigung, Sie wissen ja, wie sie sein können.«

Lávra sehnte sich nach etwas Extraordinärem. Einer exzentrischen Person, die das Zimmer in Geld ausgekleidet hinterließe, Schein für Schein vorsichtig mit Nadeln angepinnt. Oder Goldkäfige mit ausgestopften Papageien, mit ihren schimmernden Federn und harten Schnäbeln.

Dass jemand auf dem Bett säße, wenn sie hereinkam. In einem weißen Hemd, nach Shampoo duftend, ja, auch der Kragen ist von den frischgewaschenen Haaren ein wenig nass geworden, und der Gast bittet sie, sich auf das Bett zu setzen. Der Gast klopft behutsam auf den gelben Überwurf, die zärtlichste Aufforderung.

Lávra sagt, dass sie das nicht tun sollte, aber der Gast schenkt Whiskey ein.

Der Gast ist schön und berührt ihren Oberschenkel auf eine Art, dass sie sich besonders fühlt. Sie trinken, und der Geschmack von Gold wirbelt in ihrem Mund. Der Gast wiederholt ihren Namen und es entsteht eine Resonanz, die Konsequenzen für die Zukunft hat.

Oder dass der Gast sie gar nicht am Oberschenkel berührt, sondern ihre Mutter ist. Sie ist wieder da, und es ist überhaupt nicht kompliziert, sie gehen einfach zum Restaurant hinunter, wo ihnen Karim heiße Waffeln mit selbstgemachter Moltebeerenmarmelade serviert.

Karim, der jeden Abend ein paar Stunden vor den Spielautomaten saß. Poker, Jack Vegas und den Kopf voll mit Kartoffeln und Elchen. Seine vom Abwaschwasser und Dreck geröteten Hände schafften es noch, auf Knöpfe zu drücken und eine Flasche zu halten, aber nicht viel mehr.

Als Lávra aus dem Personalraum kam, dachte er an so banale Dinge wie sonnengereifte Pfirsische oder daran, als er mit vierzehn in Zypern Moped gefahren war und Tomaten gestohlen hatte. Lávra lässt Karim vergessen, dass die Messer geschliffen werden müssen, dass morgen früh eine zeitige Lieferung kommt und dass er wirklich nach Hause fahren sollte, um ein wenig zu schlafen. Er stellt sich ein Leben ohne schmerzende Hände vor. So einfach eigentlich. Auf einem Sofa liegen und eine Melodie summen, die nach und nach entsteht.

»Willst du ein Bier?«

Sie nickte.

Er holte zwei Corona aus der Küche und schnitt Limettenspalten für den Flaschenhals zurecht, um dem Ganzen ein wenig mehr Festlichkeit zu verleihen.

»Genau wie in Spanien«, sagte sie und lachte, »naja, ich war noch nie da, aber meine Schwester hat davon erzählt.«

Sie saßen ganz allein in der Hotelbar. Die Gäste benutzten ihre frisch geputzten Waschbecken und legten sich dann in ihre frisch bezogenen Betten, die Fernbedienung von Lávra genau in einer Armlänge Abstand zurechtgelegt.

Die Gäste waren auf der Durchreise und ließen Durchreisegedanken durch den Kopf ziehen. Nur Lávra und Karim waren dort, wo sie sein sollten. Stopften eine Limette nach der anderen in die Flaschen. Lávra erzählte von den Käseflips, streckte die Hände aus und zeigte, dass das Gelb nicht wegging, aber Karim begriff nicht. Stattdessen streckte er seine eigenen aus:

»Die Rotzbengel haben das Waffeleisen angelassen.«

Ein rotes Brandmal längs des Handgelenks. Geschwollen. Wie eine Vulkankante, ein Krater. Es würde dauern, bis es verheilt war, und sie hätte ihn an der Hand berühren können, traute sich aber nicht.

»Zum Glück hat es nicht angefangen zu brennen«, sagte sie nur und bat um ein letztes Bier.

Dann war es zu spät geworden. Beide mussten früh aufstehen und arbeiten. Sie hätten natürlich in einem der leeren Zimmer schlafen können, aber sie hatten ja trotz allem ihre eigenen Wohnungen, für die sie Miete zahlten. Ihre eigenen Betten und Küchentische. Wenn sie dort nie unter die Laken kriechen oder ihren Morgenkaffee trinken würden, dann wäre das Zuhause ja komplett sinnlos.

Es war eine klare Nacht, und sie schob das Fahrrad zwischen ihnen, sie liefen langsam, torkelten aber trotzdem ein wenig. Es fühlte sich beinahe wie Walpurgis an, als ob sie jederzeit auf eine Menschengruppe an einem Lagerfeuer stoßen könnten, aber das taten sie nicht. Karim war der einzige, den Lávra auf dem ganzen Nachhauseweg sah, abgesehen vom Raureif, der sich um die Birken wickelte.

Nach einer Weile hatten sie gesagt, was zu sagen war, und nur das Quietschen des Fahrrads erzeugte einen gewissen Rhythmus. Aber Worte sind auch überflüssig, wenn die Hände allein den Weg finden. Karim beugte sich über das Fahrrad und küsste sie. Dies ist das einzig Richtige, dachte sie, und eine neue Art von Glück wirbelte auf.

Lávra faltete das Toilettenpapier wie gewünscht zu einem Dreieck und achtete darauf, dass die Ecke nach innen zeigte, damit der Gast sich nicht bedroht fühlte. Steckte den Föhn in die Steckdose ein, damit der Gast sich nicht zu strecken brauchte. Trug den Lipgloss auf, den sie in Zimmer vierzehn gefunden hatte und drückte die Lippen gegen ein Zahnputzglas. Ein perfekter Abdruck, ein perfekter Vorwand, um in die Küche gehen zu dürfen und den Kopf an Karims arbeitenden Rücken zu legen.

Sie ging die Treppe hinunter und hörte lautes Scheppern aus der Küche. Sie erstarrte. Legte versehentlich ihre Hand auf eine Fotografie von Sune Jonsson, auf der ein Mädchen einer Kuh ein Foto von sich zeigt. Dann rannte sie in den Speisesaal und sah durch die Durchreiche, wie zwei Polizisten Karim an die Wand drückten:

»Wir wissen, was du getan hast!«

Der eine Polizist drückte seinen Unterarm gegen Karims Hals, sodass er kaum Luft bekam.

»Hast du nichts zu sagen?«

Aus Karims Mund kam ein gurgelnder Laut, und der Polizist ließ ihn los, er rutschte an der Wand hinunter und musste mehrmals husten. Er blieb mit dem Kopf zwischen den Beinen sitzen, um Luft zu holen, während der Polizist weitermachte:

»Glaubst du, wir hätten solche wie dich nicht auf dem Schirm?«

»Ihr habt nichts gegen mich in der Hand, leichte Körperverletzung vor zehn Jahren.«

»Wer weiß, womit du seitdem alles durchgekommen bist?«

»Ihr habt sie doch nicht mehr alle!«

»Wir haben ja auch keine unschuldigen Menschen umgebracht.«

»Ich auch nicht!«

»Wo warst du am Donnerstag?«

»Er war bei mir.«

Die Polizisten drehten sich um und schauten Lávra an. Ihre Wangen glühten, und sie suchte Karims Blick, aber der drehte sich weg. Sie schaute auf den Messerblock, auf die Tellerstapel. Auf Karims Vorbereitungen für das Abendessen. Gemüse, Kartoffeln, Aufschnitt. Ein Kalender mit Bildern von Kebnekaise hing schief an der Wand.

Der eine Polizist machte einen Schritt auf sie zu:

»Du musst ihn nicht decken, Schätzchen.«

»Er war bei mir«, sagte sie nochmal, und der Polizist schaute sie enttäuscht an. Er kam immer näher, bis sie schließlich rückwärts aus der Küche gehen musste. Spürte, wie die Schwingtüren von ihren Schulterblättern aufgestoßen wurden, wie von plattgedrückten Flügeln. Fragte sich, was mit Karim passieren würde, der nun allein mit dem anderen Polizisten und dessen lüsternen Augen war. Der Polizist ihr gegenüber zeigte auf einen Stuhl, auf dem sie in einer hellgrünen Verliebtheit gesessen und Corona mit kleinen Limettenspalten getrunken hatte. Sie setzte sich und er sagte mit einer Stimme, die wohl väterlich klingen sollte:

»Jetzt kann er dich nicht mehr hören, also raus mit der Sprache, was ihr Donnerstag gemacht habt.«

»Was ist denn am Donnerstag passiert?«

»Drei Menschen wurden mit einem Gewehr erschossen und jetzt frage ich dich ein letztes Mal, was habt ihr gemacht?«

»Wir waren in Storuman.«

Der Knoten im Bauch zog sich enger. Sie wünschte, der Polizist würde sie in Ruhe lassen, damit sie zur Toilette gehen konnte. Beugte sich vornüber, damit der Krampf sich löste, aber es wurde nicht besser. Der Polizist schien zu glauben, sie würde ihm etwas im Vertrauen sagen wollen, aber sie schwieg beharrlich, und dann richtete er sich auf und ging zurück in die Küche.

Lávra eilte gekrümmt die Treppe hoch und lief in das Zimmer der Erhängten. Im Spiegel erkannte sie ihr eigenes Gesicht nicht wieder. Es war nicht einfach mit all den Knöpfen, aber schließlich gelang es ihr, Arbeitsuniform, Strumphose, Unterhose auszuziehen und sich auf die Toilette zu setzen. Rot, klumpig und warm. Stellte sich in die Dusche und ließ das Blut herunterlaufen, ließ es sich mit dem Wasser vermengen und ein fast durchsichtiges und hellrosa Meer um ihre Füße bilden. Sie wünschte, Karim würden kommen und anklopfen, aber der hatte seine eigenen Sorgen. Alle hatten ihre eigenen Sorgen, und die Einsamkeit war eine Fruchtblase zwischen dir und der Welt.

Karim filetierte Fisch. Neben dem Herd lag Dill. Wie immer war er allein in der Küche. Im Radio lief dieses Lied, das sich im Gehirn festsetzte. Wie man fünfhundert Meilen läuft und dann noch einmal fünfhundert, um derjenige zu sein, der tausend Meilen gelaufen war, um vor der Tür der Geliebten zusammenzubrechen.

»Wie geht's?«

Lávra hörte, dass ihre Stimme sie im Stich ließ, wie ein neugeborenes Kalb, noch ganz unsicher und wackelig.

»Schon ok.«

Sie kam näher, aber er machte keine Anstalten, sie zu berühren. Sie schaute wieder auf den Messerblock, auf die Tellerstapel. Das Gemüse, die Kartoffeln und den Aufschnitt. Der Kalender mit den Bildern von Kebnekaise zeigte noch immer den vergangenen Dezember. Vielleicht hatten sie keinen für das neue Jahr bekommen, vielleicht wurde keiner gebraucht, das war ihre ewige Wiederholung.

»Die kommen nicht zurück«, sagte sie.

»Die kommen immer zurück«, erwiderte er.

Gast, gäst, guessi. Sie berührte die Kulturbeutel und Döschen mit klinischen Händen. Hob die Sachen vom Boden auf und legte sie zusammengefaltet über den Sessel, damit die Gäste dachten, sie hätten das Zimmer so verlassen. Sie tauschte Gläser und Handtücher aus und legte kleine Bonbons aus der Region auf die Kopfkissen.

Wenn es zwischen den Sachen ein Kind gab, bemühte sie sich stattdessen, sichtbar zu sein. Legte die Kuscheltiere in eine Reihe und die Fernbedienung zwischen die Tatzen des Bären. Strich mit den Händen über die winzigen Dinge und kratzte mit dem Nagel einen Eisfleck ab. Einmal ging sie so weit, dass sie einen kleinen Brief schrieb und diesen in die Tasche einer auffallend hübschen Porzellanpuppe steckte. Gut vor den wachsamen Augen der Eltern verborgen, legte sie noch ein Bonbon unter das Kissen, und jedes Mal wurde ihr bewusst, dass sie nach Hause fahren musste.

Karim fuhr sie nach Storuman. Er hatte als Geschenk einen Elch dabei, den er erlegt hatte. Lávra machte das Radio an, nur um es gleich wieder auszuschalten. Die Müdigkeit hatte sich als zwei Striche auf ihre Wangen gelegt und Karim dachte, dass es nicht seine Schuld war, dass die Welt war, wie sie war, aber trotzdem wurde er auf der Autobahn von einer pochenden Schuld eingeholt.

Die Fahrt dauerte nicht einmal anderthalb Stunden. Sie dachten beide daran, einfach weiterzufahren. Nach ein paar Stunden könnten sie in Norwegen sein, sie hätten genauso gut dort leben und vielleicht mehr Geld verdienen können, aber keiner von ihnen sagte etwas, weil sie beide wussten, dass sie es nicht tun würden.

Als sie ankamen, nahm Lávra Karims Hand und drückte sie, bevor sie die Tür öffnete. Ein enger Flur präsentierte seine gestreiften Tapeten, die sich oben an der Decke lösten. Sie schälten sich aus ihren Winterjacken und hängten sie neben einer einsamen, verschlissenen Jeansjacke auf. In der Küche lief das Radio.

»Vater«, sagte Lávra.

Karim hielt das Elchfleisch im Arm.

Primo setzte Kaffee auf, ohne sie richtig anzusehen.

»Tiefkühlzimtschnecken müssen reichen«, murrte er.

»Klar«, sagte Karim und setzte sich auf einen Küchenstuhl, »hier ein wenig Elch«, fügte er hinzu und ließ das Plastikpaket auf den Tisch fallen. Ohne eine Miene zu verziehen, legte Primo es stattdessen auf die Spüle und servierte die Zimtschnecken, die in der Mitte noch eisverklumpt waren.

»Wie Eisherzchen«, flüsterte Lávra.

»Du bist also Karim«, sagte Primo und zündete sich eine Zigarette an.

Eine Maklerfirma war sein Traum gewesen. Eine, die dafür sorgte, dass die Leute für ihre Traumhäuser in den Norden zogen. Hier kosteten die Buden fast nichts im Vergleich zu Stockholm. In Karims Lieblingshaus gab es links im

Erdgeschoss ein Klassenzimmer, das man zu allem möglichen umbauen könnte, und rechts einen alten Kirchenraum, die kleinen bemalten Fenster noch intakt.

Das wär's, bei nächtlichen Zweifeln runtergehen und durch Gottes Fenster rausschauen zu können.

Er hatte sich einen neuen Computer gekauft und Visitenkarten drucken lassen, ein Buchführungsprogramm installiert und einen Kredit aufgenommen. Aber es wollte niemand in den Norden ziehen. Also hatte er stattdessen angefangen, Internetpoker zu spielen und sich die Hände mit Schulden gefesselt, bis Lávra kam. Er dachte daran, mit der kalten Zimtschnecke im Mund und dem kalten Elchfleisch auf der Spüle, dass er Lávra noch nichts von den Schulden erzählt hatte, weil er für sie das Gefühl einer Chance sein wollte.

»Ja, ich bin Karim.«

Sie fuhren zurück und schliefen in einem der Hotelzimmer miteinander, und Lávra dachte, dass Karim der Gast war, während Karim dachte, dass sie Lávra war. Als er sie danach an sich ziehen wollte, drehte sie ihr Gesicht weg. Lag mit dem Rücken zu ihm und starrte ausdruckslos in das Zimmer, denn der Fremde durfte nicht nach dem Essen riechen, das sie serviert hatte. Sie wartete darauf, dass Karim eingeschlafen war, damit sie sich in Ruhe umdrehen und das Herz unter der Last der Geschichte zerbrechen lassen konnte.

Er atmete nun tief und merkte nicht, wie sie ihren Kopf auf seine Brust legte. Sie lagen in dem Bett, das sie vor ein paar Stunden neu bezogen hatte. Sie und Karim könnten ein Paar sein, das gerade eingecheckt hatte, so müde von der Reise, dass sie es nicht mehr schafften, ihre Sachen auszupacken. Dass sie keine kleinen Döschen mit Handcreme und Glasfläschchen mit Parfüm hinstellten, und falls ihre Sachen in der Tasche blieben und zerknitterten, gab es ja ein Bügeleisen, das bereits eingesteckt war.

Die Zeit war schuld, dachte Lávra am nächsten Morgen, dass das Gefühl von Ungerechtigkeit immer stärker wurde. Sie ging die Flure entlang und dachte an die anderen. An ihre Schwester, die Lehrerin in Härnösand geworden war und einen Lehrer geheiratet hatte, deren Kinder nun zur Schule gingen und von anderen Lehrerinnen und Lehrern unterrichtet wurden. Dass ihre Schwester Primo nach Teneriffa mitgenommen hatte, aber nachher erzählte, dass es ihr in Spanien ein wenig zu viel geworden war, so viel, dass sie seitdem nicht mehr nach Storuman gefahren war.

»Als wäre es mit Primo nicht schon immer zu viel gewesen«, murmelte Lávra in der Wäschekammer. Mit schweren Schritten, die Zunge am Gaumen klebend, schleppte sich sich zum Bett im Zimmer der Erhängten und spürte, wie sich die Ungerechtigkeit in ein Messer verwandelt hatte, das in ihrer Menschenliebe herumstocherte. Sie machte an diesem Tag nicht alles sauber, was niemand bemerkte, sie machte die ganze Woche nicht sauber.

Nach Feierabend gingen sie ins O'Learys und schauten City gegen United. Sie tranken mehr Bier, als Fußball zu schauen, der nur ein Vorwand war, um sich zu betrinken. Sie schrien die Linienrichter an, die ihren Job nicht ordentlich machten, sie schrien den Schiedsrichter an, der anscheinend eine Brille brauchte, und sie schrien den Trainer an, der lausig einwechselte.

Sie schrien sich nicht gegenseitig an.

Als Kinder hatten sie beide gespielt, aber jetzt fühlten sich diese Körper mit Muskeln und Tätowierungen genauso weit weg an wie das Geld, das sie trennte. Man konnte sich dem Fußball nicht verbunden fühlen, wenn die Spieler nichts mehr mit dem eigenen Leben zu tun hatten.

Als das Spiel vorbei war, gingen sie zu Frasses. Lávra trank einen Schokomilchshake und Karim aß Pommes. Sie fielen ihm immer aus der Hand und jedes Mal, wenn er mit den leeren Fingern zum Mund kam, schaute er verwirrt. Sie wollte eine Bemerkung machen, wie besoffen er war, aber es gab nichts zu sagen.

»Ich bin ja nicht wie meine Eltern«, sagte er in die Stille.

»Nein, die sind ja auch tot.«

Der Raum zwischen ihnen füllte sich mit Leere. Wenn er doch nur ihre Sorgen mit Witzen vertreiben könnte, anstatt sie noch weiter in ihren alternden Körper hineinzudrücken. Das war es, was sie ihm eigentlich schon den ganzen Abend hatte sagen wollen, dass sie genauso gut abhauen konnten, denn nun war eh alles vorbei und es gab niemandem, dem sie all diese Geschichte weitergeben wollen würde.

»Wollen wir gehen?«

»Jo.«

Die Nacht war in Bewegung, aber sie gingen langsam. Hielten einander fest, weniger aus Zuneigung als aus Angst auszurutschen. Am Himmel flog eine Sternschnuppe vorbei, die sich als Flugzeug entpuppte. Verpeilte Suffköppe, dachte Lávra und erbrach die Worte:

»Das wird nichts mit Kindern.«

»Nein«, sagte Karim, »keine Kinder für uns.«

Er wollte von den Schulden erzählen, wenn sie schon einmal bei Schwierigem waren, ertrug aber den Gedanken nicht, sie noch mehr zu enttäuschen, er sollte doch ihre Chance sein. Gerade konnte er nur nach ihrem Lovikka-Handschuh greifen und ihn in der kalten Dunkelheit festhalten.

Der Skellefteфluss räkelte sich im Sonnenlicht. Lávra machte wieder die Zimmer sauber und sehnte sich wie immer nach jemandem, der etwas von ihr wollte.

Und zwar so sehr, dass die Person trotz ihres Neins darauf bestehen würde; seine Frage erneut stellen würde, das Beharren als der Liebe größte Tat.

Sie legte sich im Zimmer der Erhängten hin. Hatte nicht einmal die Laken gewechselt und streckte sich nach der Fernbedienung, die nun nicht mehr eine Armlänge entfernt lag, sondern auf dem Boden. Sie nippte an der Cola, von der der Gast bereits getrunken hatte, sah Primo als Vater Eisherz vor sich und dachte, wenn sie jemals Mutter geworden wäre, dann die Mutter ihres eigenen Vaters. Dieses seltsame Meer aus Erbe und Milieu und Klasse und Geschlecht und Ethnizität und Zufällen. Wie wird man geschichtslos, zweifellos, unmenschlich. Sie wollte losgelöst, aufgeschraubt, auseinandergenommen und an anderer Stelle wieder zusammengesetzt werden.

Im Fernsehen sprachen sie über die Morde in Västerbotten. Ein junger Mann, eine Frau mittleren Alters und ein Polizist waren mit einem Gewehr erschossen worden. Lávra verstand es mit dem Herzen, wenn man nicht das bekommt, wonach man sich sehnt, sehnt man sich stattdessen danach zu zerstören, was andere haben.

Karim wusste, dass er sie hier rausholen musste. Er nahm das Küchentelefon, von dem er jeden Montag seine Bestellungen aufgab, und eine nette Frau antwortete. Sie fragte weder, woher er kam, noch nach Kreditauskünften oder Führungszeugnissen. Sie fragte lediglich nach der Personennummer und welcher Betrag es sein sollte.

»Zweihundertfünfzigtausend.«

Es sagte sich erstaunlich leicht und *Zweihundertfünfzigtausend* hatte scheinbar alle anderen Worte blockiert; alles, was er je hatte sagen wollen, rauschte durch seinen Körper. Er dachte an Lávra und daran, wie er zu ihr sagen würde, dass die Fahrt zum Cosmopol in Sundsvall nur viereinhalb Stunden dauerte. Dass er Geld hatte und nun endlich sie an der Reihe waren.

Er ging in den Personalraum, zog die Kochuniform aus und duschte kurz. Cremte sich ein und zog den schwarzen Anzug an, den er für die Beerdigung seines Vaters gekauft hatte, sah im Spiegel, wie sehr er seinem Vater ähnelte. Fand auch, dass seine Stimme wie die seines Vaters klang, als er in den Fluren nach Lávra rief. Er hatte seinen Pullover dabei, weil es eine lange Nacht werden konnte. Beim Suchen stellte er sich vor, wie es sein würde, wenn sie das Casino betraten:

Die Jacken an einer Garderobe abgeben.

Jemand macht ein Foto von ihnen.

Sie werden beim Hineingehen von überwältigend vielen, bunten Lichtern angestrahlt. Unzählige Varianten des einarmigen Banditen. Kristallleuchter an den Decken. Sie stellen sich an einen Spieltisch, beobachten, wie die Gäste sich verhalten, und ahmen sie dann nach. Bestellen Martinis. Fordern mit dem Finger noch eine Karte, denn dieses Mal musste einfach einundzwanzig gelegt werden.

Sie waren nicht so alt, wie die Umstände sie gemacht hatten. So, wie der Schnee Winter für Winter fiel, und dann im Frühjahr wieder schmolz, kehrte ja alles, was gestorben war, irgendwie wieder zurück. Karim hämmerten mit beiden Fäusten an die Tür der Erhängten.

Aus dem Schwedischen von Therese Korritter

Jonas Gren

Der Wiesengrund, wo sie blühen

und ich gehe
über die gefrorene Wiese hinaus

Materie, die
Materie erblickt hat

während das Licht in der weißen Einsamkeit
des Wiesengrunds auflodert

wo die Sonne noch vom Osthang Hörkens
verborgen wird

und ich eins bin mit der Welt
wie das Feuer mit dem Holz

und während sich Krokusse und Schneeglöckchen
durch die Schmelzflecken schieben
die sich im dumpfen Tageslicht
im Erddunkel ausweiten
von dem kein Licht fließt
wie vom Weißen

während das Wasser von Westhang
und Osthang rieselt
durch die Gärten, unter den Straßen hindurch
zu den Talgründen, wo das Wasser des Hörksälv,
das Biberwasser, rauscht

rieselt das Bewusstsein in mir

und ich schreibe
den Ort des Tals im Raum
den Lauf des Tals
im großen Lauf der Erde

den einzigen Ort den wir kennen
für Rieseln
und für den Flug
der Trauermäntel über den Ruß

und während
das Speicherfeuer der Sonne
im Brennholz
knistert
dreht sich der Himmelskörper
gen Osten
so dass die Sonne über Schneeglöckchen
und Schnee leuchtet

und das Glitzern der Kristalle
in der weißen Fläche
an den Nachthimmel
gestern erinnert

Momente, in denen das Fließen
der Grundstoffe
von schlummernder Materie zu Tale
funkelt

in denen es schwerfällt sich zu entsinnen
dass alles einmal
bedeutungslos sein wird

noch aber gibt es sie
die freigeschmolzenen Löcher der Ameisenhaufen
die im Winter bewohnt waren
Markierungen im Schnee, Klauenspuren
Fußspuren, Scooterspuren

wir spüren uns auf und folgen einander
so bauen wir ein Dorf

in dem die Menschen, genau wie der Mond
verleitet werden zu glauben

dass wir es sind, die
die Einsamkeit erhellen

dass es die Blüten selbst sind
die leuchten

gehe und sehe
wie ein Zuhause sich wandelt

Winterdämmern
in Graubraunlicht gewendet

die Rückkehr der Gänse
und der Kranichruf, hallend
über das eisfreie Wasser
des Norra Hörken

gehe und höre
wie der Fluss an einem
Wasseramselmorgen ist
wenn sich die Nachrichten in Ruß verwandeln

und niemand
entkommt

während sich die Buschwindröschen am Hang
neben den Sumpfdotterblumen aufrichten

und der Vorsommer eintrifft
wie eine grüne Erkältung

nicht viele Tage
nach dem tiefen Schnee zu Ostern
liegt das Wasser im Kelch
des Frauenmantels

im Tropfen erscheint der Garten
auf den Kopf gestellt

und genau hier, in der gedrehten Welt
in der die Barsche über die Kiefern ziehen
und die Waldschnepfe in den Tiefen des Hörken-Sees schnarrt
tritt das neue Leben an

und ich gleite durch den Sommer
der sich
auf Zehenspitzen
aus dem Dunkel des Humus
erhebt

die Wedel, wie Pfeile, ausgestreckt, rot
wenn sie die Landstraße queren

oder weiß
vor dem Braun

an einem dieser Tage
als sie dastanden und ästen

ich ging hinaus auf die Treppe
sie drehten die Köpfe

zuckten zusammen und
verschwanden den Hang hinauf

ich will in einer Provinz leben
die Zeit gewährt

wie Vorjahresgras
verflochten

mit tausendjährigem
Gras

Aus dem Schwedischen von Hanna Granz

161122

Martina Montelius

Der Fremdenleguan

Mein Ausstieg aus der Kita liegt jetzt ein paar Monate zurück. Es gab keine Formulare zum Ausfüllen, also habe ich in aller Bescheidenheit das Tor geöffnet und bin nach Hause gegangen. Das Personal hat keinerlei Maßnahmen ergriffen. Vermutlich glauben sie, ich sei immer noch da.

Für gewöhnlich habe ich unter der Werkbank oder ansonsten im Trockenschrank gehockt und mich mit mir selbst unterhalten. Wenn ich mal musste, hat das Personal hinterher die Pfützen aufgewischt. Sie hatten längst akzeptiert, dass ich nicht mit im Stuhlkreis saß, nie jemanden ansah oder beim Töpfern mitmachte (bis auf einmal: da habe ich eine Frau vom Sozialamt getöpfert, aber die wollten sie nicht mit den unterentwickelten Werken der anderen Kinder in den Ofen schieben). Ein Mensch kann von Anfang an beschließen, bei Begegnungen mit der Umwelt einfach unbemerkt zu bleiben. Das funktioniert ganz ausgezeichnet, und genau so habe ich es gemacht.

Da sich meine Erzeuger in einem Kurort im Schwarzwald befinden, wird unsere Wohnung ausschließlich von mir und meinem Leguan bewohnt. Wir machen fast alles zusammen. Der Leguan liegt gern ausgestreckt im Gewürzregal und beobachtet mich, während ich mich um den Haushalt kümmere. Ab und zu spielt er mir kleine Streiche. Er versteckt den Salzstreuer hinter der Tüte mit altem Weizenmehl. Versteckt sich im Müllsack, zwischen Eierschalen und Resten von Rentiergeschnetzeltem. Stellt mir Fallen zwischen den Vorräten. Aber ich werde nie streng. Das liegt mir nicht. Eher wird der Leguan manchmal streng. Wenn seine Routinen gestört werden oder seine Privatsphäre nicht respektiert wird. »*Hier sitze ich!*«, ruft er etwa selbstbestimmt (und auf fehlerfreiem Deutsch), wenn ich ins Badezimmer platze, während er sich gerade erleichtert.

Ich betrachte mein Reptil als Kameraden, dem ich auf Augenhöhe begegne. Es hört mir stets freundlich und aufmerksam zu, auch wenn ich oft Schwierigkeiten habe, meine intimsten Gedanken und Gefühle zu offenbaren. Klaglos akzeptiert es, dass ich mich auch mal zurückziehen muss – ja, es hat sogar das gleiche Bedürfnis. Und abends, wenn wir im Bad fertig sind, wird noch ein bisschen vorgelesen. Dann sitzen wir nebeneinander, der Leguan hat seinen Lieblingsgegenstand, eine kleine Schere, fest an sich gedrückt, und ich schlage ein Buch auf, das ich aus der umfangreichen Bibliothek meiner Erzeuger ausgewählt habe. Das sind immer wertvolle Momente.

Wir bekommen nur selten Besuch. Zuletzt hat es im Oktober an der Tür geklingelt. Es war das Mädchen von oben. Sie kann nicht sprechen. Gehen klappt auch nicht so gut. Aber: Sie hatte sich zu uns heruntergekämpft. Ich verstand sie nicht. Sie stand da und hat irgendwelche Verrenkungen gemacht wie eine emotional Gestörte, eine, deren schallendes Lachen in hemmungsloses Weinen umgeschlagen ist, gefangen in dem Vakuum, das entsteht, wenn der Grund für die Trauer schon zu weit ins grüne Gewässer abgetrieben ist.

Doch da hatte ich das erwachsene Mädchen missverstanden. Es ging ihr gar nicht darum, irgendeiner Trauer Ausdruck zu verleihen. Sie musste nur mal pinkeln. Was ohne Worte nicht so leicht zu vermitteln ist, wenn sie nicht obszöner – oder zumindest peinlicher – Körpersprache anheimfallen will. Mich hat diese Situation überfordert. Ich bekam Herzrasen. Selbstverständlich hätte ich sie aufs Klo lassen sollen. Aber ich hatte Angst. Ich habe mich nicht getraut, das Mädchen hereinzulassen. Dazu waren meine Prinzipien in Sachen Privatsphäre und Abgrenzung zu tief verwurzelt. Ich schlug die Tür wieder zu.

Seitdem hat niemand mehr angeklingelt.

*

Ich bin eine Diebin. Viele glauben, Stehlen wäre falsch, weil die Leute traurig werden, wenn man ihnen etwas wegnimmt. Aber das stimmt nicht. Wenn ein Kind bestohlen wird, drückt es sofort auf die Tränendrüse und brüllt, bis seine Erziehungsberechtigten Ersatz besorgen. Erwachsene, denen leblose Gegenstände verloren gehen, brauchen kein Mitleid. Sie kommen klar. Nein, dass Stehlen falsch ist, weiß ich deshalb, weil sich die Luft um mich herum verändert, sobald ich denke, dass ich eine Diebin bin. Sie wird zu Chlorwasser. Alle Stimmen klingen gleich eine Stufe tiefer, und plötzlich sehe ich meine Wimpern wie heruntergelassene Markisen vor einem Luxemburger Straßencafé im Sommer.

Einmal, als ich einkaufen war, kam ich abends an der Kita mit dem wohlklingenden Namen Zaunkönig vorbei, auf deren Brachland ich früher in Gewahrsam gehalten wurde. Zu meiner Verwunderung sah ich, dass ein Fenster halb offenstand. Drinnen brannte kein Licht. Die Kindergartenangestellten saßen nicht herum und tranken Kaffee und redeten über ihre Fingernägel. Zumindest nicht am Arbeitsplatz. Wie ungewöhnlich. Ich ging zum Fenster und sah, dass es von einem einfachen Fensterhaken festgehalten wurde, der sich leicht aushaken ließ. Also habe ich ihn ausgehakt. Und bin hineingeklettert. Und dann stand ich da, mutterseelenallein, in den Räumen des Kindergartens. Jetzt konnte ich klauen.

Zu den schwereren Vergehen meiner Dienstzeit als Kita-Kind gehört unter anderem, dass ich beim Mittagessen auf den Tisch gekotzt habe. Das ist passiert, weil ein Mädchen braune Soße am Kinn hatte. Ich habe mich schon immer schnell geekelt, so weit ich zurückdenken kann. In meiner Generation scheint das nicht sehr weit verbreitet zu sein, wenn man bedenkt, wie sich viele meiner Altersgenossen aufführen. Nasser Sand, Rotz, Spucke, Ausscheidungen, Bakterien aus öffentlichen Verkehrsmitteln, Essensreste und Haare von Erwachsenen tummeln sich wie arme Großstadtbewohner auf ihren weichen Händchen und noch weicheren Bäckchen. Das ist bedauerlich, höchst bedauerlich. Denn mich treibt das bei jeder passenden und unpassenden Gelegenheit dazu, mich zu übergeben.

Das Kindergartenpersonal hatte eine Theorie über mich. Natürlich. Sie hielten mich für geistig behindert. Ich befände mich *in meiner eigenen Welt*, meinten sie, und das macht sie meiner Meinung nach zu echten Dorftrotteln. Wir befinden uns alle in derselben Welt, das gehört doch wohl zu den grundlegenden Fakten. Aber sie hatten noch nie ein Kind erlebt, das derart unmöglich in den Betrieb einzubinden war. Wie ich. Außerdem steht mein Mund immer sperrangelweit offen. Ich hätte ihnen sagen können, woran das liegt, dass ich nämlich nicht so gut durch die Nase atmen kann. Aber ich wollte kein Gespräch mit ihnen anfangen. So macht man das, wenn man unbemerkt bleiben will. Man sorgt dafür, dass die anderen aufgeben.

Sie versuchten es mit einem Kinderpsychologen. Der hat mir unten in den Rücken gepiekt, als ich meinen Butterkeks vom Boden aufheben wollte und mir beim Runterbeugen das Hemd hochgerutscht ist. So piekt man niemanden unten in den Rücken. Man macht nicht killekille bei jemandem, dem man nicht sehr, sehr nahesteht. Stellt euch vor, der hätte das bei einer erwachsenen Kollegin gemacht. Das hätte eine schriftliche Verwarnung gegeben. Derlei gedenke ich mich nicht auszusetzen. Ich habe einen ganz normalen, simplen Selbsterhaltungstrieb, und soweit ich weiß, ist das kein Verbrechen.

Nachdem ich durch das offene Fenster eingestiegen war, suchte ich als Erstes die Werkbank auf, unter der ich während meiner Amtsjahre als Kita-Kind meistens saß, weil ich das nun einmal wollte. Die anderen gingen hin und her und unterhielten sich. Da hörte ich zu. Mir macht es nichts, wenn ich beim Zuhören nicht verstehe, was die Sprechenden eigentlich sagen. Ich will nur ihre Stimmen hören. Ab und zu lehne ich den Kopf an die Wand und lausche dort hinein. Die Wand ist stumm. Das mag ich. Zum Trockenschrank wollte ich auch noch.

Wenn ich in Schwierigkeiten bin, rede ich oft mit einem der Felsbrocken auf dem Weg zum Einkaufszentrum. Also gut, jetzt erzähle ich von ihm. Er ist der beste Zuhörer, den ich kenne. Total verschwiegen. Kühl. Und so gut wie unkaputtbar. Sein Name ist Sleipnir. Einmal hatte ich Sleipnir mit Stiften aus der Stiftdose gefüttert. Schon ein paar Tage lang. So waren viele Stifte »verschwunden«. Aud, die untersetzte Leiterin mit den schwitzigen Händen, suchte und suchte. Schließlich fand sie die Stifte in meinem Fach. Wollte dann wissen, warum ich die genommen hatte, obwohl ich doch wusste, dass sie für alle da sind. »Die isst mein Stein«, antwortete ich wahrheitsgemäß. Daraufhin wollte Aud ein ernstes Wort mit mir reden. Neben dem Trockenschrank. Dieses Ereignis hat ein emotionales Band zwischen mir und dem Trockenschrank geknüpft.

Es passiert recht häufig, dass ich mich leblosen Gegenständen verbunden fühle. Sleipnir zum Beispiel; mir ist natürlich klar, dass er ein lebloser Gegenstand ist. Ich sehe etwas und spüre: Das ist mein Freund. So war es auch mit dem Trockenschrank. Der wurde mein Freund. Er wurde zu dem Trockenschrank, an den ich mich wandte, wenn ich geklaut oder in die Hose gemacht hatte. »Was ist denn mit dem Lernturm passiert?«, hörte ich Aud zum Beispiel rufen. »Da fehlt ja der kleinste Klotz!« Oder: »Eine Pfütze! Irgendwer hat in die Hose gemacht.« Der Satz kam oft von Jill, noch so einer Dame, die eindeutig andere Talente hat, als zu denken und trotzdem genauso viel wert ist wie alle anderen Menschen. Jill hat es lange aufrichtig verwirrt, dass nie ein Schuldiger in der Nähe war, wenn sie mal wieder fast in eine Pfütze getreten wäre. Und Aud konnte ganz ernsthaft ihre buschigen Augenbrauen darüber runzeln, dass ihre Binden aus dem geblümten Körbchen auf dem Personalklo verschwunden waren. Aber irgendwann kamen die Damen doch noch darauf, wer seine Blase auf dem Linoleumboden entleerte oder die Schnabeltassen aus der Spülmaschine mopste. Ich war's.

Ich kann spielen. Sofern mein Spielpartner mir deutlich sagt, was ich zu tun habe. Und sofern das auch etwas ist, was ich tun will. Wenn ich nicht will, sage ich nichts. Ich verziehe mich einfach. Ich bin einfach verschwunden, ohne dass sich irgendwer erklären kann, wie es zugegangen ist. Zack und weg! Es gibt nichts Lustigeres, als von Weitem mitanzusehen, wie Leute, die mich zu irgendetwas zwingen wollten, in alle Richtungen glotzen und sich fragen, wo ich abgeblieben bin. Irgendwann fragen sie nicht mehr, aber ich weiß immer noch die Antwort. Ich bin zu Hause und blicke den Leguan an, der mich ebenfalls anblickt, aus seinen strengen Augen hinter der runden Stahlbrille.

Das ist genau der Grund, warum ich mein ganzes junges Leben lang Wert auf Gespräche mit leblosen Dingen gelegt habe. Vor allem mit Steinen. Ich schätze ihre kompakte Integrität und die Gleichgültigkeit, mit der sie den Launen der Umwelt begegnen. Der Kinderpsychologe, der mir unten in den Rücken gepiekt hat, wollte mich natürlich zu meiner Reaktion auf diesen Vorfall zur Rede stellen. Aber da stieß er auf Widerstand. Die vielköpfige Schar, die der Ansicht ist, ich sollte mehr reden, würde großen Nutzen aus einigen einfachen Verhaltensregeln ziehen:

1. Mir nicht unten in den Rücken pieken.

2. Sich mal ernsthaft um das Vermeiden von Floskeln bemühen. Es ist ziemlich ermüdend, ständig mit Äußerungen wie »Soll ich jetzt hier die Polizei sein?« konfrontiert zu werden, oder von Kinderseite: »Svinalf hat angefangen«, »Mama«, »Kackwurst, Pups, Pipimann.« Ja, es besteht kein Zweifel: Ich dürste nach mehr Substanz im zwischenmenschlichen Austausch.

3. Sämtliche Körperöffnungen geschlossen halten und ein anständiges Maß an Körperhygiene anstreben. Mittlerweile geht es schon so weit, dass selbst erwachsene Menschen den Mund beim Kauen sperrangelweit offen haben, in aller Öffentlichkeit niesen, zum Teil regelrecht einen fahren lassen und so weiter. Ich bedaure es zutiefst, unter solchen Umständen meine Tage verleben zu müssen.

4. Mir ohne Wenn und Aber gestatten, mich zurückzuziehen. Und was das betrifft, wurde ich gegen Ende meiner Kita-Laufbahn tatsächlich zunehmend erhört. Als mir die Veränderung auffiel, dachte ich: keinen Tag zu früh. Anfangs wurde ich noch oft von einem Kind oder einer der Damen geholt, wenn ich unter der Werkbank saß. Man forderte mich zum »Mitmachen« auf. Aber wenn ich einfach nichts sagte und nicht tat, was ich tun sollte, zum Beispiel ein Gesellschaftsspiel spielen, mich am Bau irgendeines potthässlichen Gebildes beteiligen, einen vor Spucke triefenden Ball werfen oder einen Löffel Spinatsuppe essen, dann fanden sie das nicht schön. Sie wussten nicht so recht, was sie mit mir anstellen sollten. Und nach einer Weile kam mich auch keiner mehr holen.

Ich sehe ein, dass ich nicht die Arroganz haben kann, mir von niemandem etwas zu meiner Lebensweise sagen zu lassen.

Und ich habe auch geduldig zugehört, wenn mich Aud, die übrigen Kita-Damen, der Leguan oder diverse andere zurechtweisen wollten. Aber sollte man nicht ein Recht darauf haben, in Ruhe gelassen zu werden? Kein unverletzliches vielleicht, aber doch eins, das in den meisten Fällen respektiert werden kann? Ich frage mich ernsthaft, wem ich mit meinem Tun und Lassen eigentlich Schaden zufüge. Aud würde vermutlich sagen, dass ich mir selbst schade. Aber Aud ist sicher keine Expertin auf dem Gebiet, das man als »mein Gehirn« bezeichnen könnte, ihre Talente sind ganz anders gelagert. Sie ist Weltklasse im Sachenholen. Kann Buch führen. Mit einem verbindlichen Lächeln Arbeitsschutzbeauftragte in Empfang nehmen. Ist dieses spartanische Repertoire an Fähigkeiten denn so verkehrt? Sind etwa nur vielseitig Begabte im öffentlichen Dienst willkommen? Muss Aud sich wirklich obendrein noch Kompetenz in Bezug auf meinen Lebenswandel abringen, zusätzlich zu allem anderen? Ich finde nicht. Ich finde, Aud und ich könnten uns ruhig damit begnügen, unter demselben Himmel zu leben, dieselbe kackbraune und grafitgraue Umgebung zu teilen und uns höflich zuzuwinken, wenn sich unsere Wege kreuzen.

Naja. Ich verließ den Kindergarten genauso, wie ich ihn betreten hatte. Es war fast Mitternacht. Alles, was ich mitnahm, war ein malvenfarbener Schuhlöffel. So einen habe ich mir schon immer gewünscht.

Das größte Problem sind eigentlich nicht die Worte, wird mir jetzt klar. Eher die Angst der voll ausgewachsenen Menschen, dass ich den Inhalt verstehen könnte. Von dem, was ich selbst sage. Oder, ein noch grauenvollerer Gedanke: von dem, was *sie* sagen.

Aus dem Schwedischen von Nora Pröfrock

UKON

Die Poetik der Demenz

In der holländischen Stadt Weesp südlich von Amsterdam gibt es ein 12 000 m^2 großes Stadtquartier namens De Hogeweyk. Es besteht aus dreiundzwanzig Häusern mit jeweils sechs, sieben oder acht Bewohnern, bei denen eine »schwere« oder »extreme« Demenz diagnostiziert wurde. Es ist eine *gated community* ohne verschlossene Türen, auch nachts, außer einer: der großen Glastür zur Außenwelt. In De Hogeweyk gehen alle Bemühungen in eine Richtung: Reibungslosigkeit. Die Bewohner und ihre Angehörigen haben aus sieben Lebensstilen den ausgewählt, in dem sie sich vermutlich am ehesten heimisch fühlen. In den Häusern, die *Stedelijk* eingerichtet sind, mit modernem skandinavischem Design, wohnen die urbaneren, die früher als Unternehmer oder Bankangestellte in Amsterdam arbeiteten und lieber Schlager als Beethoven hören. *Ambachtelijke*, der Handwerksstil, wird vermutlich von Bauern, Installateuren und Schreinern gewählt. Die Einrichtung ist schlichter, die Vorhänge sind dunkler, und man isst deftige Hausmannskost. *Indisch* ist für Menschen mit einer Vergangenheit in den ehemaligen holländischen Kolonien Indonesien oder Niederländisch Ostindien mit Rattan-Möbeln, authentischen Mahlzeiten und im Winter zwei Grad höherer Temperatur im Haus. *Huiselijke* ist für die Hausfrauen, sauber und gepflegt mit Porzellantellern an den Wänden und zahlreichen Schmuckgegenständen. *Cultureel* ist für Theater-, Literatur- und Kunstinteressierte, von denen man auch annimmt, dass sie später aufstehen; *Christelijk* ist für alle mit christlicher oder andere religiöser Prägung und schließlich *Goois*, benannt nach Hollands reichster Region, mit aristokratischerer Einrichtung, ornamentierten Kerzenständern, Leinentischdecken und dunklen Holzmöbeln. Das Pflegepersonal ist angehalten, dort serviler aufzutreten, da man von vielen annimmt, dass sie Bedienstete hatten.

Es sei wichtig, in die richtige Gruppe eingeordnet zu werden, meint die Gründerin Yvonne van Amerongen, sonst werde man unglücklich. »Manchmal wollen die Familien, dass die ältere Person in eine der ›vornehmeren‹ Kategorien wechselt. Sie glauben, das Essen wäre dort besser, aber wir geben für die Mahlzeiten in allen Gruppen gleich viel aus.« Die kleine Demenzgesellschaft verfügt über Theater, Café, Restaurant, Friseursalon und Lebensmittelgeschäft. Man benutzt kein Geld, sondern zieht es automatisch vom Konto des Bewohners ein. In den Artikeln, die ich finde, und in der CNN-Dokumentation »Dementia village« erzählen Yvonne van Amerongen und sämtliche interviewten Angestellten, man strebe an, dass sich das Leben so »normal und natürlich« wie möglich anfühle für die Bewohner, die im Übrigen unter keinen Umständen Patienten genannt werden dürfen. Das Pflegepersonal ist speziell ausgebildet und korrigiert die Bewohner nie, alle Wahnvorstellungen und offensichtlichen Eigenarten werden toleriert. Wenn jemand zwanzig Gläser Marmelade einkauft, trägt das Pflegepersonal später einfach neunzehn zurück, ohne sich näher damit auseinanderzusetzen. Ein Angestellter erzählt, dass den nicht ungewöhnlichen Aggressionen als Folge von Verwirrung ohne Konfrontation begegnet wird. Eine Sozialarbeiterin mit dem Auftrag, wütende Senioren zu beruhigen, erklärt: »Ich lege sie immer herein. Ich sage: Hallo, da bin ich! Hast du mich vermisst?« Es scheint üblich zu sein, dass die Senioren nach ihren Eltern fragen, worauf sie nicht etwa die Antwort erhalten, dass ihre Eltern längst tot seien. Yvonne van Amerongen berichtet, wenn eine Frau von fünfundachtzig Jahren sage, sie sei vierzig und frisch verheiratet und habe kleine Kinder, sei es wichtig, sie nicht zu korrigieren. »Die Fantasiewirklichkeit hält sie gesund.«

De Hogeweyk erzielt glänzende Ergebnisse: Die Kosten sind nicht höher als in anderen Einrichtungen für Demenzkranke, die Bewohner leben länger als erwartet und nehmen weniger Medikamente, außerdem bewegen sie sich mehr und wirken verhältnismäßig harmonisch. Sie flanieren auf dem Platz, kochen oder treffen sich in einem der mehr als zwanzig »Clubs«: Lesezirkeln, Schreibkursen oder Aktivitäten wie Bingo, Backen und Aquarellmalerei. Außerdem singen oder spielen sie, oder hören Musik, die Kunstform und Sinnesmodalität, die – unterstreichen alle Angestellten – die letzte ist, die wir verlieren. Das Leben ist also eingerichtet, um aus maximalem Wiedererkennen und dem

Erleben von Normalität zu bestehen. Manchmal zerplatzt die Illusion jedoch: Ein Bewohner entdeckt, dass man im Restaurant nicht bezahlen darf und wird noch verwirrter, ein anderer fragt sich, warum es keine Autos gibt oder alle so unglaublich hilfsbereit sind.

In der Erzählung von De Hogeweyk lässt sich eine deutliche Politik im Verhältnis zum Mangel und zur Abwesenheit ausmachen. Man versucht, sie zu vermeiden, zu übergehen, nicht zu beachten. Zurück bleibt eine Welt, die stets bereit sein, funktionieren, auftauchen soll, wenn man sie braucht, die einen anleiten soll. Hat man vergessen, wie ein Aufzug funktioniert, gibt es Sensoren, die dafür sorgen, dass sich die Türen dennoch öffnen und einen automatisch in die Etage befördern, auf der man wohnt. Und wenn man nicht mehr weiß, wie der Pfleger oder die Kinder heißen, schaut man einfach auf das Namensschild, das alle tragen, um das Vergessen der Namen zu übertünchen.

In der Demenzstadt geht es folglich darum, die Erfahrung von Mangel und Not durch Allgegenwärtigkeit zu ersetzen, allerdings nicht in einem göttlichen, sondern buchstäblichen Sinn: dass der Mangel – konkret, praktisch – nicht entsteht, nichts und niemand verschwindet. Die Version der dementen Politik, die De Hogeweyk enthüllt, ist, wohlgemerkt, nicht die der Dementen, sondern die Antwort der Umgebung auf die Frage, die von der Existenz der Dementen gestellt wird: Was ist eine Identität? Was ist das Leben wert, an das man sich nicht erinnert, das zu leben man sich nicht einmal bewusst ist? Und gleichzeitig: Was besagt, dass ein Leben ohne Erinnerung – Leben als reines Geschehen, reine Wahrnehmung – nicht sinnvoll sein soll? Erinnert ein reibungsloses Dasein in De Hogeweyk an eine Art ideales Urlaubsleben all-inclusive? Oder an die Gegenwart im Jetzt, wie sie Meditations- und Achtsamkeitstechniken anstreben? Oder an das Freudsche Nirwanaprinzip? Oder an die angestrebten Effekte gewisser Psychopharmaka oder Drogen, nicht denken oder sich nicht sorgen zu müssen? Haben die Bewohner in De Hogeweyk maximalen Zugang zu einem sinnvollen Leben, geborgen, wiedererkennbar und angenehm, oder ist es sinnentleert? Oder ist es sowohl als auch: der Ort, an dem ein jenseits des Lustprinzips einem diesseits des Todestriebs begegnet?

Die Allermeisten scheinen davon auszugehen, dass Identität und Charakter mit Gleichheit und Kontinuität zusammenhängen; man ist man selbst, wenn man »genauso« ist wie früher. Trotzdem ist offensichtlich, dass die Begegnung des Menschen mit Mangel und Not, ob sie nun mit Demenz oder anderen Unglücken zusammenhängt, Anpassung, neue Entscheidungen und große Umstellungen bedeutet. Wir müssen uns die Frage stellen: Sind der Unterschied und die Persönlichkeitsveränderung tatsächlich etwas Wesensfremdes? Und was ist eigentlich seltsamer, unheimlicher: ein Mensch, der sich als Folge einer Hirnatrophie oder eines Traumas verändert, oder jemand, der exakt gleich ist, bei dem das Unglück keine Konsequenzen zeitigt?

In ihrem Buch *Les nouveaux blessés* will die Philosophin Catherine Malabou theoretisch eine Lebensform definieren, die sie *die neuen Verletzten* nennt. Gemeint ist ein apathischer, autistischer, traumatisierter Mensch ohne Kontakt zu seiner Subjektivität, seinen Trieben und seiner Geschichte. Dieser menschliche Zustand bildet die Verkörperung des Todestriebs, jedoch nicht in dem Sinn, dass das Individuum zu sterben wünscht, die neuen Verletzten *sind* vielmehr schon tot, sie haben ihren eigenen Tod überlebt, oder, wie sie mit unangenehmer grammatischer Geschraubtheit formuliert, sie sind »*diejenigen, die schon tot gewesen sind*«. Der Zustand kann eine Folge innerer organischer Traumata wie Gehirnverletzungen und -blutungen, Tumore, Alzheimer, Parkinson sein; oder psychologischer Zustände wie Autismus; aber auch traumatischer äußerer Erfahrungen: Folter, sexuelle Gewalt, Todesdrohungen, Kriegserfahrungen. So unterschiedlich die Ursachen auch aussehen mögen, produzieren sie Malabou zufolge dennoch den gleichen abgeschalteten und gleichgültigen Menschentyp: die neuen Verletzten. Im Falle organischer Gehirnschäden ist die neuronale Veränderung offensichtliche Ursache der psychologischen, während für die soziopolitisch Traumatisierten die psychologische Veränderung mit der Zeit zu organischen Gehirnschäden im limbischen System führt, dem sogenannten Gefühlsgehirn. »Weil die Konsequenzen der Gehirnschäden die Grenze zwischen ›Neurobiologie‹ und ›Soziopathie‹ ausradieren, tendieren sie auch dazu, die Grenze zwischen Geschichte und Natur undeutlich zu machen«, meint sie und strebt mit ihrem Buch nichts weniger an als eine neue generelle Traumatheorie.

Catherine Malabou hat in den letzten zehn Jahren mit dem Begriff Plastizität gearbeitet, was sich vereinfacht als die Fähigkeit definieren lässt, zu formen und geformt zu werden. Ihre letzten Bücher bewegen sich in einem Feld zwischen Neurowissenschaft, Psychoanalyse und Philosophie. In *Les nouveaux blessés* diskutiert sie die »destruktive Plastizität«, die sich gerade in der Verletzung, dem Unglück, der Krankheit zeigt; diese abstrakte Gewalt, über die wir selbst keine Kontrolle haben, die uns vielmehr – wie es heißt – *nur ereilt*, aber für immer unsere Identität verändert. Sie meint, dass dieses zufällige, sinnlose, brutale Eindringen des Traumas ins Leben unsere Wirklichkeit zerstört, zerfetzt, und das, ohne dem Betroffenen eine symbolische Bedeutung oder unbekannte innere Wahrheit zu vermitteln oder zu enthüllen. Die Folge ist ein Mensch ohne Geschichte, also ohne Erinnerung, schmerzlich gleich Millionen von Dementen.

Malabou führt eine gewissenhafte, aber kritische Neudeutung der psychoanalytischen Sicht des Traumas durch. Freud meinte, die Basis für die Plastizität des psychischen Lebens liege in den Erinnerungsspuren und Eindrücken, die unser psychisches Leben formen. Und dass diese Spuren unauslöschlich sind. Die lähmende Kraft des Traumas, das Gefühl der Hilflosigkeit, basiert folglich auf früheren Erfahrungen von Hilflosigkeit. Wir werden für immer von unseren Erfahrungen geprägt und diese können zwar modifiziert, verändert, verwässert, verworfen, verleugnet, verdrängt werden, aber sie können nie verschwinden. Für die Psychoanalyse kann das Trauma dadurch eine analysierbare Bedeutung haben, weil die Gewalt des Ereignisses immer eine Art Resonanz im Verhältnis zu früheren existierenden traumatischen psychischen Realitäten hat. Menschen gehen nicht zufällig kaputt, meint Freud und vergleicht die Psyche mit einem Kristall: »Wenn wir einen Kristall zu Boden werfen, zerbricht er, aber nicht willkürlich, er zerfällt dabei nach seinen Spaltrichtungen in Stücke, deren Abgrenzung, obwohl unsichtbar, doch durch die Struktur des Kristalls vorher bestimmt war. Solche rissigen und gesprungenen Strukturen sind auch die Geisteskranken.«

Das Trauma ist sicher ein gewaltsames Eindringen von etwas Unerwartetem, etwas, worauf der Betroffene nicht vorbereitet ist und was er nicht integrieren kann. Doch das äußere Trauma nimmt allein dadurch Gestalt an, dass es in eine bereits existierende innere Welt eingegliedert wird. Frühere innere Konflikte und Fantasien bilden dementsprechend die kristallinen Risse, von denen die spezifische Zerlegung des Traumatisierten bestimmt wird. Wir wollen das klarste aller Beispiele heranziehen: ein Verlust, das Ableben einer geliebten Person, wird für den Betroffenen nicht nur ausgehend vom einmaligen Verhältnis zu dem Toten eine spezifische persönliche Bedeutung haben, sondern auch, weil er mit Erinnerungen an frühere Verluste verknüpft wird. Und die schockierendsten Gewalttaten, Misshandlungen, Vergewaltigungen, Naturkatastrophen, Foltern, beziehen Teile ihres traumatischen Effekts sowohl aus früheren Erfahrungen als auch bewussten oder unbewussten Fantasien über Schuld, Unterwerfung, Neid etc. Freud beharrt darauf, dass die äußere Gewalt (das Kriegsereignis, die Naturkatastrophe, die Vergewaltigung) genau wie die innere Gewalt (der Gehirnschaden, die Demenzentwicklung) für sich genommen psychologisch stumm ist, aber dass kein Traum zu groß oder unverständlich ist, um nicht darüber zu fantasieren. Ein Trauma erhält seine Bedeutung im Verhältnis zu früheren Traumata so wie jede Erfahrung ihre Bedeutung aus früheren Erfahrungen bezieht. Der äußere Feind ist immer auch ein innerer; auch wenn die äußere Gewalt gewissermaßen von innen kommt.

Aber, wendet Malabou ein: »Ist es wirklich so sicher, dass das psychische Leben der Zerstörung widerstehen kann? [...] Ist es sicher, dass die Kindheit besteht?« Sie meint, der traumatisierte Mensch werde unter gewissen Umständen einfach *ein anderer*, eine manchmal völlig andere Person, die sich weder erinnert noch sich für ihre eigene Geschichte, ihre Nächsten interessiert, sondern sich – irreversibel – eine völlig neue Welt erschafft. Catherine Malabou argumentiert also dafür, dass Freud die unmittelbare destruktive Wirkung der Gewalt unterschätzt. Sie meint, dass die Gewalt nicht hermeneutisch in das Individuum integriert werden kann, und es unter bestimmten Umständen geradezu obszön wäre, die psychologischen Folgen eines Traumas, zum Beispiel einer Vergewaltigung, als Ausdruck für Schuldgefühle oder Masochismus zu deuten. Der Muselmann – diese eigentümliche Bezeichnung für den begehrenslosen und »lebendig toten« Gefangenen in den nationalsozialistischen Arbeits- und Todeslagern – wird laut Malabou nicht von innerer Angst und von Fantasien, sondern von einer äußeren, konkreten Gewalt vernichtet, die in jeder Hinsicht sinnlos ist. Sie postuliert *einen neuronalen Todestrieb*, etwas in den Gehirnzellen, das dem Trauma und der Gewalt begegnet, wenn es in das limbische System eindringt und das vollendet, was die Auslöschung will. Malabou erzählt von der Entpersonalisierung ihrer eigenen Großmutter, die in ihrer letzten Lebensphase im Altersheim monoton und sinnlos eine Decke zusammen- und auseinanderfaltete, abwesend, nicht ansprechbar. Malabou schreibt: »[Großmutter] war ein Werk der Krankheit, diese hatte sie skulptiert. Ja, die Frau, die vor mir saß, war nicht eine Art verkleinerte, geschwächte Version derselben Person. Nein, sie war eine Fremde, die mich nicht erkannte, die sich nicht einmal selbst erkannte, ganz einfach, weil sie sich nie selbst begegnet war.« In der Begegnung mit den neuen Verletzten sind psychoanalytische Grundbegriffe wie Trieb und Regression nicht mehr relevant; das Gehirn hat eine eigene ätiologische Autonomie und, fährt sie fort, nach dem Trauma »ist jede Hermeneutik unmöglich.«

Ein bekannter neurologischer Fall, der in *Les nouveaux blessés* wie in fast aller Literatur zum Thema aufgegriffen wird, ist Phineas Gage. Gage war Vorarbeiter eines Arbeitertrupps, der beim Eisenbahnbau in Vermont, USA, Steine sprengte. Am 23. September 1848 wollte er mit einem Stampfeisen Schießpulver zusammendrücken, als die Ladung plötzlich explodierte. Die sechs Kilo schwere Stange schoss direkt durch seinen Schädel und soll fünfundzwanzig Meter entfernt, »bedeckt von Blut und Gehirnmasse«, gelandet sein. Wundersamerweise blieb Gage jedoch bei Bewusstsein; er konnte sprechen und mit etwas Hilfe gehen und begab sich mit Pferd und Wagen zu einem gewissen Dr. Edward H. Williams in der nächstgelegenen Stadt Cavendish. Der Arzt schreibt aus Anlass des Besuchs:

> Der Skalp wurde rasiert, die Koagulation sowie drei dreieckige Teile des Schädelknochens wurden entfernt. Um mich zu vergewissern, dass keine fremden Gegenstände im Gehirn steckengeblieben waren, führte ich meinen rechten

> Zeigefinger in dessen ganzer Länge abwärtsgerichtet zur Wange ein, der bis zu meinem linken Zeigefinger reichte, den ich von unten eingeführt hatte, er spürte die Finger im Gehirn kaum.

Das Stampfeisen war unter dem Wangenknochen eingedrungen und mitten auf dem Scheitel ausgetreten. Es gibt ein berühmtes Bild von Phineas Gage, gut gekleidet in Jackett, Hemd, Weste und Fliege, aber einäugig, »deformiert, dennoch elegant«; die eine Hälfte seines Gesichts gleichsam schlafend, die andere hellwach, intensiv, und mit der Eisenstange in der Hand, jener Eisenstange, die er nach dem Unfall überall mit sich herumgetragen haben soll. In den verbleibenden zwölf Lebensjahren war Gage laut Arzt und Angehörigen sehr verändert. Der früher nette, energische, zielstrebige, aber etwas zurückhaltende Mann war teilnahmslos geworden, ebenso scheinbar sprunghaft wie mechanisch in seinem Denken, außerdem hatte er die Fähigkeit zur Selbstkritik verloren. Zweieinhalb Monate nach dem Unglück schreibt Dr. Harlow:

> Das Gleichgewicht oder die Balance, sozusagen, zwischen seinen intellektuellen Fähigkeiten und tierischen Tendenzen schien zerstört worden zu sein. Er neigt zu Wutanfällen, Respektlosigkeit, manchmal zu den gröbsten Entwürdigungen (was seiner Person früher fernlag), und nimmt sehr wenig Rücksicht auf seine Freunde, er ist ungeduldig und kann keinen Rat annehmen, wenn dieser in Konflikt mit seinem Begehren gerät, ist manchmal stur widerborstig, dennoch sprunghaft und unsicher, er hat viele Pläne für die Zukunft, die, kaum ausgesprochen, zugunsten anderer Pläne, die besser zu passen scheinen, aufgegeben werden.

Alle waren sich einig: »Gage was no longer Gage.«

Ich verstehe es so, dass Malabous grundlegende Fragstellung lautet, *ob*, und wenn ja, *wie* das Eindringen eines Traumas in ein Menschenleben uns in eine neue Lebensform verwandeln kann, und das nicht durch Einverleibung oder Bearbeitung, sondern durch reine Zerstörung, Auslöschung. Ist es möglich, eine neue Identität dadurch zu bekommen, dass man seine alte vollständig verliert, oder geschieht dies allein durch eine Verwandlung der alten? Meines Erachtens liegt der große Vorteil von Malabous theoretischem Beitrag in der Beschreibung der tatsächlichen apathischen Verkörperung des Todestriebs, des Zustands der Leere, der fundamentalen *Sinnlosigkeit* in manchen Ereignissen und Zuständen. Durch die Beschreibung der neuen Verletzten als *ein neues Leben* und weniger als Verlust eines alten, gibt sie dem *Jenseits des Lustprinzips* einen Körper, über das Freud in seinem Text gleichen Titels nur theoretisieren konnte. Der Nachteil, möchte ich gleichzeitig behaupten, liegt darin, dass sie generalisiert. So schreibt sie: »Wie ist es möglich, die offensichtliche Ähnlichkeit zwischen dem Verhalten bei diesen Patienten [Alzheimer] und bei Soldaten, die an einem posttraumatischen Stresssyndrom leiden, nicht zu sehen – Vietnamveteranen (für die übrigens die Kategorie PTSD geschaffen wurde) oder neueren Datums Soldaten im Irakkrieg. Immer wiederkehrend ist die gleiche Art von emotionaler Kälte, die gleiche Flucht, die gleiche Teilnahmslosigkeit, gekoppelt mit einer völligen Verwandlung der Identität.« Die Beschreibung von Gehirn- und Kriegsgeschädigten ist hier allzu vereinfacht; in jedem beliebigen Lehrbuch lässt sich nachlesen, dass eine der Folgen von Alzheimer Aggressivität ist und im Psychiaterhandbuch DSM-5 findet man unter der Überschrift PTSD offensichtliche Symptome für das Gegenteil von Gefühl- und Teilnahmslosigkeit: außer Aggressivität auch Selbstdestruktivität, Misstrauen und fahrlässiges Verhalten. Ganz zu schweigen von Kriegsveteranen. Sogar der Eisenbahnbauer Phineas Gage bekam nach dem Unfall, zeitgemäß ausgedrückt, »die tierischen Triebe eines starken Mannes« und soll im Übrigen seinem früheren Ich nach und nach wieder etwas ähnlicher geworden sein.

Es lassen sich weitere Einwände anführen: Kann man wirklich sagen, dass von der früheren Person und Subjektivität bei einem Demenzkranken oder Gehirngeschädigten nichts übrig ist? Verlieren die neuen Verletzten tatsächlich den Kontakt zu ihrem früheren Leben? Malabou würde vermutlich antworten: Ja, letztlich schon, wie viele Menschen verlassen uns dadurch, dass sie sich selbst verlassen, ehe sie verschwinden? Ich würde sagen: Das hängt vom Betrachter ab und möchte mittels einiger Fälle aus der Klinik und meinem Leben argumentieren. Meine Mutter erkrankte 1994 an einer schnell fortschreitenden Demenz, die posthum als Creutzfeldt-Jakob, also Rinderwahn, diagnostiziert wurde – absurderweise fiel dies in die Zeit, als die Krankheit besonders aktuell war und man in Großbritannien ganze Rinderherden verbrannte. Wenn ich mich in ihren letzten Monaten mit ihr unterhielt, war es unübersehbar, dass sie sich verändert hatte, aber es fiel mir nicht schwer zu denken, dass *es sie war, die sprach*. Die letzten sieben, acht Monate ihres Lebens lag sie im Krankenhaus von Umeå. In den ersten Wochen ihres Aufenthalts in der Pflegeabteilung kam sie stoßweise, delirierend darauf zurück, dass sie sich auf der M/S Estonia befinde, die nur ein paar Monate zuvor, am 28. September 1994, untergegangen war, wobei 852 Menschen ihr Leben verloren hatten. Die Analogie war fast schon zu offensichtlich: das große, weiße, unpersönliche Klinikgebäude mit einer ebenso sterilen Personenfähre zu vergleichen. Ihr war ständig schwindlig und alles schaukelte, sie hatte Angst, ihr Leben sank; sie würde bald in ihrer Verwirrung ertrinken, aber sie war noch nicht verwirrt genug, um das nicht zu verstehen und vorherzusagen. In ähnlicher Weise kann man die letzten Worte anführen, die sie mir gegenüber zu artikulieren vermochte. Die Krankheit war weit fortgeschritten, und sie hatte im Prinzip aufgehört zu sprechen. Als ich sie ein paar Wochen vor ihrem Tod besuchte, sah sie auf und sagte: »Da bist du ja. Ich dachte, sie hätten dich bingbongt.« Bingbongen, ein Nonsenswort, was meinte sie? Vermutlich wollte sie sagen: »Da bist du, ich dachte sie hätten dich umgebracht.« An der Stelle des dramatischen »umbringen« oder »ermorden« warf sie einen Neologismus ein, die tragikomische, aber eindeutig poetische Neubildung »bingbongen«. Aber vielleicht enthält die Phrase auch einen falschen Gebrauch von Shifters, um einen Vorwurf für meine allzu seltenen Krankenhausbesuche zu übertünchen, vielleicht ging es um ihren nahenden Tod und nicht um meinen, und die Phrase war eine Umschreibung von Folgendem: »Da bist du ja endlich, du hast vielleicht geglaubt, sie hätten mich umgebracht.« Trotz oder eher dank der Nonsensform fühlt sich der Ausdruck bingbongen aus dem Mund meiner Mutter vollkommen logisch an. Ob es nun darum geht, den Mord an mir, ihrem Kind, mit einem Euphemismus zu umschreiben oder um das Verpacken einer Kritik an spärlich erfolgten Besuchen, das neuerschaffene Verb scheint mir auf einer Linie mit ihrem Idiom zu sein. Außerdem widerstrebt es mir, die humoristische Ader meiner Mutter zu unterschätzen. Aber auch: Legt nicht gerade mein Wunsch, ein Nonsenswort als eine letzte absurde Geste der Fürsorglichkeit oder vielleicht des Vorwurfs – oder sogar eine Verdichtung beider Dinge in einem – den Finger auf die schwindelerregende Breite und Komplexität der Frage? Will sagen, erstens: Was ist das Verhältnis von Gleichheit und Unterschied zur Persönlichkeit? Und noch größer: Wie entscheidet man *Bedeutung*?

Als ich das Thema mit einem Bekannten diskutiere, erwähnt er, dass sein greiser Vater nach einem Schlaganfall plötzlich anfing, Dinge zu essen, die er früher nie gemocht hatte, Stockfisch zum Beispiel. Der Umstand war rührend, unheimlich und komisch zugleich. Ein Kollege meiner Eltern wurde, je stärker sich seine Demenz vertiefte, ausgesprochen sexuell aufreizend, was seinem früheren Charakter äußerst fremd gewesen sein soll. Die allgemeine Auffassung, zum Bespiel meiner Eltern damals in den Siebzigern, war jedoch nicht, dass dieses sexuelle Interesse ein fremdes Element war, sondern dass der Mann bis dahin verklemmt gewesen war und die Demenz seine psychologische Verteidigung geschwächt hatte. Heute hätte man vermutlich ganz anders argumentiert.

Bei meiner früheren Arbeit als Psychologe in der Onkologie am Sahlgrenschen Krankenhaus in Göteborg begegnete ich einem knapp vierzigjährigen Mann. Während des guten Jahrs, in dem wir uns unterhielten, entwickelte sein malignes Melanom Gehirnmetastasen, die das Sprechen verlangsamten, Schwindel auslösten und ihn Worte vergessen ließen. Er konnte jedoch lange zu Hause wohnen und hatte – bevor die Schwindelanfälle begannen – einmal seinen kleinen Sohn dabei, der in meinem Behandlungszimmer in einem Buggy schlief. Der Mann beschrieb seine Kindheit und Jugend als eine einzige Misere mit schwer drogenabhängigen Eltern, missglückten Aufenthalten bei Pflegeeltern und Misshandlungen. Ihm war bewusst, dass er sterben würde, und er sprach im Grunde mehr darüber, wie seltsam es war, dass er tatsächlich ein Leben gehabt hatte – ihm zufolge ein gutes Leben –, als darüber, dass es bald vorbei sein würde. Denn so lagen die Dinge, er wirkte zufrieden; er brachte große Zuneigung und Liebe zu seinen Nächsten zum Ausdruck, er hatte mehrere Kinder und hatte sich zwanzig Jahre mit einer einfachen administrativen Arbeit abgemüht. Es war ein Triumph der Bescheidenheit: Seinen letzten Geburtstag feierte er mit Frau und Kindern im örtlichen Chinarestaurant mit einem Leichtbier und seinem Leibgericht Hähnchen mit Mandeln. Es sei wunderbar gewesen, auszugehen und als eine ganz normale Familie zusammen zu essen, meinte er. Für das Gespräch, das unser abschließendes sein sollte, ließ das Pflegepersonal mir ausrichten, er sei zu krank, um zu mir zu kommen und wünsche, dass ich ihn in seinem Zimmer in der Pflegeabteilung besuche. Eine Gesichtshälfte war gelähmt und ich musste das Sprechen übernehmen, weil er das Sprachvermögen verloren hatte; dass er verstand, was man sagte, signalisierte er allein dadurch, hörbar einzuatmen. Nach einer halben Stunde betrat seine Frau das Zimmer und plötzlich wirkte er eifrig, bemüht; er bewegte sich und wollte eindeutig etwas sagen. Es war ein bemerkenswerter und dramatischer Moment. Er sammelte sich, öffnete den Mund und schaffte es zunächst nur, einen kehligen Laut zu erzeugen. Aber dann: Mit größter Konzentration und Anstrengung sagte er Silbe für Silbe: »Glück... wunsch ... zum ... Hoch... zeits... tag.« Vielleicht waren es seine letzten Worte. Und die Antwort der Frau: »Liebling, dass du daran gedacht hast.«

Lassen Sie mich den französischen Neurologen Henry Hécaen zitieren – »die Aphasie ist gleichzeitig eine einzige und viele« –, dies jedoch so erweitern, dass es auch für den Betrachter gilt: Der Blick des Angehörigen, des Pflegenden und des Forschers kann unterschiedliche Dinge hineinlesen. Ein bestimmter Blick sieht Unterschiede, ein anderer Gleichheit. Ein Blick will allein Gleichheit sehen und übersieht den Unterschied. Ein anderer hält die gleiche Sache nicht aus und sehnt sich nach Veränderung. Ein dritter sucht nach Unterschieden, sieht aber Gleichheit, ein Vierter will Gleichheit sehen, sieht in seiner Verzweiflung aber nur Unterschiede. Ist es überhaupt möglich, sich eine neue Lebensform ohne die frühere als unumgänglichem Referenzpunkt zu denken?

1901 begegnete Dr. Alois Alzheimer der einundfünfzigjährigen dementen Frau, die als Erste seinen Namen als Diagnose tragen sollte. Die Frau hieß Auguste Deter, bezeichnet als Auguste D., und Dr. Alzheimer stellt die klassischen psychiatrischen Fragen, wo sie wohnt, wie sie heißt, welcher Tag es ist.

»Wie heißen Sie?«
»Auguste.«
»Familienname?«
»Auguste.«
»Wie heißt Ihr Mann?«
»Ich glaube Auguste.«
[...]
»Wie lange sind Sie schon hier?«
»Drei Wochen.«
»Was habe ich hier in meiner Hand?«
»Eine Zigarre.«
»Richtig. Und was ist das?«
»Ein Bleistift.«
»Danke.«

Trotz Dr. Alzheimers sicher ehrlichen Absicht zeigen diese Dialoge eine der weniger kleidsamen Seiten der Psychiatrie, bei der die Fragen des Arztes in einem unnötig hohen Maß an ein Verhör oder ein Ausfragen erinnern und die Patientin sich ständig zu wehren scheint und nur ihre Ruhe haben möchte. Über dieses trostlose Fragespiel hinaus sagte sie manchmal aber auch Dinge wie »Ich habe mich sozusagen verloren«. Zeigt diese für die Demenz so emblematische Phrase nicht die Unausweichlichkeit der Identifikation? Der Identifikation mit sich selbst. Obgleich Auguste D. sich nicht mehr selbst erkennt oder meint, ihr Leben verloren zu haben, bezieht sie sich dennoch darauf. Es fällt jedenfalls schwer, sich eine menschliche Psyche vorzustellen, die nach einer fatalen Verwandlung zu hundert Prozent nicht wiedererkennbar ist. Wie soll es möglich sein, einer Identifikation oder zumindest einem Vergleich mit einem früheren Ich zu entkommen, und sei es auch nur in seiner Negation? Wenn schon nicht die Person selbst, würden doch wir anderen unausweichlich etwas wiedererkennen, und sei es nur die Stille oder Abwesenheit, weil alle still und abwesend gewesen sind. »Sieh an, er ist auf die gleiche Art still, wie er früher still war.« »Sieh an, jetzt gibt es sie nicht, auf die gleiche Art, wie es sie nicht gab, bevor ihr Leben begann.«

Aus dem Schwedischen von Paul Berf

150831

Arazo Arif

dunkel innen und feucht

GRÜNDE

Dass dieses Zuhause ein Ort ist, an dem die Zeit sich nicht regt

Dass diese Spiegel unsere Gesichter nicht spiegeln

Dass ein einsames Gespenst der lila Leiche Liebe übers Glas gleitet

Dass die Schwellen hoch

Dass die Pflanzen tot

Dass man in der Sprache, die hier gesprochen wird, nicht sagen kann

verletzlich

verletzt

Ich möchte wissen, wie viele wir sind
die dieselben Erinnerungen an Väter haben
die hinter sich Türen schließen

wie viele
die Schlüssel im Schloss umdrehen und etwas vorspielen

in Kleidung stecken, die für immer riecht
nach dem salzigen Geruch von Kleinkindertränen
in Erinnerungen stecken an das verlogen glückliche Lächeln der Kindheit

du wiederholst es

während ich den Reißverschluss deines Brustkorbs aufziehen möchte

(das Herz ausgraben)

dich an die weiße Wand fessle

währenddessen wiederholst du

eine Geschichte über deinen Vater, die du mir nie erzählt hast

dem Mann, der in deinem Gesicht auftaucht, aber nicht in deinem Leben

ich möchte sagen, wir haben viel gemeinsam
stattdessen
spiele ich mit

ich stopfe dir die Zunge in den Mund

als wäre all mein Leben
einfach gewesen

als wären all unsere ausgekotzten Lügen
die Wahrheit

es gibt keine Freiheit außer der Freiheit der Nacht

ich sehe mein Spiegelbild
das kaputte Gesicht
gehört jemand anderem

aber die Wahrheit ist

jeder kann in mich eindringen

ich kann jede sein
du kannst fragen, wer ich bin

und ich kann die Wahrheit sagen

wie zum Beispiel

dass dieses Gesicht viele Lügen verhüllt
dass eine Geschichte zu haben, heißt, verfolgt zu sein

ich träume von nichts anderem, als neu geboren zu werden

(Nacht für Nacht)

aufwachen ist jedes Mal eine Entscheidung

und geschieht doch im selben Körper

das Sonnenlicht trifft uns wieder

ich spiele vor

ich würde nicht

Zerfall

aufhören

würdest du mich wirklich sehen

wieder hier, im Bett

anstatt zu erzählen
(all das, was du wissen solltest)
habe ich die Fantasie, an dir Spuren zu hinterlassen

wie diesen Schnitt beim Sex

ich schnitt in dich und du wechseltest die Sprache

der Abstand war im Blut messbar
das die weißen Laken befleckte
die Sünde

als du
durch die Tür gingst und dich weigertest

und ich
mich weigerte

mich zu waschen
das Bett zu verlassen

ich bin
allein mit einem Danach
unerträglich nur

ein Ticken verschwindender Zeit

mir tut die Erinnerung weh, wie ich
alles vergesse außer deinem Namen und
allen SMS, die du nie geschickt hast

jetzt gehe ich
weiter
wate durch Schnee
suche nach

Zeit Welt Raum

wo wir mehr wären

als ein masochistischer Auftrag

als weggewaschene Körperflüssigkeiten

Antieuphorie

woran wirst du dich erinnern
wenn ich dich überlebt habe

ich schmecke salzig wie der Salar de Uyuni
kalte, weiße Wüste

dort muss ich sein
im kalten Weiß

so muss ich sein
kalt, weiß

nass und eklig die Welt
nass und eklig wie Versprechen

wenn sie

unerfüllt bleiben voller Schmutzwasser

leer

wie eine Körperhülle

ein Gefäß, das Fehler verwahrt

wie

kann ich je zurückkommen

kenne jetzt das Gefühl

zu warten

sich dann zu erinnern

nur eines zu kennen

das Warten

auf der Haut

so kantig und kalt

Aus dem Schwedischen von Elke Ranzinger

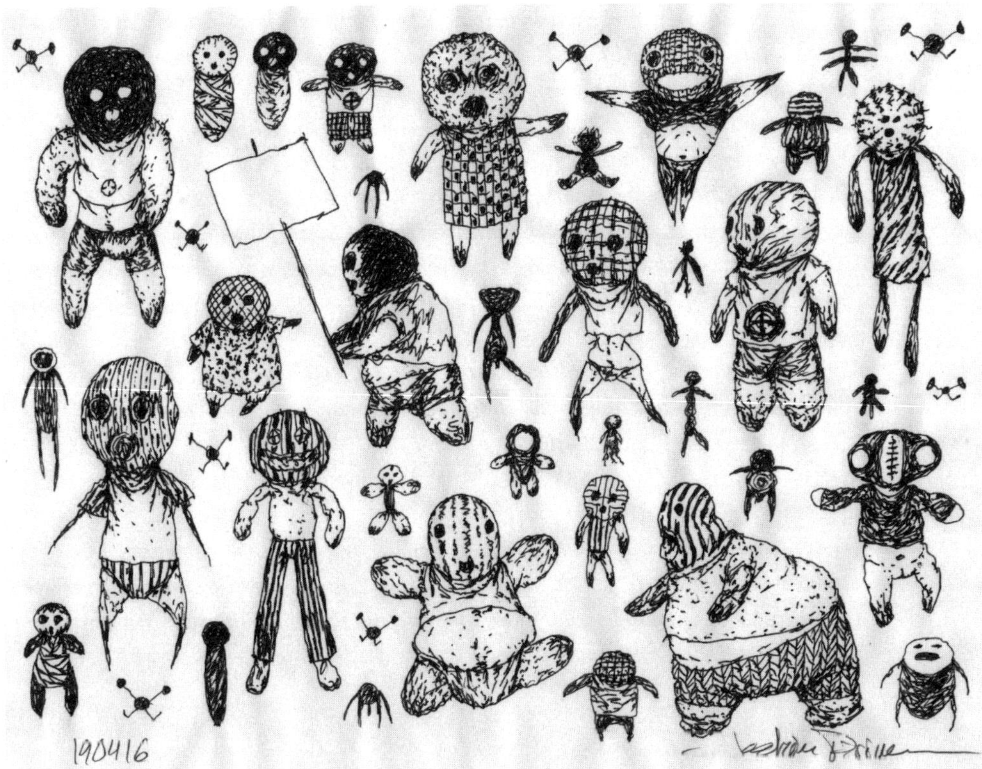
190416

Agnes Lidbeck

Sich abfinden

Der Gesellschaftsvertrag wird nicht auf der Ebene des Individuums ausgehandelt. Er ist allgemeingültig, ein Regelwerk muss befolgt werden, um eine funktionierende Gesellschaft zu gewährleisten.

Grundvoraussetzung ist, dass die Frau drei Rollen spielt. Sie soll Mutter sein. Sie soll begehrenswert sein. Sie soll fürsorglich sein, umsorgend.

Die jeweilige Rolle wird gemäß vereinbarten Vorgaben aufgeführt. Die Sätze sind vorgegeben. Improvisation ist Wahnsinnigen vorbehalten.

Die Frau verschafft sich durch das Aufrechterhalten dieser Grenzziehungen selbst den größten Vorteil. Solange ihr Umfeld sie begreift, wird sie auch sich selbst begreifen können.

Vor dem Gegenteil, unbegreiflich zu sein, fürchtet sie sich: Symptom einer physiologischen oder empathischen Unzulänglichkeit.

*

Ein Geschehen wird erst relevant, wenn daraus Konsequenzen entstehen.

Deshalb beginnt die Geschichte in dem Moment, in dem die Frau zur Mutter wird.

Bis dahin ist es nur ein Märchen für Kinder gewesen, ohne logische Einschränkungen, mit surrealistischen Elementen und etlichen offenen Enden.

*

Das Zimmer, in das Anna und Jens nach der Entbindung gebracht werden, hat drei große Fenster. Es ist still, und draußen scheint die Sonne. Anna sitzt aufrecht im Bett und hält ihr erstes, nacktes Kind an ihre nackten Brüste. Das soll man so machen, um die Bindung und Milchproduktion anzuregen.

Jens sitzt daneben, die äußerste Spitze seines Fingers in der Hand des Kindes. Jens trinkt Saft und nimmt sich Käsebrötchen von einem Tablett, auf dem eine schwedische Flagge steht, von der sie gewusst hatten, dass sie dort stehen würde, über die sie sich schon im Voraus lustig gemacht hatten. Eine schwedische Flagge, wie vulgär. Oh mein Gott, sagten sie, gleichzeitig, als die Hebamme wieder gegangen war. Anna trinkt Kaffee.

Im Laufe des nächsten Tages kommen die Hebammen ungefähr alle zwei Stunden vorbei, verschiedene Frauen, ausnahmslos vorsichtig beim Öffnen der

Tür. Manchmal klingelt Anna mithilfe eines roten Knopfs nach ihnen, damit sie ihr sagen, dass alles in Ordnung ist. Dass das neuartige Zucken der Augenlider und die Temperaturschwankungen beim Kind sowie das plötzliche Stechen in ihrer Seite ganz normal sind.

Bei den Visiten schaut Anna die Hebammen an, die auf den Urinbeutel schauen, der an Annas Bein herunterhängt, und auf die vereinzelten, dicken Milchperlen, die sie aus ihren Brustwarzen pressen kann. Sie spürt, wie sie ihr den Bauch abtasten und sie sieht, wie sie das Blut anschauen, das sich in ihrer Binde sammelt. Sie sieht, wie sie ihr Tabletten reichen, sie sieht, wie sie ihr Kind wiegen.

Anna will dem Kind alle Namen geben, die sie jemals gehört hat. Es ist mit einer weißen Fettschicht bedeckt. Auf dem Kopf trägt es eine blutfleckige Baumwollmütze. Es öffnet seine glänzenden Augen und schaut Anna an und sie schaut zurück. Dann öffnet das Kind die Lippen und schreit.

*

Nachts schläft Anna schlecht. Sie hat nicht genug Milch. Das Kind ist gelb und heiß und sie spürt, wie es in ihren Händen verkümmert. Bald wird es in einer Kiste liegen, kalt wie ein Eichhörnchen, denkt sie, eine Kindheitserinnerung vor Augen. Es liegt da und ruckt mit dem Kinn gegen ihre Brust, findet aber keinen Halt. Sie klingelt nach den Hebammen, wieder und wieder, aber die kennen das schon. Sie geraten nicht in Panik.

Jens lässt sich von ihrer Ruhe anstecken. Jens füttert mit einem kleinen Löffel, Tropfen für Tropfen. Seine Geduld ist unendlich, aber manchmal, wenn das Kind schläft, geht er aus dem Zimmer. Anna versteht nicht, wie das möglich ist, wie er sich entziehen kann. Jens duscht und zieht sich zuhause neue Sachen an und kommt dann zurück, mit Dingen, die sie benötigt, die sie ihn holen geschickt hat, aber auch umgeben von einem reinen Duft, einem frischen Lufthauch. Das Blut zwischen Annas Beinen riecht nach Salz.

*

Anna geht durch die Krankenhausflure, das Kind in einem durchsichtigen Kasten. Es ist wichtig, den Kreislauf nach einem Kaiserschnitt so schnell wie möglich wieder in Gang zu bringen. Im Flur bewegen sich andere Menschen, hauptsächlich frischgebackene Väter, die gerade Tassen, Gläser oder belegte Brötchen holen.

Anna fragt sich, ob die Väter sie begehren, oder sie begehren würden, oder sie eines Tages begehren werden. Sie fragt sich, ob sie über die gegenwärtig herrschenden, unvorteilhaften Umstände hinwegsehen und verstehen können, dass sie sich normalerweise anders bewegt, dass sie ihr Haar sonst anders trägt. Dann schreit das Kind, und Anna geht zum Zimmer zurück.

Am dritten Tag spannen und schmerzen ihre Brüste und Milch tritt aus. Nun dürfen sie nach Hause fahren, und sie dürfen das Kind mitnehmen. Jens fährt. Anna sitzt hinten und hat die Augen aus Angst vor einem plötzlichen Unfall geschlossen. Das Kind ist ein Junge. Harry, nach Annas Vater. Jens sagt, selbstverständlich, Schatz.

*

Die Schwangerschaft hatte schwerwiegende Konsequenzen für Annas Körper. Im Blut ist das Eisen fast vollständig aufgebraucht. Das Skelett hat sich verschoben. Sie zog die alten Schwerpunkte vor. Die Entbindung verschlimmerte die oben genannten Konsequenzen und führte zu neuen. In der Arztpraxis wird die Narbe am Bauch mit einer blauen Salbe bestrichen. Die angrenzende Haut ist taub. Sie kratzt die von Pflastern hinterlassenen Klebereste ab. Es dauert erstaunlich lange, bis die für Betäubung und Einschnitt aufgemalten Markierungslinien vollständig verblasst sind.

Die Schleimhäute im Intimbereich und im Rachen sind ausgetrocknet. Der Wochenfluss kommt und geht. Manchmal hellrot und manchmal dunkelrot, manchmal fast gelb. Sie legt die in Papier gewickelten Binden in den Müll. Obwohl sie die Mülltüte oft wegbringt, findet sie, dass die Wohnung nach Blut riecht, und dass sie leichte Schmerzen im Rücken hat.

Der Schmerz wandert. Manchmal sitzt er im unteren Rücken, manchmal im Nacken. Sie bekommt Hämorriden, die jucken und brennen, aber sie kann es nicht lassen, an ihnen herumzutasten und zu versuchen, sie in den Enddarm zurückzudrücken. Sie hat Verstopfungen, sie trinkt viel Wasser. Mein Schweiß riecht wie Brot, denkt sie.

*

Anna nennt das Kind Harry oder er, wenn sie über ihn spricht. Er ist ihr häufigstes Gesprächsthema.

Anna richtet sich nach Harrys Willen. Sie entschuldigt sich anderen gegenüber, dass sie von Harrys Gewohnheiten, seinem Temperament, seinen Wünschen nach diesem oder jenem gesteuert wird. Sie verbringt die Tage im Warten darauf, dass er sie braucht. Sie sitzt in einem Stuhl, wenn er schläft und wartet, dass er aufwacht.

Anna badet Harry in lauwarmem Wasser und taucht ihre Ellbogen ein, um zu prüfen, ob es die richtige Temperatur hat. Wenn das Licht auf eine bestimmte Art durch das Fenster fällt und sie ihn über den Kopf hebt oder etwas ähnlich Anmutiges tut, stellt sie sich vor, dass jemand sie sieht. Meistens einer der Männer vor Jens. Sie stellt sich vor, wie sie längs der Wände stehen und sie in dieser Intimität mit dem Kind beobachten, und dass sie das Kind beneiden.

Sie taucht die Arme ins Wasser, mit ihm in ihren Händen ruhend, sie stellt sich vor, dass ihre Haare einen besonderen Glanz bekommen, wenn sie Harry an die Schulter legt und über das warme, sonnengefleckte Parkett schreitet. Sie stellt sich vor, dass ihr die Männer von Zimmer zu Zimmer folgen.

*

Die Verhaltensregeln für die Mutter sind simpel. Das ist notwendig, da die Mutter nicht geschlafen hat und komplexeren Anweisungen nur schwer folgen kann.

Die Mutter soll nicht hungern. Sie soll Nahrung produzieren. Die Mutter soll nicht stöhnen. Sie soll tragen. Die Mutter soll vorgegebene, archaische Melodien summen.

Sie soll außerdem einige dieser Melodien auf dem Klavier spielen können, mit einem oder zwei Fingern.

*

Wenn sie allein ist, zuhause, kann sie sich nicht aufraffen, mit Harry zu sprechen, obwohl man mit Kindern reden soll, wegen der Bindung und der Sprachentwicklung. Sie schiebt es auf die Müdigkeit, oder vielleicht die Hormone, und beginnt mit der Einnahme von Hefetabletten, Magnesium und Echinacea, damit die Fingernägel nicht einreißen und sie Energie zum Summen hat.

Die Fingernägel werden kräftiger. Harry liegt auf dem Wickeltisch und schaut Anna an und Anna wechselt routiniert die Windeln. Sie sind ihr nicht zuwider, aber sie schafft es verdammt nochmal nicht, *wo wohnt die kleine Maus* zu singen, kein einziges Mal. Genauso wenig *Mein Vater hat drei bunte Schweine*.

Harry ist nun öfter wach. Vorher folgte er Anna mit dem Blick, jetzt auf den Knien, jetzt auf seinen rundlichen Füßen. Es wird März und sie setzt ihn in seinen Stuhl, ins Sonnenlicht, das zum Fenster hereinfällt, und er fuchtelt mit den Armen und gibt Laute von sich. Es wird Juli und sie legt ihn in seinen Wagen in den Schatten und in sein Bett ohne Decke, sie gibt ihm Holzlöffel zum Klopfen, klingelnde Glöckchen, weiche Babyspiegel, die aussehen wie kleine Seen. Er schreit trotzdem, oder macht andere Geräusche, auf die Anna glaubt, eingehen zu müssen.

Wenn ich doch nur unter Leuten wäre, dann könnte ich auf ihn aufpassen, ohne dass … sie bricht den Gedanken ab, bevor er zu den Worten Langeweile, Angst, Wut führt. Dann könnte ich oh oh oh, rö rö rö, ma-ma, ma-ma, ma-ma und kuckuck sagen, damit es andere hören, meine Hingabe sehen, und wie in diesem Moment die Form meiner Lippen aussieht. Also geht sie nach Draußen, um für all das Energie aufzubringen.

Anna geht zum Babysingen und Babyschwimmen und Babytreffen. Sie geht in eine Müttergruppe und zur Kirchenkinderstunde und ins Babykino. Sie geht zur Babymassage und in ein Begegnungszentrum, wo man Frauen mit Migrationshintergrund treffen kann, um über die Babys zu reden. Es hilft ein wenig, trotz, oder gerade, weil der Raum voller Mütter ist, die miteinander reden und währenddessen gelassen ihre Kinder auf den Knien wiegen, genau wie sie.

Anna sitzt mit den anderen in einem Kreis auf dem Boden im Versammlungsraum der Kirche. Der Teppich ist blau und Harry will sich aus ihren Armen befreien, weg von den Knien und hin zu den Körben mit den Rasseln. Anna lächelt entschuldigend und fragt sich, ob es so wirkt, als würde Harry sich geborgen fühlen, oder ob es so wirkt, als würde er sie nicht leiden können.

Harrys Mutter, sagt sie, als sie an der Reihe ist, ach genau, Anna heiße ich ja, fügt sie hinzu und beendet den Satz mit einem müden, halbherzigen Lachen. So hatte es letzte Woche eine Mutter in einer anderen Krabbelgruppe getan. Für Anna klang es nach etwas Besonderem. So wenig Schlaf zu bekommen, so wenig, dass einem der eigene Name entfällt, aber niemals der des Kindes.

*

Die Mutter soll ihre Rolle sowie ihre sozioökonomische Zugehörigkeit durch passende Accessoires signalisieren.

Beispielsweise durch einen Stoffbeutel in der Hand, anstatt einer Ledertasche über der Schulter. Weiterhin sind vorzuziehen: Kaffee ohne Milch, eine rundere Armbanduhr, oder ein flacherer Absatz.

Ergänzend zu diesen äußeren Attributen soll die Mutter die Gefühle zum Ausdruck bringen, die von ihrer Rolle erwartet werden. Es wäre wünschenswert, ist aber kein Muss, dass sie die zum Ausdruck gebrachten Gefühle selbst empfindet.

Die Mutter soll das Haus zu einem Heim machen. Sie soll Wandfarben aussuchen. Sie soll eine zusammenhängende Erzählung entwickeln. Die Mutter soll entscheiden, welches Brot in der Familie gegessen wird, falls in der Familie Brot gegessen wird.

Zahlreiche Entscheidungen müssen getroffen und vielfältige Tätigkeiten ausgeführt werden. Die operativen Arbeitsaufgaben können in die Länge gezogen werden, um die Leerräume zwischen ihnen zu kaschieren.

Die Mutter soll den Spiegel von Zahnputzflecken befreien sowie das Waschbecken von Spuckresten und den Toilettensitz von Urin. Darüber hinaus soll die Mutter Blumen in Vasen arrangieren und mit einem überraschten Lächeln Zeichnungen in Rot und Grün entgegennehmen.

*

Früher zog Anna Sachen an, die Jens animieren sollten, ihr diese ausziehen zu wollen, nur damit sie Nein sagen könnte, und er daraus ein Ja machen würde. Aber mit solchen Subtilitäten kann sie sich jetzt nicht mehr aufhalten. Für das Angedeutete fehlt es an Zeit und Energie, außer in den gedämpften Auseinandersetzungen.

Viele Jahre später erzählt Jens in der Paartherapie, der Gedanke an die Gleichzeitigkeit von Sexualität und Kleinkind habe Unbehagen in ihm ausgelöst, dass seiner Meinung nach alles seine Zeit habe, dass es verschiedene Abschnitte im Leben gebe, aber dass er eine deutliche Erwartung gespürt habe, die Forderung einer normativen Männlichkeit, wird ihm der Therapeut beim Formulieren helfen, und Jens wird zustimmend nicken.

Anna wird überrascht sein und es als Kritik auffassen, so als wäre sie normativ gewesen. Sie wird das Wort gekränkt verwenden, weil er es so empfunden hatte. Ihrer Auffassung nach besitzt sie keinerlei Werkzeug, um zu insistieren.

Anna wird auch dann nicht formulieren können, was sie gerade empfindet. Obwohl Zeit vergangen ist, wird ihr noch immer der Raum fehlen, um zu sagen: dass sie es nie als ihre Aufgabe betrachtet hat, den Geschlechtsverkehr zu initiieren, was wäre er denn dann noch wert? Dass es für sie nur funktioniert, wenn es gilt, überzeugt zu werden, widerspenstig zu sein, bezwungen zu werden.

Sie wird sagen können, dass sie ihn nicht drängen wollte, aber sie wird nicht sagen können, dass sie ihn zurückweisen wollte. Die Worte, die ihr heute fehlen, werden ihr auch dann noch fehlen: der Körper, die Macht des Körpers, die Macht der Zurückweisung; die Macht, zurückzuweisen.

Aber noch sind die Jahre nicht vergangen. Heute ist heute: heute ist Freitagabend. Harry schleift eine Zahnpastatube über den Badezimmerboden, während sich Anna die Beine rasiert und die Haare wäscht.

Weil nicht sie die Entscheidung trifft, wann der Geschlechtsverkehr stattfinden wird, muss die Haut jederzeit bereit sein. Besonders freitags und samstags, wenn sie Wein trinken. Das ist so Tradition. Als sie haarlos und trocken ist, cremt sie sich ein, um wieder fettig zu werden. Harry sagt *hoch!*

*

Wenn der Geschlechtsverkehr stattfindet, scheint es eine Art Reaktion auf einen Stimulus zu sein, den Anna nicht nachvollziehen kann und an dem sie sich nicht beteiligt fühlt.

Vor dem Einschlafen kann es passieren, dass sich Jens zu ihr dreht und sie dann berührt. Anna ist unschlüssig. Warum ausgerechnet jetzt, warum nicht zu einem anderen Zeitpunkt? Wir haben weder gestritten noch haben wir uns versöhnt, es gibt keinen Anlass. Ist es nur etwas im Körper, das kanalisiert werden muss, oder hat er mit einer anderen geschlafen und will deshalb jetzt mit mir schlafen?

Sie fragt nicht. Sie verhält sich konstruktiv. Anna befeuchtet diskret ihre Finger, um die Penetration zu erleichtern. Sie kann weder schreien noch dagegen ankämpfen, denn dann würde das Kind aufwachen. Also gibt es nichts zu fühlen, keine Textur. Sie wird nicht bezwungen und auch nicht überwältigt, sie ist nur das Mittel zum Zweck. Sie kennen sich bereits, was sollen ihre Hände dann noch machen? Was ist ein Sieg ohne Kampf wert, denkt Anna, und ist trotzdem erleichtert, dass er will.

Unbeholfen, ungelenk. Es steckt kein besonderer Wille dahinter, dass er sich in mir entleert, denkt Anna. Es ist keine Kraftprobe. Kein Beweis dafür, dass er ausgerechnet mich liebt. Ich bin verfügbar, so einfach ist das, ich bin die Naheliegendste.

Sobald Jens gekommen ist, schläft er ein. Später wacht Harry auf und bekommt ein Fläschchen, um wieder einzuschlafen. Sie sitzt auf der Bettkante und wartet, dass er es ausgenuckelt hat. Sie lauscht dem Regen, der auf das Dach fällt. Winter vergehen, bald ist wieder Weihnachten, Frühlinge kommen. Die Wohnung wird angefüllt. Die Wände strahlen nicht mehr weiß, die Böden sind verdreckt von klebrigen Obstflecken.

Es macht weniger Spaß, Tulpen in eine Vase zu stellen, wenn Kreidestückchen und staubige Sticker und Ritterfiguren unter dem Tisch liegen, aber es spielt keine Rolle, wie oft sich Anna bückt und aufräumt, es liegen trotzdem immer wieder Sachen dort.

Jens flucht: verdammte Scheiße was zur ... Fuck Schatz, wenn er sich nach dem verspäteten Oslo-Flug im Dunkeln hereinschleicht und dabei auf Lego tritt. Jens schwängert Anna erneut, eine Mischung aus Wunsch und Vergesslichkeit und Erwartungen. Wenn sie umziehen wollen, dann müssen sie es jetzt tun, bevor Harry in die Schule kommt. Bevor er sein Netzwerk aufgebaut hat, Schatz, wie Jens es formuliert. Anna packt Kisten. Der Bauch ist im Weg. Sie packt ihre Kleider, und sie packt ihre Kochbücher und sie packt ihre Kinder, das eine, das im Kindergarten ist, und das andere, das ihr in die Rippen tritt. Sie hockt im Kellergang und kramt in Kartons herum.

Harry ist fast vier, als Hedda geboren wird. Hedda liegt auf einem roten Tuch und folgt Anna mit dem Blick, ein weiterer Blick.

Wenn Anna eine Pause macht – wenn sie das Kochbuch zugeschlagen und die Herdplatte abgewischt hat, wenn der Probierlöffel gegen die Topfkante gelehnt ist und die Hände an dem steif gemangelten Küchenhandtuch abgetrocknet sind, beugt sie sich über Hedda und macht die Grimassen, die gemacht werden sollen.

Heddas Blick reicht als Antwort nicht aus. Anna stellt sich stattdessen vor, dass einer der Nachbarn sie sieht, einer der großen Männer, die die gleichen Dinge im Garten machen wie Jens, aber dennoch fremd wirken. Sie nimmt Hedda mit ins Büro, sie lässt die Menschen dort sehen, wie das Kind im Wagen schläft. Wie schmal ihre Taille wieder geworden ist, lässt sie durch locker sitzende Kleidung andeuten. Sie lässt Fotos entwickeln, die eingerahmt werden, Familienfotos vor einem weißen Hintergrund.

*

Wenn die Frau zur Mutter wird, wechselt die Maßeinheit für ihren Wert von der Anziehungskraft zu körperlichem Durchhaltevermögen.

Mutterschaft kann mit dem Tragen gewisser religiös kodierter Kleidungsstücke verglichen werden. Das Fleisch wird anonym, geschaffen für anderes als Begierde.

Die Mutter soll kein Individuum sein, das – dank ihrer einzigartigen Proportionen; Taillenumfang im Verhältnis zur Länge der Nägel – von anderen unterschieden werden kann.

Deshalb soll sie nicht mehr bei ihrem Namen genannt werden, oder bei einem onomatopoetischen Gleichnis. Sie soll stattdessen, wie alle Werkzeuge, ihrer Funktion nach bezeichnet werden.

Aus dem Schwedischen von Therese Korritter

Tone Schunnesson

Trips und andere Reisen

Zuhause ist ein Ort, verloren in der Erinnerung. Bangkok nicht. Die Hitze macht mich benommen, Neonlichtcafés, Kletterpflanzenbars, rissige Asphaltstraßen, alte Männer mit gebeugten Rücken, junge Männer ganz ohne Rücken. Ich werde einen Zug von Hua Lumphong in den Süden Thailands nehmen, den Zug aber verpassen. Ich traue mich nicht über die Straße, die Autos fahren so schnell, ich stehe in der Sonne und bin die Einzige ohne Schirm, ich denke mal, ich bin ein Idiot. Ich rauche, spüre die Wärme der Zigarette aber nicht im Mund, die Luft an sich ein Sog nach innen. Ich warte darauf, dass jemand für mich anhält, ein Auto oder ein Motorrad, irgendjemand, der die Stadt besser kennt als ich.

Dies ist meine Geschichte. Über mich, aber auch darüber, wie alles sein könnte oder wie es werden wird. Ich kann nicht zurück, woher ich gekommen bin, aber ich kann in einer Kathedrale in Barcelona eine Kerze für diejenigen anzünden, die ich hinter mir gelassen habe oder ihre Namen auf Zettel schreiben und das Beten Menschen überlassen, die weiser sind als ich, damit sie im Tempel Wat Saket darüber meditieren. Ich kann *Andreas* auf Hunderte von Zetteln schreiben oder mehr, seinen Namen flüstern in der Nacht, ich kann sein Gesicht mit dem Finger in mein Bettlaken zeichnen, und trotzdem werden wir uns nicht wiedersehen; ich meine, ich antworte ja doch nie, wenn er mich ruft. Ich kann seinen Namen unter Wasser schreien oder eine SMS schreiben, die ich nie abschicken werde: dass ich heute Abend nicht nach Hause komme, ich kann mir diese SMS immer wieder durchlesen und mich fragen, was ich eigentlich damit sagen will. Ich kann auch meinen Namen unter Wasser schreien, gleich nachdem ich seinen geschrien habe, und hören, dass ich aus meinem Mund voller Salzwasser viel besser klinge, als aus dem Mund eines anderen voller Zunge.

Als Andreas und ich zusammenlebten und es meine Aufgabe war, dafür zu sorgen, dass alles funktionierte, obwohl nichts funktionierte, zog ich in unserem Wohnzimmer große Pflanzen, und Andreas saß auf dem Boden unter dem Fensterbrett und brannte mit einem Lötkolben hübsche Muster in Holzstücke, in Skateboards ohne Rollen und große Bretter, die er auf dem Nachhauseweg von der Arbeit fand. An der Decke hatten wir keine Lampen, die einzige Lampe, die es in der Wohnung gab, hatte er auf seine arbeitenden Hände gerichtet, ein

Scheinwerfer in der Dunkelheit, während ich halb schlafend auf dem Sofa vor mich hindämmerte und irgendwelche Game-Shows sah, die rund um die Uhr liefen, oder auf jeden Fall früh morgens und spät nachts und an den Nachmittagen, wenn ich nirgendwo anders sein konnte. Wortquiz-Räder in Regenbogenfarben, die sich tausendmal um die Erde drehten und tausendmal wieder zurück. Wer dort anrief, wollte fünftausend oder zweitausend Kronen, größer waren die Träume nicht, und die Wortschlangen schlängelten sich wie dumme Gedichte in komplizierten Mustern umeinander. Andreas' Hände waren schön, hatten Adern in demselben Muster wie das Holz, ich schaute die Hände an und versuchte mich zu erinnern, wie sie sich angefühlt hatten, damals, denn ich fühlte sie nicht mehr. Ich war arbeitslos, und mein Blick ging zwischen den Händen und den Quiz-Shows hin und her, ich wusste die Lösung jedes Mal, konnte aber nicht anrufen, weil Andreas sein Handy streng bewachte, aus Angst, ich könnte die Nachricht einer seiner Geliebten lesen, als wüsste ich nicht längst über alles Bescheid. Und ich selbst hatte nie Guthaben, oder der Akku war leer. Ich ging ins Café nebenan, holte Kaffeesatz in Tüten, mit dem ich dann unsere Pflanzen düngte, deckte ihre Wurzeln sorgfältig zu. Eines Vormittags, als ich sie gießen wollte, sah ich, dass Töpfe und Blätter voller Ungeziefer waren, schwarzer Schädlinge, die sich in der feuchten Erde eingenistet hatten, sie kletterten zu Tausenden über die Pflanzen, zwischen den Pflanzen, auf den Boden hinunter, wo Andreas immer saß.

Früh am Morgen, an dem ich nach Bangkok flog, skypte ich mit meiner Mutter, und sie sah im Hintergrund, dass ich das Heidekraut vom Balkon reingeholt und es ins Fenster gestellt hatte, und sie bekam Angst und fing an zu schreien: »Heidekraut im Haus heißt Tod, Heidekraut im Haus heißt Tod!«, und mit einem Mal kam die Erinnerung mit voller Wucht zurück: an all das Ungeziefer aus der Zeit, in der ich mit Andreas zusammengelebt hatte, die Schädlinge auf unseren grünen Blättern, und wie die Tierchen mich in meinen Träumen heimgesucht hatten, bis Andreas mich schließlich verließ.

Meine Mutter wusste nicht, dass das Heidekraut viele Jahre bei mir im Fenster gestanden hatte, schließlich vertrocknete und trotzdem bleiben durfte, und ich werde wohl eines Tages sterben.

Andreas weinte jedes Mal vor dem Sex und oft auch danach, aber währenddessen war er ganz verbissen, selten heiter. Oft verschwand er woanders hin, und ich dachte, es ist wie mit einem Toten zu schlafen, einem Menschen, dessen Seele ihn verlassen hat, oder was auch immer im Körper lebt. Dann hörten wir auf, miteinander zu schlafen, aber ich legte mich immer dicht neben ihn und versuchte, nicht schwer zu atmen, damit meine Lust ihn nicht störte, oder wenigstens tat ich so, als wollte ich nicht, dass meine Lust ihn störte, und hoffte insgeheim, dass meine Lust seine weckte.

Ich weiß nicht, was mit Andreas nicht stimmte, aber irgendetwas war da, ich weiß nicht, warum das Heidekraut vertrocknete oder warum unsere Nachbarn sich jedes Wochenende auf dem Balkon stritten, wo das doch wir hätten tun sollen.

Wie kann ich jemand sein, der all dem zum Trotz seine Reise in einem Zug beginnt? Die Zeit bewegt sich parallel zu den Gleisen, sie scheint ein Maß zu sein nicht für das, was vor uns liegt, sondern für das, was einmal war, die Zukunft blickt sich selbst über die Schulter, rückwärtsgewandt. Viele scheinen Angst zu haben, weil sie die Zeit nicht anhalten können. Viele scheinen Angst zu haben, weil alles weitergeht, parallel geschieht, niemals aufhört oder beginnt. Wie kann ich jemand sein, der meine Reise in einem Zug beginnt, wenn die Tage wie Wasser sind, die Stunden Kreise. Was an all den Reisetagen ist Fortbewegung? Von der Sommerbrise in Berlin war in Barcelona nichts zu spüren. In Barcelona steht das Wetter still, die Sonne wie festgenagelt oben am Himmel, bis es ohne Dämmerung plötzlich Nacht wird. Das war anders in Berlin, dort gab es eine andere Hitze, eine nordische Hitze, wie ich sie kenne. Was war es nur, was da draußen vor dem Sommerfenster duftete? Ich saß im Taxi nach Tegel, Großmutter hätte es gewusst, ich dachte, dass sie niemals lachte, aber das stimmt nicht. Ein Bild von ihr, wie sie lacht, erschien vor meinen Augen, durch das offene Fenster auf die Rücklehne des Fahrersitzes projiziert, was war es, was da so duftete? Magnolie klingt schön, oder Jasmin. Berlin ist ein Leben weit entfernt von El Raval und von Großmutters Söderslätt, weit entfernt von dem Meer an den verschiedenen Stränden, und weit entfernt von jedem Hauch Urin oder Müll und dem Geruch nach Straße, wie er in Südeuropa blüht. Andere Orte bedeuten andere Gerüche. Erst wenn ich das spüre, wenn ich *den* spüre, begreife ich, dass ich mich fortbewegt habe. Man kann auf der einen Seite der Erde in ein Flugzeug steigen und auf der anderen Seite wieder aus. Man kann ein Taxi von einem Punkt zu einem anderen nehmen, bei einer Person zu Besuch sein und dann mit Hilfe eines Autos ganz woanders. Man kann die Zeit wie einen ausgedehnten Raum in der Brust spüren, wenn die Quiz-Sendungen morgens enden, man jedoch mittlerweile weiß, dass sie abends wieder zurück sind, und man sehnt sich. Was war es, was da draußen vor dem Taxi auf dem Weg nach Tegel duftete? Es war der Holunder, große Büsche und Bäume, warme Gläser mit selbstgemachtem Sirup zum Frühstück, eine strotzende Traubenkirsche. Mit dem Flugzeug in einem Teil Europas abheben, in einem anderen Teil Asiens landen. Mein Körper bewegt sich, doch mein Kopf bleibt liegen. Ich empfinde überall ein bisschen anders, oft in Abhängigkeit davon, was ich rieche, und wenn ich auf einem Hügel in Barcelona stehe und über die Grabsteine von Montjuïc blicke, kann ich nicht fassen, wie ich dort hingekommen bin, oder wenn ich mit den Füßen in dem Meer rund um Malmö stehe, wobei Malmö an sich ja keine Insel ist, ich kapiere gar nichts mehr. Wie ist es mir gelungen, Bus oder Flugzeug zu nehmen, woher habe ich das Geld dafür, woher weiß ich, dass ich an der nächsten Station aussteigen muss? Wie habe ich es überhaupt geschafft, mich anzuziehen und zum Bahnhof zu gehen, mein Kopf liegt noch zu Hause im Bett und schläft, um nur ja nicht wach sein zu müssen.

Am Flughafen in Kopenhagen wartete ich bis zur letzten Sekunde, dass jemand kam, der mir helfen konnte. Ich warte immer auf jemanden, der mir helfen, mich abholen oder mich lieben kann, wenn es das ist, was ich brauche. Um 6:45 Uhr bin ich in Bangkok gelandet, und seitdem habe ich hier an dieser Straße gestanden, und erst als ein Motorrad über den Asphalt schlittert und der Fahrer durch die Luft geschleudert wird, kann ich diese Straße überqueren, so funktionieren meine dunklen Kräfte und so werde ich für mein Warten belohnt. In dem Zug, der quer durchs Land nach Süden fährt, setze ich mich in die Zweite Klasse. Ich habe zwei Tüten Chips und eine große Flasche Wasser gekauft und trage immer noch den Mantel aus Berlin. Der Schweiß rinnt an mir herab, aber ich traue mich nicht, ihn auszuziehen, will mich noch nicht entblößen. Mir gegenüber sitzt ein Mädchen und liest in einem Schulbuch, morgen früh wird sie erzählen, dass sie auf dem Weg zu ihren Eltern ist.

Das rhythmische Klopfen des rollenden Zugs schläfert mich ein. Ich fühle mich sicher, denn ich kann nirgendwohin, selbst wenn ich wollte. Fühlt es sich so an, jemanden zu lieben? Ich schlafe ein, bevor der Schaffner kommt, um unsere Sitze zu Liegen umzuklappen, und werde deshalb von drei Männern geweckt. Sie rufen, obwohl sie direkt neben mir stehen, tippen mich vorsichtig an und rütteln mich schließlich behutsam mit ihren Scheinwerferhänden. Der Jetlag hat mich so breit gemacht, dass ich kaum auf den umgeklappten Sitz passe. Ich ziehe die Vorhänge zum Gang zu, schlafe in den gestärkten Laken wieder ein, meine Füße ragen über die Kante. Die ganze Nacht hindurch schlafe ich, wache vom Ruckeln des Zuges nicht auf, eher scheint es mich in einen Zustand der Unerreichbarkeit zu versetzen, denn ich schlafe so tief, dass ich nur ein einziges Mal erwache, und da sehe ich durch die Vorhänge, wie das Mädchen im Gang steht, um genügend Licht zum Lesen zu haben, sie leckt ihren Finger an und blättert die Seite um. Gegen halb sechs geht über der Palmenlandschaft die Sonne auf, große Schatten unter grünen Blättern, ebenso groß wie mein

Jetlag, Steinboden, Sterbeboden, Boden, der jemand anderem gehört, ich wache auf und bin befreit von allen, die mich nicht sehen, hier kann mich niemand erreichen, eben aufgewacht, offen auf dem Rücken liegend, zwischen braunen Flüssen gesäumt von zweifelhaften Behausungen, der Vorhang zum Gang immer noch geschlossen.

Ich pinkle durch ein Loch auf die Schienen. Ich habe gewaltige Gefühle, zu groß, um sie auszuhalten. Ich sehne mich nach

acht Jahre sind vergangen

acht Jahre, ohne zu schreiben

dann ist das Leben vorbei

acht Jahre, ohne mit jemandem zu schlafen

dann werde ich mir das Gesicht mit Säure einschmieren, mich in die Sonne legen, auf den UV-Schutz pfeifen,

neu geboren werden

Aus dem Schwedischen von Hanna Granz

Fredrik Nyberg

Ruinen

DIE ERSTE RUINE: *Geschichtsphilosophische Thesen*

Hockend menschlicher zu werden.
Kniend vor dem von anderen Tieren getöteten Tier
entstanden wir. Und ohne Außenseite aßen wir uns zum ersten Mal richtig satt.
Dunkle Scheunen gibt es in jedem von uns.

Anno 536. Und damit gar kein Sommer.
Aber Hasen gingen in Fallen. Zurückfallen in tiefe tiefe Tiefen.
In der Schrumpfphase werden Schrottmünzen wiedergefunden. Zerfetzte
Feldzeichen
flattern im Wind. Auch *der agrarische Slum* ist ein Archiv.

Während langer Zeiten nur Sorgen.
Obwohl ich wahrlich so schnell lief, wie ich konnte, verpasste ich
heute morgen den Bus. Xenakis verpasste *das letzte Boot* und musste
stattdessen den Zug nehmen.
In der Streckungszone reißt es die verschiedenen Teile der Pflanze auseinander.

Der Vietnamkrieg im Radio.
Der schwarzweiß karierte Küchenboden undenkbar ohne die Brotfladen.
Und das Brennholz im Keller. War Großvater richtig böse? Wenn wir das
verzehrende Feuer nicht löschen, wird es weiterbrennen.

In den Achtzigern waren die Winter kalt.
Ganz selten, dass Vater mich weckte und sagte: »Schau! Draußen ist alles weiß!«
Immer war es Mutter, die rief, wenn das Essen auf dem Tisch stand. »Essen ist
fertig«,
rief sie so laut sie konnte. Die Hände wollte ich niemals loslassen.

Wie zerstört ist Palmyra?
Eine Schlüsselart ist wie ein Schlüsselstein. Wie ein Schlussstein
der schließlich fast alles im Fallen mitreißt. Wir machten Säugetiersachen in
der Ruine.
Im erhitzten Zustand kann die Ratte wieder und wieder die Gestalt wechseln.

Was war die Wahl des Achilles?
Wie viele weitere Meter dieses groben schwarzen Stoffs müssen wir zuschneiden?
Die fossile Verbrennung steigt. Wo das Einkaufszentrum schmachtet, gab es
früher Felder.
Aber alle sitzen sicher nicht im selben Boot. In *Illth* werden jetzt immer mehr
zurückgelassen.

26/7 1976–23/5 2015

DIE SIEBTE RUINE: *Die eingebetteten Subjekte teilen und feuern*

Mit riesigen Flammen brannten die Dörfer
Schon den allerersten Stein will ich umdrehen
Das Herz wählt, wie es schlägt

Nun ziehen die noch dunkleren Wolken auf
Die Tage als die üblichen Maßnahmen noch reichten
sind irgendwie vorbei

Heute waren alle sehr traurig, als wir uns an der Tür trennten
und dann gingen wir alle in verschiedene Richtungen
Der Schicksalsfaden ist so trist

Nun musst auch du hochkommen aus der Tiefe des Meers

*

Keinen Chor hört man   in der Ferne

Wenn die Neuerschaffung real wäre   würde ich mich   umgehend neu-
erschaffen   und meine hässlichen Hände

Erst brannte es   ganz gewaltig   Dann regnete es
lange   und reichlich

Ich stehe   ohne Wunden
Kann der Vers helfen   den Opfern der Sorge
Wie schön, schon Gestrüpp zu sein, wenn man sich bald in den Wald begibt
Um dort   Gestrüpp zu werden

Die Sicht   wird immer begrenzter
Jetzt sprechen sie dann doch   über den nahenden
Sturm
Und über das Feuer   Und über die schwer überschaubaren Folgen der Isolierung

Was ist, wenn man meine Mutter in Not   nun ihrem Schicksal   überlässt

*

Überall   Spolien
Auch im Gewirr der Ruine   findet die Pfote der Katze
sich meist zurecht

Nun redest du   schwächer   und schwächer
Dir Akkumulation der Ruine   ist negativ
Als entzöge man sich ein weiteres Mal dem Frühling   und den Freunden
die »Gefahr vorüber« signalisieren   obwohl der Sturm noch nicht
abgeflaut ist

Die eingebetteten Subjekte   teilen und feuern

Jetzt ist die Gefahr vorüber
Vater und Sohn   gibt es nicht mehr

DIE SIEBZEHNTE RUINE: *Meine Flagge ist zerfetzt*

Meine Flagge ist zerfetzt.
Der Sturm, der über *die Schwellen* hereinzog
warf uns zu Boden.
Als wären wir Kegel.
Aus dem Nichts kann plötzlich starke Sorge entstehen.
Wie heißt das, wenn jemand den Hahn öffnet
und unkontrolliert Wasser auf den Boden rinnen lässt?
In der Sturzhalde hat der Erlöser längst ausgestürzt.
Alle Stürme unterscheiden sich ausnahmslos voneinander.
Kein Mensch fällt auf die gleiche Art wie ein anderer Mensch
plötzlich zu Boden.
Wenn die Neuerschaffung real wäre
würden die Händler wieder und wieder aus dem Tempel vertrieben.
Die Begierde neu zu erschaffen kann sehr schwer sein.
Stell dir vor, das Ungesagte gesagt und das Gesagte ungesagt zu haben.
Das wär ein Zuckerschlecken.
Die Flagge ist schon zerfetzt und auf Halbmast gehisst.
Der Schnee auf dem Boden wird in Wehen zusammengeweht.
Es gibt zufällige Anhäufungen
unter meinen Begierden und Erinnerungen.
Die Ruine ist gar nicht mies.
Wieder hetzt mich der Tag.

*

Wieder hetzt mich der Tag.
Die Ratte und der Sturm und die Händler haben das Agens.
Wenn die Neuerschaffung real wäre, würde der schmale Pfad
uns und andere aus *dem dunklen Wald* führen.
Der Sturm wird hereinziehen, auch wenn das Boot schlecht vertäut ist.
Auch wenn das Boot schlecht vertäut ist, werde ich loslassen müssen
wenn es so weit ist.
Dann in eisfreien Wellen zu sinken.
Das dunkle Agens gräbt in der Erde. Die Überdeckung und das Zusammenklappen
und das Herabbeugen geschehen nachts.
Auch die Ratte ist sehr durstig.
Auch der Sturm zieht und zerrt an der Erde, die wir erbten.

Wie heißt der Schmetterling, der vorgestern verschwand?
Die Wildbienen werden nach Südosten gedrückt. Zum Meer.
Zur Grenze, wo *manche* warten und *andere* umkehren müssen.
Wenn die Neuerschaffung real wäre
wäre die Rose immer frisch erblüht und rot.
Der Sturm wird hereinziehen, auch wenn wir vergessen haben
Fenster und Türen zu sichern.
Die Verbrennung der *Fossilien*
ist sicher kein Versehen.
Meine Verwandlung in Vieh schreitet nachts fort.

*

Meine Verwandlung in Vieh
schreitet nachts fort.
Und mit dem Stift in der Hand
schlief ich mitten in einem Satz ein.
Der metabolische Riss wird länger
und tiefer.
Was ist der Ratte richtiger Name?
Wo der Sturm stürzt
stürzen auch die Kegel.
Wie die Gläser. Wie der Schlussstein.
Hütte und Zelt stürzen ein wie Türme.
Der Müll, den die Überschwemmung aufs Meer zog
kehrt in Welle auf Welle zurück. Welche Müllwelle
wird die letzte sein?
Manchmal tut dir gar nichts weh.
Ein Schweinehund wird mit Eigentum verwechselt. Mit Vieh.
Die Wiese und die Jahre und Er, der umkehrt, verschwinden in der Ferne.
Ich sehe nicht, ob der Zug schon in den Tunnel gefahren ist.
Schreiben und Abreißen geschehen jedenfalls in einer identischen Dunkelheit.
Der gesetzmäßige Stoffwechsel der Natur
ist durchbrochen. Noch dazu nicht wiederherstellbar.
Morgen wird sich *wirkliche* Sorge zu erkennen geben.

Aus dem Schwedischen von Paul Berf

Komockan Hermansson
Drottning Kristina
DANCING Queen
HARAMBE
DICK OUT!
I love the dead
Känn medömkan med mig!!!!
161206
Joakim Pirinen

Kristoffer Leandoer

Eine Abkürzung durch den Wald

Im Jahr 1853 wird Charles Baudelaire gebeten, an einer literarischen Anthologie mitzuwirken, die den Wald von Fontainebleau zum Thema hat. Der Autor der *Blumen des Bösen* und des *Spleen von Paris*, der die Großstadt zum Schauplatz des gesamten menschlichen Dramas machte, bedankt sich für den Auftrag mit Worten, die unmöglich misszuverstehen sind: »Mein lieber Desnoyers«, schreibt er zurück, »Sie bitten mich um Verse für Ihren kleinen Band, Verse über die *Natur*, nicht wahr? über die Wälder, die großen Eichen, das Grüne, die Insekten – die Sonne vermutlich? Aber Sie wissen doch, daß ich außerstande bin, über die Vegetabilien in Rührung zu geraten, daß meine Seele dieser sonderbaren neuen Religion widerstrebt, die, wie mir scheint, jedem *geistigen* Menschen immer etwas *shocking* vorkommen wird. Ich werde niemals glauben, daß *die Seele der Götter in den Pflanzen wohnt*, und selbst wenn sie dort wohnen sollte, kümmerte mich das wenig, und ich würde meine eigene für ein sehr viel höheres Gut halten als jene der geheiligten Gemüse. Ich war sogar immer der Ansicht, daß die *Natur*, in ihrem Blühen, ihrem Sicherneuern etwas Trauriges, Hartes, Grausames an sich hat, fast etwas Schamloses. [...] Am Grunde der Wälder, eingeschlossen unter jenen Wölbungen, die denen der Sakristeien und Kathedralen gleichen, denke ich an unsere erstaunlichen Städte, und die gewaltige Musik, die über den Wipfeln brandet, kommt mir wie die Übersetzung der menschlichen Klagen vor.«

Seiner Gewohnheit treu schreibt Baudelaire in negativer Form, ausgehend von einem Abstandnehmen, einer prägnanten und allgemeingültigen Beobachtung: Der Wald ist der Ort, an dem das Andere existiert, also das, was nicht wir sind. Lieber ist er in der Großstadt der Einzige, der den Blick auf die Wolken richtet, als einer von vielen in der Dichterschar, die in den Wald von Fontainebleau zieht. Baudelaires konsequent negative Ästhetik lässt den Lesern alle Freiheiten, sein beharrliches Verweigern und sein Nein erschaffen ständig neue Öffnungen im Text. Nur wenige Texte sind in der Praxis so offen wie seiner: »Ich liebe die Wolken ... die Wolken, die vorüberziehen ... dort drüben ... dort drüben ... die wunderbaren Wolken!« Damit greift er Oscar Wildes berühmtem Paradox um mehrere Jahrzehnte vor: 1889 behauptet Wilde in seinem Essay »Der Verfall der Lüge«, dass es die Natur sei, die die Kunst nachahme, und nicht umgekehrt – schließlich sage man vom Wald, er gleiche der Kathedrale, statt andersherum. Ebenso findet auch Wilde, dass die Natur immer einen Schritt zurückliege: Der Londoner Nebel sei eine Erfindung der Kunst. Diese Perspektive zieht sich durch Baudelaires Werk und ist ebenso bei Poe und allen anderen Schriftstellern des neunzehnten Jahrhunderts zu finden, die sich der Beschreibung der urbanen Landschaft widmen. Die städtische Umgebung *ist* Wildnis. Diese Wildnis möge uns genügen; halten wir uns an das Menschliche und erschaffen unsere eigene Natur. Der Wald sind nicht wir.

Und damit verlassen wir Baudelaire.

*

Skeleton Crew, Stephen Kings zweiter Kurzgeschichtenband, der in den drei Bänden *Im Morgengrauen* (1985), *Der Gesang der Toten* (1986) und *Der Fornit* (1986) auf Deutsch erschien, enthält eine Geschichte mit dem Titel »Mrs. Todds Abkürzung«. Sie handelt von Mrs. Todd, die regelmäßig durch die tiefen Wälder Maines zwischen Castle Rock und Bangor fährt und davon besessen ist, stets den allerkürzesten Weg zu finden. Nach einiger Zeit stößt sie auf eine Abkürzung durch den Wald, die kürzer als alle anderen ist, geradezu unbegreiflich kurz. Wann immer sie diesen Schleichweg nutzt, scheint sie ein wenig jünger zu werden. Jünger und abwesender. Und an der Stoßstange ihres Wagens kleben allerlei kleine Lebewesen, die selbst in den ausführlichsten Tierlexika nicht verzeichnet sind. Ein Blick auf den Kilometerzähler gibt preis, dass Mrs. Todd einen kürzeren Weg gewählt hat, als in einem euklidischen Universum möglich ist – die zurückgelegte Strecke beträgt weniger als die Distanz in Kilometern und Meilen.

Verstehen Sie? Der Wald ist eine andere Welt.

Denn eine Abkürzung durch den Wald zu nehmen, ist eigentlich immer eine sichere Garantie, zu spät zu kommen, falls man sein Ziel überhaupt jemals erreicht: Wer den Weg durch den Wald wählt, setzt sein Leben aufs Spiel.

Aber das ist nichts Neues für uns, nicht wahr? Wir wissen bereits alles, was wir über den Wald wissen müssen. Dieses Wissen gilt als so wichtig, dass wir es bereits mit der Muttermilch eingeflößt bekommen, mit den ersten Märchen, die uns erzählt werden.

Genau. Denn wir wissen noch etwas Anderes über den Wald. Wir wissen, dass er der Ort ist, an dem die Sage beginnt. Der Ort, an dem *wir* beginnen, kann man geradezu behaupten. Durch all diese Sagen, Märchen und Erzählungen werden wir schon so früh mit einigen bestimmten Vorstellungen über den Wald gefüttert, dass sie beinahe einen Teil unserer DNA ausmachen.

*

Für Verfolgte bedeutet der Wald Sicherheit. Jeder weiß, dass Partisanen im Wald untertauchen. Vogelfreie, Straßenräuber, Wegelagerer und Strauchdiebe: Allein die Vielfalt dieser Bezeichnungen zeigt, wie tief verwurzelt die Vorstellung des schutzbietenden Waldes ist. Neben all den Schilderungen von Gesetzlosen – Robin Hood und seine tollkühnen Gesellen, Ronja Räubertochter oder die Räuber aus Kerstin Ekmans Roman *Skord von Skuleskogen* – gibt es *Die Kinder im Neuwald* von Frederick Marryat (ansonsten vor allem für seine Seeromane bekannt). Diese Geschichte spielt zur Zeit des Englischen Bürgerkriegs und handelt von königstreuen Adelskindern, die vor den Puritanern versteckt werden.

All denen, die über kein anderes Kapital als ihren Fleiß und ihren Verstand verfügen, ist der Wald ein Zuhause, und er lässt sie seine Gaben nutzen. Er ist das Zuhause der Wichtelkinder bei Elsa Beskow, der Vater immer mit Axt und Säge zur Hand, die Mutter stets bereit zum Pflücken, Dörren, Einmachen und Saftkochen. Er ist ein Zuhause für die kleine Familie und den unfassbar tüchtigen Vater in Laura Ingalls Wilders *Laura im großen Wald*. Aber er ist auch ein Zuhause für diejenigen, die einen Mangel an Tüchtigkeit verbergen müssen, die sich durchschlagen, die keinen Platz unter den Fleißigen haben und den Zustand ihrer Verwahrlosung verdecken wollen, damit nicht andere über sie bestimmen: Hugo und Papa Pellerins Tochter bei Maria Gripe. Für sie ist der Wald eine Gelegenheit, den Urteilen der Gesellschaft zu entfliehen und ganz nach dem eigenen Geschick – oder Ungeschick zu leben.

Im Wald bietet sich die Möglichkeit, *nicht* beobachtet zu werden, vor abschätzigen Blicken verschont zu bleiben – ein scharfer Kontrast zur unheimlichen Erfahrung der Herren Maulwurf und Ratte, die innerhalb des Waldes *sehr wohl* beobachtet werden. Umfasst der Wald also (*Die Kinder im Neuwald* einmal ausgenommen) eine Klassenperspektive? Sicher für die einen, gefährlich für die anderen?

Im Kunstmärchen »Sternenbrand« (1897) des französischen Symbolisten Marcel Schwob wächst der Junge Alain, der Enkel einer Köhlerin, in einem so dichten und tiefen Wald auf, dass er noch nie den Himmel gesehen hat: Als Alain zum ersten Mal in seinem Leben auf eine Lichtung tritt und die Sterne am Himmel über sich erblickt, prägt ihn diese religiöse Erfahrung für immer. Auf die gleiche Weise hat die namensgebende Protagonistin in *Laura im großen Wald* nie geahnt, wie weit der Himmel reicht, bevor sie zum Einkauf in die nächstgelegene Stadt mitfahren darf.

*

Der Wald steht für das Abenteuerliche, das sich in unserem Inneren verbirgt, unter der äußeren Bekleidungsschicht der Zivilisation. Einprägsam demonstriert wird dies in *Der König von Narnia* von C. S. Lewis, wo man lediglich zwischen den im Kleiderschrank hängenden Pelzmänteln hindurchschlüpfen muss, um direkt in den Wald des Landes Narnia zu gelangen. Der Wald steht für das Magische in uns. In *Der König auf Camelot* ist der Wald der Ort, an dem Arthur als Junge auf den Zauberer Merlin trifft. Der Wald steht für das Wilde in uns. Percevals Heimat sei vielmehr der Wald denn die freie Ebene, sagt der mittelalterliche Dichter Chrétien de Troyes über den Gralsritter Perceval, den großen Narren, der in der Trauer und der Scham darüber, den heiligen Gral durch seine Unkenntnis verloren zu haben, von einer langanhaltenden geistigen Verwirrung ergriffen wird. Und in Maurice Sendaks Bilderbuchklassiker *Wo die wilden Kerle wohnen* (1967 auf Deutsch erschienen) entsteht durch Max' ungestümes Toben des Nachts ein ganzer Wald im Kinderzimmer. Der Wald steht für das Unbewusste und Ursprüngliche in uns, wie in Ursula K. Le Guins Roman *Das Wort für Welt ist Wald*, der von kollektiven Träumen handelt. Der Wald ist eine Tür in die vertikale Dimension (Himmel – Fegefeuer – Hölle, sicher muss ich niemanden daran erinnern, dass sich Dante in einem Wald verirrt?).

Allerdings gibt es eine Bedingung dafür, dass der Wald seine transformativen Kräfte freisetzt und einen Zugang zum kollektiven Bewusstsein ermöglicht. Bilbo verliert seine Reisegesellschaft ständig aus den Augen, während Frodo und Sam die ihre absichtlich verlassen. In ihrem meisterhaften Essayband *Der Wald. Eine literarische Wanderung* weist Kerstin Ekman darauf hin, dass sie während eines ganzen Lebens voller Spaziergänge durch den Wald dort nie einem anderen Menschen begegnet ist.

In den Wald muss man allein gehen.

*

Doch längst nicht alle Räuber, die sich im Wald verstecken, sind von der heiteren Sorte.

Es ist der Wald, in dem man in den Filmen Bergmans (*Die Jungfrauenquelle*) und Kurosawas (*Rashomon – das Lustwäldchen*) vergewaltigt und ermordet wird. Im Wald verirrt man sich, hier verschwinden Kinder, hier wartet die Hexe auf Hänsel und Gretel, soll Schneewittchen getötet werden, begegnet Rotkäppchen dem Wolf; im Wald leben die Trolle und die Huldras, Waldfeen, und es ist der Wald vor Twin Peaks, wo die Eulen sprechen und der böse Geist Bob wartet: Wer ihn betritt, kehrt ohne Erinnerung und ohne Verstand wieder. Für den Maulwurf und die Wasserratte, die in *Der Wind in den Weiden* ein britisches

Gentleman-Leben am Fluss führen, stellt der Wald allein durch seine schiere Unüberblickbarkeit eine Bedrohung dar; außerdem wimmelt es darin vor ihnen feindlich gesinnten Hermelinen und Wieseln. Und schließlich ist der Wald der Ort, an dem Hundebesitzer und Jogger all die Leichen entdecken, deren Mörder lethargische Ermittler aufspüren müssen, während wir an unseren Kartoffelchips knabbern.

Im Wald verirren wir uns, bekanntermaßen.

Die Angst vor dem Wald ist die Angst vor dem Unbekannten, dem Unüberschaubaren (und damit Unkontrollierbaren), gleichzeitig enthält sie aber auch ein Element der Furcht vor dem Ausgenutzten, vor all dem, was einen legitimen Anspruch darauf besitzt, Rache zu nehmen.

Wenn ich als Erwachsener in unserer schönen neuen Gewächshauswelt von dem kleinen Häuschen in *Laura im großen Wald* lese, fällt mir manches auf, das spurlos an mir vorübergegangen ist, als ich es als Kind las. Vielleicht weil es noch vor fünfzig Jahren ein so selbstverständliches Weltbild war; dass nämlich die Familie in dem kleinen Haus den großen Wald, der bis an die Hausecken wächst, als eine einzige riesige Freiluftspeisekammer betrachtet: Alles darin gehört ihnen.

Der Wald ist dazu da, gerodet zu werden, seine Bewohner, um gegessen zu werden.

»A culture is no better than its woods«, behauptete einst der Dichter W.H. Auden. Ein rascher Blick auf unsere bemitleidenswerten Monokulturen, so wehrlos gegenüber Bränden, Parasiten, Krankheiten und Stürmen, lässt erahnen, dass es um unsere Kultur nicht zum Besten bestellt sein kann. Wie überall haben wir auch unter den Bäumen Schäden angerichtet und für Verwüstung gesorgt, und um dazu in der Lage zu sein, haben wir uns geweigert, sie als einzelne Individuen aufzufassen, sondern entschieden, stattdessen eine diffuse Masse zu erkennen.

Wir haben uns am Wald blind gestarrt. Wir haben die Bäume vor lauter Wald nicht gesehen. Wir wurden daran gehindert, die freundlichen, lebensspendenden, hellhörigen, feinfühligen Bäume zu erkennen, weil all der furchterregende und feindliche Wald uns im Weg stand.

Und jetzt drängt die Zeit. Jetzt brauchen wir jeden einzelnen Baum. Durch Peter Wohllebens *Das geheime Leben der Bäume* haben wir gelernt, dass Tolkiens Darstellung des Ents Baumbart, des Baumhirten, der zur gleichen Zeit selbst ein wandelnder und sprechender Baum ist, nicht aus der Luft gegriffen war: Bäume kommunizieren miteinander, verlieben sich, leiden wie wir, bewegen sich fort wie wir … nur unendlich viel langsamer. Von der Beweglichkeit und Individualität der Bäume hätten wir bereits in Henry David Thoreaus Naturtagebüchern aus der Mitte des neunzehnten Jahrhunderts erfahren können, in denen Thoreau von Jahr zu Jahr die Fortpflanzung und Bewegungen einzelner Bäume in den Wäldern rund um die kleine Gemeinde Concord in Massachusetts verfolgte. Unter anderem versuchte er, seine Nachbarn davon zu überzeugen, die barbarische Eichhörnchenjagd aufzugeben, da er erkannte, wie wichtig diese Lebewesen für den Fortbestand des Waldes waren.

Für Thoreau – wie für Wohlleben – stellt der Wald ganz und gar keine Bedrohung dar, er weckt keine atavistischen Ängste, lässt ihn nicht zu einem kleinen Kind werden und entfacht keinen inneren Zorn in ihm, oder gar Verrücktheit. Im Grunde ist er für ihn nicht einmal ein Wald, da Thoreau fähig ist, ein Individuum vom anderen zu unterscheiden, und weiß, wie sie sich fühlen und wohin sie unterwegs sind.

Erscheinungen nehmen wir meist dann als bedrohlich wahr, wenn wir sie entindividualisieren, sie als Masse und nicht jeweils für sich betrachten. Ein Phänomen, das natürlich nicht auf unser Verhältnis zu Bäumen beschränkt bleibt.

*

Der Hundertsechzig-Morgen-Wald in den Geschichten über Pu den Bären ist ein riesiger Wald, in dem man sich verlaufen, auf Entdeckungsreise gehen und Fallen für wilde Tiere aufstellen kann – zur selben Zeit ist der Hundertsechzig-Morgen-Wald aber auch ein winziges und leicht zu überblickendes Wäldchen. Das hängt nicht nur davon ab, *wer* den Wald gerade betrachtet – Christopher Robin oder Pu der Bär –, sondern auch, *wann* es geschieht. Bevor oder nachdem Christopher Robin alt genug geworden ist, in die Schule zu gehen, dem Akt der Entzauberung, der schon so einige Wälder zu Bäumen reduziert hat?

In der Kindheit betrachten wir die Welt wie durch ein Fernglas, doch sobald wir erwachsen werden, halten wir es verkehrt herum; mit dem Hundertsechzig-Morgen-Wald hat A. A. Milne ein allgemeingültiges Gesetz verfasst. Lange Zeit glaubte ich selbst, am Rand eines Waldes aufgewachsen zu sein, aber wenn ich auf die Orte meiner Kindheit zurückblicke, wird deutlich, dass es sich nur um eine Handvoll Bäume, ein zahmes, harmloses Wäldchen gehandelt haben kann. Der eigentliche Wald lag bedeutend weiter entfernt.

Nun bleibt mir die Hoffnung, dass ich alt genug werde, um eines Tages wieder von der richtigen Seite durch das Fernglas schauen zu können.

Aus dem Schwedischen von Justus Carl

Baudelaire wird zitiert nach:

Charles Baudelaire: Brief an Ferdinand Desnoyers von 1853/54.
In: Ders.: Sämtliche Werke/Briefe; Bd. 3. Les Fleurs du Mal. Hg. von Friedhelm Kemp und Claude Pichois in Zusammenarbeit mit Wolfgang Drost. Übersetzt von Guido Meister, Friedhelm Kemp und Wolfgang Drost. München 1975, S. 405.
Charles Baudelaire: Der Fremdling (Auszug). In: ders.: Der Spleen von Paris. Gedichte in Prosa und frühe Dichtungen. Neu übersetzt von Simon Werle. Hamburg 2019, S. 231.

Sven Olov Karlsson

Das Amerikahaus

Der Stauteich in Eriksfors war frisch vereist. Die Rinne am Zufluss dampfte wie der Atem eines Riesen. Auf dem Steg standen der neunundzwanzigjährige Besitzer des Amerikahauses, Eddy Mood, sein Freund Magnus Rytter und dessen kleiner Bruder Stefan. Das Trio starrte auf Rytters altes Ruderboot. Eddy thronte zwischen den Brüdern. Der zehnjährige Stefan hüllte sich fest in seine blaue Steppjacke mit den roten Seitenstreifen. Das Boot war auf das Wasser getrieben, kurz bevor das Eis fest geworden war.

»Wir haben es gestern gemerkt«, sagte Magnus mit bibbernden Lippen. »Vater glaubt, dass jemand das Boot losgemacht hat, um uns zu ärgern. Aber ...«

Der alte Rytter hatte gewiss nicht wenige Feinde, was auch erklärte, warum niemand das Herrenhaus darauf aufmerksam gemacht hatte, dass das Boot abgetrieben war. Deshalb konnte es in Ruhe festfrieren. Der Teich lag mitten im Dorf, viele mussten bemerkt haben, dass sich das Boot gelöst hatte.

Aber der Vater wurde langsam wirr im Kopf. Rune Rytter hatte das Boot als letzter benutzt und danach vermutlich nur nachlässig festgemacht. Die zeitraubende Vergesslichkeit des Vaters war auch der Grund dafür, dass die Familie versäumt hatte, es rechtzeitig vor dem Winter mit dem Traktor an Land zu ziehen. Das Boot war aus Eichen aus den Rytterschen Wäldern gezimmert. Magnus hatte sich als Kind etliche Sommer in dem dunkelbraunen Boot umhertreiben lassen und mochte es sehr. Vielleicht konnte man es noch retten. Oder das Eis hatte den Kiel schon zerdrückt.

Das Dorf um den Teich herum war aus einem Unglück entstanden.

Im Sommer 1714 legten die Waldfinnen Feuer an einen Hang voller schlanker Birken und Erlen. Die Bäume waren im Jahr zuvor mit Axthieben von der Wasserversorgung abgeschnitten worden. Zunächst lief die Brandrodung nach Plan. Aber plötzlich nahm der Wind zu. Ein Funkenschauer wehte an Erkki Arkko vorbei, der diesen Abschnitt zu bewachen hatte. Er war jung, ein Zwölfjähriger, der noch nie zuvor bei einer Brandrodung geholfen hatte. Er konnte das Moos und die Zweige nicht zur Seite rechen, bevor sie Feuer fingen. So war es nicht gedacht. Aber das Feuer schoss vom Boden ins Unterholz, vom Unterholz in die Bäume. Von Baum zu Baum. Zum Himmel. Erkki schrie nach Hilfe. Die Erwachsenen eilten zu ihm, konnten aber auch nicht viel ausrichten. Das Feuer enteilte dem vereinbarten Rodungsland, die Flammen griffen nach den ausgewachsenen Kiefern des Herrenhauses.

Der Wald brannte tagelang. Bis Erkkis ganze Welt nach Rauch und Asche roch.

Alle möglichen Wesen flohen, Rehe und Elche, Füchse und Dachse. Fitisse und Waldkatzen. Herren und kleine Leute durcheinander. Als es vorbei war, war es wirklich vorbei. Jede Kiefer entsprach fast einem ganzen Jahreslohn des Jungen. Erkki Arkko würde seine Schuld ans Herrenhaus nie abbezahlen können.

Laut der Sage löste der Brand beim alten Hüttenbesitzer Gottfried Rytter einen Wutanfall aus, der wie Fallsucht aussah.

Er war ein gedrungener Mann, dunkel wie eine Feldmaus und mit dem schwarzen Humor eines Dämons. Nach ihm wurden die Besitzungen des Herrenhauses und sein Name über Jahrhunderte weitervererbt, und jetzt war Magnus Rytter an der Reihe. Der Hüttenbetrieb war seit einem Mannesalter stillgelegt und die Gebäude abgerissen. Aber das Herrenhaus war immer noch das Herrenhaus. So wie die Rytters immer noch die Rytters waren.

Weit entfernt schwebte gellendes Hundegebell. Eddy, Magnus und der kleine Stefan betrachteten das Eis. War es fest genug, um darauf gehen zu können? Stefans Wangen trugen rote Rosen, er leckte sich regelmäßig die Oberlippe.

Sein großer Bruder Magnus formte seine kräftigen Lippen zu einem skeptischen O, steckte eine Marlboro hinein. In holzbesohlten Gummistiefeln maß er einen Meter siebzig. Dünnes, schwarzes Haar schaute unter der Mütze hervor. Eine hohe Stirn, runde Wangen. Eine breite Stupsnase unter den Augen, die braun waren wie Lößboden. Das Gesicht hätte einem Seemann auf einer Ansichtskarte aus Marseille gut gestanden. Eddy Mood dagegen hatte ein ausgezehrtes Gesicht, keine Rundungen abgesehen von der vom Tabak geschwollenen Oberlippe. Unterbiss und robuste Kiefer. Die Nase ein kleiner Zinken. Grüne, dicht beieinander liegende Augen. Ein kräftiger Bartschatten schwärzte die Wangen. Das Haar war feuerrot. Die Friseuse hatte die Schläfen und den

Schädel kurz geschoren, aber im Nacken ein paar Locken gelassen, das war modern. Über dem Schopf klebte eine neue Reklamemütze von der Post- und Kreditbank. Eddy Mood war einen ganzen Kopf größer als Magnus und hatte grobe Knochen. Die Arme hingen weit aus der leuchtend orangefarbenen Softshellweste heraus. Er hatte keine Handschuhe an den Sprengmeisterhänden.

Glauben Sie ja nicht, dass der Waldbrand von 1714 außerhalb der Gegend Aufmerksamkeit erregt hätte. Im 18. und 19. Jahrhundert lag ein ständiger Rußschleier über der Landschaft Bergslagen. Es gab praktisch keine menschliche Tätigkeit, die keinen Rauch erzeugte. Die Eisenhütten liefen rund um die Uhr. Aus den Wäldern qualmten die Holzkohlemeiler.

Die Finnen sorgten für Brandrodungen. Die Wallonen erbauten Hammerwerke und Hütten, wo auch immer es Wasser gab, das man aufstauen konnte.

Die Urzeit sickerte fort. Im Laufe von zweihundert Jahren änderte sich mehr als in den zweitausend davor. Aus schlingernden Pfaden wurden Straßen. Erdhöhlen und Rauchstubenhütten wurden durch Häuser ersetzt. Aus Katen wurden Bauernhöfe. Das Gewirr der armen Leute wurde kleiner. Die Wesen, die seit der Steinzeit das Land mit den Menschen geteilt hatten, verschwanden: Trolle und Zwerge. Wichtel und Kobolde. Hexen und Nixen. Die Dörfer drangen vor wie Flecken auf einem Laken, besudelten die Wildnis mit Fortschritt und Zivilisation. Die Magie alterte und verwitterte zu einer Verteidigungswaffe für die Ärmsten und Unwissenden.

Wo Erkki Arkkos Feuer ausgebrochen war, zeigte sich eine weitere Stromschnelle. Das Wasser fiel von weit oben, eine nützliche Kraft. Hüttenbesitzer Gottfried Rytter grinste schief und taufte den Platz nach dem Finnenjungen, der das Feuer zu weit gehen ließ. Eriksfors.

Die Stromschnellen wurden zu einem Teich aufgestaut, um den Eisenhammer zu betreiben.

Eddy Mood betrachtete das festgefrorene Boot mit einer Grimasse, und Magnus Rytter zuckte mit den Schultern. Keiner von beiden hatte Zeit für so etwas. Aber Magnus hatte sonst niemanden, den er um Hilfe bitten konnte. Zum Glück konnte man Eddy immer überreden.

Magnus schlug vor, dass sie den Major vom Herrenhaus holen könnten. Der Traktor hatte eine Winsch. Damit konnte man das Boot an Land ziehen. Eddy Mood schüttelte den Kopf. Das würde zu lange dauern. Warum holten sie das Boot nicht einfach mit den Händen heraus? So hatten sie es doch auch früher gemacht? Alle beide hatten schon weitaus schlimmere Aufgaben bewältigt, nicht zuletzt auch im Wehrdienst.

»Stehen die Ruder nicht im Bootshaus? Magnus, ich geh raus, steige in den Scheißkahn, schlage das Eis mit einem Ruder kaputt und stake ihn an Land. Das ist doch schnell erledigt.«

Eriksfors war um die endlosen Schläge des Hammers herum gewachsen. Erkki Arkko gab seinen Namen nicht nur dem Dorf, sondern auch einem Gebäude. Genauer gesagt der Scheune in Blockbauweise, in der sich der unglückliche Waldfinne fünfzehn Jahre nach dem Feuer im Suff erhängte.

Erkkis Scheune.

Nicht dass sein Selbstmord 1729 großes Aufsehen erregte. Viele starben an anderen als natürlichen Ursachen. Abgesehen von den armen Teufeln, die ihrem Leben ein Ende machten, kamen Totschlag im Suff und Morde dazu. Die Jahre rankten sich um Männer, die erschlagen aufgefunden wurden, um Mädchen, die in vergrabene Leichen verwandelt wurden, geschwollene Gesichter, blutgetränkte Röcke.

1854 wurde das Hüttenwerk von Eriksfors zu einer Aktiengesellschaft. Die Arbeiter schlichen wie Schatten um die Öfen, zogen das Roheisen zurecht und ließen es zu Masseln erstarren. Eriksfors wurde modernisiert. Um die Jahrhundertwende reckten sich neue Ziegeltürme in den Himmel. Senkrechte Schlackensteinmauern und schwarz geteerte Dächer.

Während zwei Weltkriege und Wirtschaftskrisen jenseits der Baumkronen vorbeizogen, wuchs die Industriesiedlung um die beiden Türme. Kinder wimmelten in den Baracken. Ein Kohlenschuppen, den die Zeitungen das größte Holzgebäude von Schweden nannten.

Eine knirschende Seilbahn brachte das Erz zum Sinterwerk in der Nähe des Herrenhauses.

Sogar eine neue Kirche wurde in rauchfreiem Abstand gebaut. Der wogende Kirchhof wurde mit Händen gefüllt, die Zangen und Hammerschäfte fallen gelassen hatten. Mit Augen, die das Roheisen überlaufen gesehen hatten. Mit Herzen, die sich fix und fertig gefürchtet hatten. Mit Brüsten, die an die gierigen Münder der Säuglinge erinnerten.

Mit schmerzenden Rücken und Sorgen und Schwielen und Wehmut.

Das Ruder sah dünn aus in Eddys Händen, als er das Ufer verließ. Rattenbraune Rauchschleier schwebten vom Herrenhaus davon.

In der anderen Richtung stach die scharfe Silhouette des Amerikahauses vor dem Waldrand hervor. Je weiter Eddy auf das Eis hinausging, desto deutlicher spürte er die Gegenwart des Wassers unter der Oberfläche. Ahnte Tiefen, in denen er nicht zu Hause war. Und der Untergrund schien immer mehr zu schwanken.

Als er das Boot erreichte, knackte das Eis unter ihm.

Dumpf, gleichsam höhnisch.

Im 18. Jahrhundert wog ein erwachsener Waldfinne selten über sechzig Kilo, aber er konnte bis zu einem Dutzend Kinder haben, die Gesichter der Frauen wurden von unzähligen Schwangerschaften ausgehöhlt. Jetzt in den 1980er Jahren lag das Durchschnittsgewicht der erwachsenen Männer des Dorfes bei achtzig Kilo. Die meisten hatten nicht mehr als ein oder zwei Kinder.

Über Morde las man nur oder sah sie im Fernsehen. Überhaupt passierte nicht mehr allzu viel im Ort.

Sechsundneunzig Kilo wog Eddy Mood, der gerade ins Wasser fiel. Ein normaler junger Mann, der im geerbten Amerikahaus einen Milchbetrieb gestartet hatte. Er zog sich in das Boot. Er griff im Fallen nach der Reling, zog sich sofort in das Boot, nass bis zur Taille.

Die Zuschauer wagten kaum zu atmen. Das Wasser lief an den Beinen herunter. Und natürlich hatte Rytter das Boot nicht leer geschöpft, der Boden lag unter Eis, in dem das Vorhängeschloss und die Kette wie in einem Stillleben schwebten. Das Körpergewicht zwang das Ruderboot mit einem Krachen aus dem Eis.

Eddy stellte sich auf die Knie, schwang das Ruder wie eine Axt. Nachdem er nass geworden war, hatte er es eilig. Und es gab keinen Gehweg zurück. Er schlug eine Rinne vor sich frei. Stakte, bis er deren Ende erreicht hatte. Begann erneut, das Eis kaputtzuschlagen. Es wirkte jetzt dicker. Oder war er nur müder geworden? Noch mindestens fünfzehn Meter bis zum Ufer. Das Ruder prallte ab. Er fischte das Seil auf, das am Kiel befestigt war.

»Magnus, komm her. Nimm das Ende. Du ziehst, während ich mit dem Ruder abstoße. Dann wird es klappen!«

Im blutroten Gesicht klapperten die Zähne. Wasser schwappte aus dem Stiefelschaft. Das Boot herauszuziehen hatte zuerst wie eine willkommene Unterbrechung der Alltagspflichten gewirkt. Dann hatte Eddy es in ein Abenteuer verwandelt, um Zeit zu sparen oder besonders mannhaft zu erscheinen. Und jetzt nahm der Tag eine beschwerliche, um nicht zu sagen gefährliche Form an.

Der kleine Bruder Stefan schaute zu, wie der älteste Sohn des Herrenhauses das Ufer verließ.

Magnus Rytter öffnete und schloss seine kleinen Hände bei jedem Schritt, den er über das Eis machte. Er sollte das Seil ergreifen, das Eddy schwang, und das Boot ans Ufer ziehen. Wenn Eddy Magnus bloß erlaubt hätte, den Major zu holen. Wie konnte dieser ungeschickte Rotschopf sich einbilden, dass es so schneller ging als mit dem Traktor?

Wenn sie das Boot doch bloß hochgezogen hätten, bevor das Eis kam. Wenn der alte Rytter nur nicht so wirr im Kopf wäre.

Magnus fing das Seil und zog. Da brach das Eis.

Risse umringten seine Füße, zeichneten eine große Scholle, die in wenigen, atemberaubenden Augenblicken versank. Der junge Mann rutschte in das schwarze Wasser. Die dunklen Augen kugelrund vor Schreck. Vom Ufer schrie Stefan wie eine Orgelpfeife der Verzweiflung. Eddy stand am Bug und packte Magnus' Kragen. Schrie ihn an, dass er seine verdammten Arme und Beine bewegen sollte.

Der Riese kämpfte, bis Magnus die Reling packen und sich halb aus eigener Kraft, halb mit Eddys Hilfe hineinziehen konnte. Für Eddy war es nicht schwerer, den kleinen Magnus zu heben, als ein Kalb herauszuziehen. Aber in Eddys rot angelaufenem Kopf irrte die Angst wie eine Ratte umher.

Die Zähne klapperten, sie stakten weiter. Jetzt konnten sie seltsamerweise mehr Eis zerschlagen. Meter um Meter schrumpfte der verhasste Abstand zum Steg. Als beide Freunde und das Boot an Land waren, sahen sie, dass das Eis den Kiel zerdrückt hatte. Grobe Risse spalteten das Holz. Alles, was sie heute getan hatten, war von Anfang an vergeudete Zeit gewesen. Der durchnässte Magnus zitterte, als er das Bootshaus abschloss. Der nur unwesentlich trockenere Eddy drehte das Boot mit einem Fluch auf den Kopf.

Der kleine Bruder Stefan war stumm. Eddy stammelte, dass sie alle zu ihm kommen könnten, um sich aufzuwärmen.

Er war vor ein paar Jahren in das Amerikahaus gezogen, zu der Zeit, als Magnus eine der Marineuniformen war, die von morgens bis abends den auf Grund gelaufenen Rumpf der russischen U137 anstarrten.

Jetzt war der alte Protzbau neu gestrichen. Ein Spinnennetz aus Eisenrohren bedeckte noch einen Giebel, der im Sommer rot gestrichen worden war. Der blendend weiße Halbkreis, der die Veranda krönte, schien eher zu einem mondänen Mississippiraddampfer zu gehören. Laut der Familiensage war ein Vorfahr aus den USA zurückgekehrt. Er wollte ein Haus haben, wie er sie auf der anderen Seite des Atlantiks gesehen hatte. Und damit baute er sich in einen Sumpf aus Darlehen von Banken, Geschäftsleuten und Nachbarn hinein. Schulden, die weitervererbt wurden. Sogar im Nachlass von Eddys Großvater Werner wurde ein Rest dieser Schulden entdeckt, an das Herrenhaus. Der Alte hatte die Zinsen bedient, aber nichts amortisiert. Eddys Vater Folke Mood hatte rotäugig von dieser neuen Sorge ein Stück Land abgespalten, aus dem ein Briefumschlag mit Geld für den alten Rytter wurde.

»Die letzten Schulden, aber nicht die ersten«, hatte Folke gesagt. »In meiner Zeit habe ich viele Wechsel getilgt.«

Nicht nur die finanziellen Verhältnisse waren unsicher gewesen. Die Bewohner des Amerikahauses hatten stets Probleme gehabt, das Dach dicht zu halten. Es gab Gerüchte, dass der Bau an Bodenzug litt. Aber Letzteres sollte sich jetzt wohl gegeben haben, nachdem ein fahrender Händler ihnen Teppichboden verkauft hatte. Marineblau in der Diele, braun auf den Treppen und mit Medaillonmuster im Wohnzimmer.

Dass das Haus zu groß war für einen Junggesellen, störte Eddy nicht. Der junge Mann hatte auch nicht auf die weisen Männer gehört, die ihm davon abgeraten hatten, den alten Hof wieder mit Leben zu füllen und dabei ausgerechnet Milchkühe zu halten. Es sei schon ein Unglück, einen Hof zu erben, was Magnus Rytter ebenfalls drohte. Aber sich freiwillig auf die Nummer einzulassen, überstieg den versammelten Verstand von Eriksfors. Selbst Eddys Mutter Hillevi konnte darüber nur den Kopf schütteln.

Sein Vater Folke war Großvater Werners einziger Erbe gewesen und hätte das Amerikahaus und das ganze Drum und Dran bestimmt verkauft, wenn er nicht 1979 bei einem Autounfall ums Leben gekommen wäre, direkt im Winter nach der Beerdigung des Großvaters. Auf frühmorgendlichem Glatteis war Folkes Skoda Favorit auf dem Heimweg von der Nachtschicht auf die andere Straßenseite geraten, wo er mit einem Holztransporter zusammenstieß, der auf dem Weg vom Sägewerk gerade Tempo aufgenommen hatte.

Nach einem anstrengenden Nachlassverfahren und zum Teil auch wegen der Passivität der frisch verwitweten Hillevi war das Amerikahaus schließlich an den jungen Eddy Mood gefallen. Er hatte sofort einen Stall mit neumodischen Details wie Stallentmistung und verschlossenem Urinlager und Milchleitungen unter der Decke für die Milchsammelstücke errichten lassen. Zweitausend Liter rostfreie Kühltanks für die Milch, die der Milchwagen jeden zweiten Tag leerte. Er hatte dröhnende Dreistufenlüfter besorgt, um die niemals nachlassende Körperwärme der Tiere hinauszuführen. Ja, er hatte all diese neumodischen Dinge gekauft, außer einem automatischen Futtermischwagen. Aber er fuhr das Futter leicht mit einer zweirädrigen Schubkarre heran, siebzig Kilo pro Ladung. Er genoss den reichen Duft des Tierfutters nach Mandeln, verteilte es Schaufel für Schaufel an seine Kühe wie ein Elternteil, das Essen in seine Kinder stopft.

Alles war natürlich auf Kredit gebaut. Einige sagten, dass der junge Mood noch im Trotzalter sei. Dass er sich vollkommen übernehme, nur weil er etwas Unbestimmbares beweisen wollte. Er versetze sich in eine wirtschaftliche Lage, in der er jeden Monat gerade so mit dem Arsch am Ruin vorbeischramme, die nicht einmal eine Stunde Krankheit erlaube! Aber im Grunde ging es um etwas ganz anderes. Eddy wollte dem Hof seinen früheren Glanz zurückgeben. Er war bereit, sich für das Vergessen aufzureiben.

Damit alle verließen, was gewesen war.

Als das Trio in das Amerikahaus platschte, war Magnus zu verfroren, um die

Veränderungen wahrzunehmen, das meiste war ja wie immer. Im Wohnzimmer wachten der weiße Fernsehempfänger und der teure Betamax neben dem Piano, das seit den Zeiten von Oskar II. geschwiegen hatte. Ein krummbeiniger Sessel drängte sich an das Karl-Johans-Sofa. Eine Ecke gähnte leer, nachdem Eddy einen grünen Kachelofen zu Wegschotter zertrümmert hatte. In der mit Bierlasur gestrichenen Küchenbank ruhten die Stiefel und der Helm der Heimwehr. Eddy sagte, dass wohl noch ein bisschen lauwarmes Wasser im Boiler sei, duscht euch, während ich Feuer mache.

Eine Gästekammer war erst vor Kurzem in ein Badezimmer mit Toilette verwandelt worden. Die Duschkabine stand in einer Pfütze auf dem Dielenboden. Magnus duschte so lange, wie das Warmwasser reichte, nahm sich irgendein Handtuch, alle sahen gleich dreckig aus. Im Spiegel errötete das runde Gesicht mit geschwollenen Augen.

Er fror immer noch. Der Tauchgang im Teich hatte ihm zugesetzt. Er kämmte sein schwarzes Haar, das von Tag zu Tag schütterer wurde. Irgendwann würde Magnus genauso dünnhaarig sein wie Lennart Hyland im Fernsehen oder eher wie sein Vater, der alte Rytter, so etwas lag im Blut. Der Frost zitterte sich von den Armen zur Brust, sein Atem wurde stoßend. Magnus sackte auf dem himmelblauen WC zusammen.

War er jemals etwas anderes als erschöpft von seinem Vater gewesen? Von Rune Rytter. Der immer dafür sorgte, dass er sowohl gefürchtet als auch verabscheut wurde. Nach den Zusammenstößen des Großbauern mit ahnungslosen Sommergästen oder Nachbarn musste der Rest der Familie oft die Wogen glätten. Magnus' Mutter Hetty musste mehr Blumen verschenkt haben als die restlichen Damen von Eriksfors in ihrem Leben zusammen gekauft hatten.

Und jetzt hatte er den alten Rytter satter als je zuvor.

Denn der sechsundsechzigjährige Rune Rytter hatte eine Reise begonnen, von der niemand wiederkehrt. Aus der Entfernung war er sich gleich. Fett und Muskeln in einem ausgeglichenen Kampf. Haarsträhnen quer über den Scheitel gekämmt. Ein Ziegenbart auf dem Doppelkinn.

Wenn man näher herankam, bekam man den Eindruck, dass der Herr ziemlich erschöpft war. Und ganz nah dran, unter den unzusammenhängenden Ermahnungen, endlich ein Taxi zu rufen, wurde klar, dass der alte Rytter nicht mehr alle Tassen im Schrank hatte.

Man konnte ihn nicht einmal mehr allein lassen. Hetty war zu rotglühenden Herdplatten heimgekehrt, während Rytter durch das Herrenhaus irrte und sich fragte, wer zum Teufel seine Hose gestohlen hatte. Sie und der kleine Stefan hatten seitdem meistens auf ihn aufgepasst. Aber es war trotzdem anstrengend für Magnus, von der zweiten Geige zu einem Einmannorchester zu werden.

Er wickelte das Badelaken um die Taille und ging in die Küche. Es brannte in dem gelben Holzherd. Die Don-Pedro-Kaffeemaschine presste kochendes Wasser vom unteren Glaskolben in den oberen. Eddy war in einen grünen Jogginganzug mit gelben Seitenstreifen geschlüpft und briet Dosengrützwurst und Eier. Der kleine Stefan war immer noch blass um die Nase, schenkte aber einen Krug Milch aus der Aluminiumkanne ein und holte Rote Bete und Teller. Über einem der verchromten Küchenstühle hing die Ersatzwäsche für Magnus.

»Die Klamotten sind bestimmt ein paar Nummern zu groß, aber krempel Hosenbeine und Ärmel einfach hoch«, sagte Eddy.

Er ließ den Kopf hängen. Die Fäuste baumelten wie tote Riesenhechte. Die kleine Nase war schuppig. Das Kinn zitterte, es war grob wie ein Holzklotz. Eddy Mood kam sich wie ein Idiot vor. Nicht zuletzt wegen einer Erkenntnis, die ihn zutiefst spaltete.

Um denjenigen, den du beinahe ertränkt und anschließend gerettet hast, hast du Angst. Angst um ihn und Angst vor ihm. Niemand anderer als Eddy hatte Magnus auf das brüchige Eis gelockt. Es war Eddys Fehler gewesen, dass er in das Eisloch gefallen war. Eddys Fäuste konnten sich noch lange an den Kragenstoff der Jeansjacke erinnern, das Einzige, was Magnus vor dem Untergang bewahrt hatte. Er konnte gar nicht richtig begreifen, dass der Freund dort mit einem Handtuch um die Taille stand, genauso rundlich und dunkel wie immer. In seinem Inneren sah er immer wieder, wie Magnus in der Eisspalte versank, in der tödlichen Tiefe des Teiches verschwand.

Jetzt zog Magnus die Kleider an, die Eddy herausgelegt hatte.

In der Mitte der Jeans war noch Platz für einen weiteren Kerl mit Magnus' Maßen. Die Hosenbeine musste er zweimal umkrempeln. Er fragte nach einem Gürtel. Vielleicht auch einem Paar Stelzen, schlug Stefan vor. Alle drei brachen in Gelächter aus und begannen zu essen.

Stopften die körnige Grützwurst in sich hinein, spülten sie mit Milch herunter. Eddy schenkte Kaffee ein. Stefan bekam mehr Schwarzen Johannisbeersaft.

»Das wäre ein Ding gewesen, ungeküsst zu sterben wie in einem alten Volkslied«, sagte Magnus.

Scherz und Wahrheit. Aber Letzteres wusste nur er. Eddy glättete die Stimmung mit der Bemerkung, ein Winterbad habe noch nie geschadet. Er schielte auf den Radiowecker. Das Melken rief mit der Selbstverständlichkeit eines Kindes, durch den Novemberwind brüllte der Stall herüber. Nicht nur im Amerikahaus musste gemolken werden, das Telefon klingelte und Eddy hob den Hörer ab. Es war Hetty Rytter, die fragte, wo um alles in der Welt ihre Söhne steckten. Das Boot herauszuziehen, konnte doch nicht den ganzen Tag dauern? Sie wagte es nicht, den alten Rytter allein zu lassen, sonst wäre sie schon losgezogen, um sie zu suchen. Magnus nahm den Hörer, versprach seiner Mutter, dass sie bald nach Hause kommen würden. Er legte auf, schüttete sich den Kaffee hinein und sagte:

»Teufel, ist mir kalt! Die Meteorologen glauben, dass dieser Winter der kälteste der Achtzigerjahre wird. Was für ein Mist. Man sollte ein Mädchen haben, an dem man sich wärmen kann. Aber danach kann einer wie ich genauso gut in den Sternen suchen.«

Er jammerte oft über die Sache mit den Frauen. In der Hinsicht waren Eddy und er immer schon schlecht dran gewesen. Der eine klein und altklug. Der andere mit seinem schweren Gesicht und dem schüchternen Blick.

Magnus' Zigaretten waren nass. Na ja, dann musste er ein paar John Silver von seiner Mutter nehmen, wenn er nach Hause kam.

»Man soll nicht rauchen«, sagte Stefan und stocherte in der Grützwurst herum. »Das ist ungesund.«

Magnus rollte mit den Augen über die Schulpropaganda. Was der kleine Bruder tagein, tagaus alles predigte, die machten die Jugend im Unterricht ganz neunmalklug! Eddy griff nach einem Paket Glenn neben dem Herd, reichte ihm das schottisch karierte Päckchen.

Magnus zog eine Kippe heraus, sie waren kürzer als seine Marlboro, aber besser als nichts. Jetzt war Stefan an der Reihe, große Augen zu machen:

»Hast du angefangen zu rauchen? Du weißt schon, dass es eklig stinkt!«

Nein, Eddy hatte nicht angefangen zu rauchen. Er kauerte sich zusammen, bis der Stahlrohrstuhl knarrte. Der große Tollpatsch will sich für das Winterbad entschuldigen, dachte Magnus, während er sich die Glenn anzündete. Natürlich verzeihe ich ihm. Am Ende ist daraus ja nur eine lustige Geschichte über das Ruderboot des Herrenhauses geworden.

Aber Eddy hatte anderes auf dem Herzen.

»Das sind nicht meine Zigaretten, sondern ... tja, man hat tatsächlich einen Menschen kennengelernt.«

Magnus krempelte sich die Ärmel hoch, bis die Fingerspitzen zu sehen waren. Das war ja ein Ding! Wo wohnte sie? Denn sie war bestimmt nicht von hier, dann würde er es wissen. Wie hieß sie?

»Liselott Halvarsson«, brummte Eddy. »Sie hat bei ihrer Mutter in Fagersta gewohnt. In einem der gebogenen Häuser am Floravägen. Bis jetzt. Aber jetzt zieht sie aus. Hierher. Schon vor Weihnachten!«

Magnus bemerkte plötzlich, dass das Amerikahaus viel sauberer, ordentlicher aussah. Die apfelsinengelben, gehäkelten Gardinen. Die Topfpflanzen. Die Shampooflaschen in der Duschkabine. Und das Päckchen Glenn. Verdammt, jetzt würde alles anders werden. Oder war es schon.

Aus dem Schwedischen von Thorsten Alms

170112

Helena Boberg

Rote Melancholie

Sie haben mich aufgegriffen   geöffnet

losgeschnitten   meine Natur umgeformt

einen Außenstehenden davor bewahrt, ausgelöscht zu werden

eine langwierige Krankheit begonnen

Cholerisch blutend   mit anschwellenden Teilen

ein heißer hochroter Strahl   kitzelt den inneren Mund

zu lächeln   mit angespannten, durstigen Mienen

gieriges   schamloses Aroma von Neugeborenen

ein primitives Siegel   auf schneeweißer Watte

Getränkt   in das paralysierende Chronotop

des Drüsenparfüms   unerreichbar für die Umwelt

phlegmatisch abgewandt   in einem hundertjährigen

Schlaf   erlösend modrig   tiefsüße   Rosenklumpen

in sonderbaren Formen   geronnene Blutföten

vollkommen ausgeschlagene   überblüht aufgedunsene   Schwerblutrosen

nähren einen trägfetten   leberartigen   Geruch

Eingeflochten in das bittersüße   Chronotop des Hormongriffs

schlängelt sich das Mondzyklenblut   sirupartig

später wird das Organ   geopfert

Reingewaschen   blind   wie   ein Lindwurm

desinfiziert man die Venen vor dem Eindringen   der Stahlkanülen

markiert die Schnitte mit einem Stift   die Organe beben

direkt   unter dem schmatzenden   wimmernden   lallenden   Glatten

man punktiert das Rückenmark   mit groben Häkelnadeln

zurück bleibt ein stummer   unbrauchbarer Unterleib

Substanzen die das Tageslicht   nie gesehen haben

brechen in Kaskaden hervor   schimmernd

verzweigen sich   in hauchdünnen Kapillaren

versenken den Organismus   in eine tiefe Anästhesie

Eingefroren   in einer chemischen Hypnose   Übergabe

der Materialität an biologisch kriminelle Aktivität

mit dem Einverständnis der Wissenschaft werden Hautschichten tranchiert

Fettschichten   Muskelgewebe   Zwerchfell

ein Krankheit erzeugender kristalliner Agent

soll lokalisiert   beseitigt   und penetriert werden

Die intimsten   pochenden   hysterisch reagierenden

Körperpflanzen werden kunstlos an den Halterungen abgesägt

hinterlassen   schlampige Schnittflächen

klare kleine Lymphgefäße mit weitgeöffneten   Fontanellen

werden aus der Masse herausgewühlt   werden wie Haarsträhnen aus Aspik gezogen

wenn nichts mehr übrig ist   wird die Tafel aufgehoben

verschließt man   diese   bulimischen   Bauchwunden

Das Blut sickert   abermals warm und frisch

in einer nelkenroten   sanguinischen Ader   einer anderen Art

flüchtig romantische   Girlande   auf der brautweißen

Damenbinde   eine ins Stocken geratene   Zirkulation

Blutet schmerzförmig nach   in graue Wolle gehüllt

aufgeweicht   langsam rinnender blutgezeichneter

Ausfluss brennt pfirsichfarben   nuss-

pigmentiert aus einer zunehmend säuerlichen Körperöffnung

der Duft wandert   in zunehmend engeren Kreisen

beinahe ein   Beigeschmack von Stärke

Die Bauchwunde ist gereizt   öffnet sich   lässt ihr Wasser

jubelnde hitzige   Speichelkobras   verwöhnte Säuglinge

aus deren Mündern Fontänen pulsieren

als würde ein Mord verkörpert

und im Nachbeben wiederholt   weit offene Erinnerungen

Aus dem Schwedischen von Clara Sondermann

Andrzej Tichý

In den Wellen

Ich mache das Radio an und höre einen Mann über seinen Schwanz reden.

Ja, stelle ich gezwungenermaßen fest – mal wieder (so erscheint es mir jedenfalls, denn obwohl ich nicht genau sagen kann, wann und wo [und letztlich *ob*] ich das Gleiche schon früher erlebt habe, kommt die Situation an sich mir bekannt vor, eben als *Situation*, Beziehung, Zusammenhang, Position) diese Szene mit zwei Figuren, die eine *wohl-*, die andere sozusagen *fehlsituiert* –, so sieht das Leben hier aus: Im Radio die Stimme eines Mannes, der über seinen Schwanz redet. Wobei er selbst nicht das Wort Schwanz verwendet, er sagt *Penis* und beschreibt diesen mit drei, vier Adjektiven.

Ich schaue zum Fenster und sehe draußen einen Klempner, ich kenne ihn nicht, nur flüchtig, wir haben mal zusammen Texas Hold'em gespielt, ich weiß, dass er Raúl Schulze heißt. Er geht den Bürgersteig auf und ab und telefoniert dabei.

Ewa und Dragica, meine Nachbarinnen – zwei übergewichtige frühverrentete Waschweiber –, hocken rauchend und Kaffee trinkend auf Dragicas Balkon. Sie beschreiben sich selbst so, es sind nicht meine (aus der Luft gegriffenen) Worte (»Magda«, rufen sie, »willst du nicht runterkommen und dich zu uns setzen? Wir sind doch vom selben Schlag, wir übergewichtigen, frühverrenteten Waschweiber. Schnapp dir 'ne Flasche Wein und komm her.« Sprecht für euch selbst, denke ich.)

Dragica hat einen kleinen Hund, der ihr das Gesicht ableckt. Sie bekommt Ausschlag davon und lässt es trotzdem zu. Oder sie hat sowieso Ausschlag und er wird nur schlimmer, es sieht jedenfalls gruselig aus, als hätte sie sich mit Sand oder Kies gewaschen.

Ewa hat nur eine Brust, das erkennt man sofort, obwohl sie es mit Klopapier, Erbsenbeuteln oder was weiß ich womit zu kaschieren versucht. Ihr Sohn hat eine Hasenscharte und wurde wegen Totschlags verurteilt. Ewa behauptet, er sei beschimpft und provoziert worden, ehe er diesen Mann niederstach, aber ich habe von Leuten, die dabei waren, gehört, dass Ewas Sohn (er heißt irgendwas mit D: Denno, Danny, Dennis, vielleicht sogar Dante – was natürlich witzig wäre –, ich erinnere mich nicht so genau) über mehrere Stunden ein paar Leute belästigt haben soll, bis einer genug hatte und ihm eine knallte (eine *Lafette*, haben mein Bruder und ich immer gesagt, *willst du eine Lafette, oder was?*), und daraufhin sei Ewas Sohn endgültig ausgetickt und habe wie wild mit einem

Morakniv um sich gestochen. Natürlich weiß ich nicht, was wahr ist. Woher auch? Einerseits wird so viel geredet, die Leute sagen dies und das übereinander, man lügt und verleumdet, bevorzugt und beneidet. Andererseits gewinnt man manchmal den Eindruck, an den Gerüchten und dem Getuschel könnte doch etwas dran sein und die Phrase *Wo Rauch ist, ist auch Feuer* tatsächlich zutreffen.

Mein Penis, wiederholt der Mann, angefeuert von einer exaltierten und kichernden Frauenstimme. Offenbar ist er Dichter. Ich hatte auf Nachrichten gehofft, auf etwas Interessantes, Lehrreiches, etwas über den Klimawandel oder wenigstens das Wetter, dann könnte ich mich auf die morgige Fahrt nach Ystad vorbereiten, wo mein Sohn (der mich mit seiner Lebensmüdigkeit und seiner Ratlosigkeit zunehmend an mich selbst erinnert) seit drei Jahren mit einer Frau zusammenlebt, die er beharrlich *meine Alte* nennt –, aber stattdessen kriege ich diesen akustischen Schwanz ins Ohr gedrückt. Mich überkommt ein derart beklemmendes Gefühl, dass ich das Radio ausschalte, statt einfach den Sender zu wechseln. Es wird geradezu unbehaglich still.

Doch dann treten nach und nach Geräusche zutage. Ich höre den Kühlschrank brummen, dumpfen Verkehrslärm, das heisere Geschnatter meiner Nachbarinnen, Vogelgezwitscher.

Irgendetwas scheint mit meinem Leben nicht zu stimmen. Aber was? Wahrscheinlich lässt sich der Fehler auf vielerlei Weisen beschreiben. In diesem Moment glaube ich, das Problem besteht größtenteils darin, dass ich meine Neugier verloren habe. Ja, ich glaube, es ist tatsächlich so einfach. Mir scheint einfach alles egal zu sein. Früher habe ich mich noch für die Welt interessiert. Eine Weile dachte ich sogar, ich selbst sei ein interessanter Teil von ihr. Und auch nachdem ich aus dieser peinlichen Wahnvorstellung erwacht war, interessierte ich mich trotzdem noch für die Welt um mich herum, für alles, was darin existiert, sich bewegt, wächst, kommuniziert, sich selbst oder etwas anderes weiterentwickelt. Für das große Ganze.

Ich weiß nicht, wo dieses Interesse herkam. In meiner Familie bin ich die Erste mit Hochschulabschluss. Oder ich sollte wohl eher sagen: die Einzige. Meine Eltern interessierten sich für gar nichts, nicht mal für sich selbst. Sie lebten vor sich hin, sie überlebten, bis sie es irgendwann nicht mehr taten. Mein Vater erlitt einen Herzinfarkt auf dem Klo der Eckkneipe, meine Mutter bekam Magenkrebs und siechte in einem verschimmelten, nach Chlor riechenden Krankenhauszimmer dahin. Mein Freundeskreis interessierte sich nur für Alkohol, Sex, Geld und Fernsehen. Die meisten mussten sich mit Letzterem begnügen, aber dafür nicht zu knapp. Vom frühmorgens bis spät in die Nacht. Eine Sendung debiler als die andere. Ich bin nach wie vor die Einzige in meinem Umfeld und auch hier im Haus, die einen Hochschulabschluss vorweisen kann.

Mittlerweile spielt das keine Rolle mehr, da ich weder arbeiten kann noch will, aber früher war das anders. Nicht, dass ich übermäßig intelligent oder erfolgreich gewesen wäre. Aber ich war dabei. Ich saß in Vorlesungen und Seminaren, las die entsprechenden Bücher und beteiligte mich an den Diskussionen, ich kam mir nicht dumm vor, konnte allem gut folgen, verstand vielleicht nicht alles, aber doch das meiste. Ich blamierte mich nicht. Wenn ich dort an den Seminartischen saß und über vielschichtige Abstraktionen grübelte, komplexe Muster und Zusammenhänge analysierte und komplizierte Fragen stellte, machte ich niemandem etwas vor. Es war echt, ich war diejenige, die diese Gedanken hatte und Bezüge zu Thesen und Theorien herstellte, die null (angesichts ihres parasitären Charakters womöglich sogar weniger als null [sofern das überhaupt möglich ist]) Bedeutung für die Welt außerhalb der Universität und außerhalb der Antragsformulare des Wissenschaftsrats hatten.

Was dann passierte? Was dazu führte, dass ich das Interesse verlor? Tja, wer weiß. Ich weiß es jedenfalls nicht. Ein Zusammenspiel aus verschiedenen Faktoren, vermute ich. Nicht zuletzt war es die Einsicht, dass hinter all den schönen Worten nur niedere Triebe steckten. Hinter dem Geschwafel über Befreiung und Emanzipation und Radikalität und Wissen und Widerstand und Freiheit und Potenzial und Wissenschaft und Rationalität und Gegenseitigkeit (tatsächlich habe ich mich in meiner Magisterarbeit mit dem Reziprozitätsprinzip der spätmodernen Rechtsphilosophie im Verhältnis zur sogenannten *Goldenen Regel* »Behandle andere so, wie du von ihnen behandelt werden willst« beschäftigt), ja sogar Liebe und Heiligkeit – hinter alledem verbarg sich nichts anderes als pure Karrieregeilheit. Die Kritik am System war bloß ein (zugegebenermaßen ausgeklügeltes) Mittel, die eigene Position innerhalb des Systems zu stärken. Die radikalen Gesten zementierten letztlich nur den Status quo.

Ich hatte mal einen Freund, der im amerikanischen Universitätskosmos verschwand; vier Monate später kam ein Brief, in dem ein Satz stand, an den ich mich bis heute erinnere:

Das Milieu der linken Akademiker ist die reinste Cocktailparty, und die Schicksale von Arbeitern, Migranten und Minderbemittelten bilden primär – wenn nicht sogar ausschließlich – den strapazierfähigen Stoff, aus dem Karrieren gewebt werden.

Und jetzt obendrein der Dichterschwanz.

Ob der Kerl immer noch davon redet? Ich nehme ein Geräusch wahr, von einem zurücksetzenden Lastwagen, glaube ich, und streiche über die Wachstischdecke. An meiner schweißnassen Handfläche bleiben ein paar Körner haften. Salz? Zucker? Ich lecke daran. Salz. Ich weiß noch, wie Raúl erzählte, er spare auf eine längere Reise, wie er von »der venezolanischen Tragödie« sprach und dann (zu Recht) die anderen Spieler verhöhnte, weil sie nichts über

Lateinamerika wussten, also wirklich gar nichts, nicht mal, welches Land größer ist, Brasilien oder Ecuador. Ich weiß noch, dass ich dreihundert Kronen verlor und Raúl mir hinterher zwei Dosen Bier spendierte, in einer Art jämmerlichem Versuch, mich zu trösten.

Obwohl ich die Radiostimmen nicht mehr höre, strömen die Radiowellen durch meinen Kopf. Durch meinen Körper. Die Radiowellen, die den Dichterschwanz transportieren, durchdringen alles.

Ich wische mir die Hand am Oberschenkel ab, nur einen Dezimeter unterhalb meines Geschlechts.

Raúl steigt in ein Auto mit der Aufschrift *Rohrreinigung mit Herz* und fährt los. Zeit für die Neun-Uhr-Pause, nehme ich an. In seiner Unterhose ruht sein Geschlecht.

Hugo Chávez ist tot. Bald stirbt auch Maduro.

Dragica und Ewa lachen über etwas. Ihre Genitalien sind von der Balkonverkleidung verdeckt, genauso ihre Unterwäsche.

Zum Glück ist der Mensch trotz allem ein halbwegs zivilisiertes Tier, denke ich und rieche an meinen Fingern. Künstlicher Lavendelduft, darunter etwas Unbestimmbares. Vielleicht mein Schweiß, dessen Geruch ich nicht mehr wahrnehme, weil ich an ihn gewöhnt bin.

Zum Glück, denke ich, können wir die Radiowellen nicht sehen.

Aus dem Schwedischen von Stefan Pluschkat

Hanna-Linnea Rengfors

Ellas Geburtstag

Sie hebt das Bein.

Das meiste landet auf ihr selbst.

Am nächsten Laternenpfahl macht sie es genauso. Hebt es, spritzt rum.

Sie läuft weiter, schnüffelt durchs Laub.

AYLIN: Geh Gassi mit ihr und komm dann rauf.

Die Nase in die Luft. Sie kreiselt herum, will dem Geruch zurück folgen, nach Hause.

»Noch nicht. Wir gehen noch ein Stück. Nun komm schon.«

Nach ein paar Metern sträubt sie sich nicht länger. Wir laufen durch den Fußgängertunnel und über den Parkplatz zum Kiosk. Das unterste Geländer an der Rampe, in der richtigen Höhe, um sie daran festzubinden.

»Sitz. Und still jetzt.«

Ein kleiner Kläffer, sie kaut auf der Leine.

»Es geht schnell. Sei einfach still, okay?«

Die Scheiben sind beschlagen. Es riecht verbrannt. Haare oder Fleisch. Joije kommt hinter dem Tresen hervor, verschwitztes Gesicht und mit schwarzen Flecken auf der Schürze.

»Zwei Tage hat es gedauert, aber jetzt ist der Ofen installiert! ... Was brauchst du? Habt ihr noch was fürs Fest vergessen?«

»Ich krieg nur eine Schachtel.«

»Deine Frau war hier und hat so viel Bonbons gekauft, dass ich was aus dem Lager holen musste. Scheinbar habt ihr volles Haus?«

»Nur die Familie. Und meine Schwester. Und ihre Kinder.«

»Ich sag dir, als meine Jasmine drei wurde, hat sie sich nur eins gewünscht: einen Ballon, der von selber fliegt. Zu der Zeit gab's das bloß auf Gröna Lund. Uiuiui, ich sag dir. In der U-Bahn mit einem riesigen Ballon, den ganzen Weg bis Vällingby und versuchen, dass er nicht platzt? Aber es hat geklappt.«

Sie bellt da draußen. Eine Minute hat es gedauert.

»Und jetzt ist meine kleine Jasmine Betriebswirtin! Weißt du, was sie sich zu ihrem vierundzwanzigsten Geburtstag gewünscht hat? Eine Ledertasche, in der man den Computer tragen kann.«

»Nicht light. Die Normalen.«

Joije pflückt die richtige Schachtel vom Regal über dem Tresen, und droht mit dem Zeigefinger.

»Du musst aufhören. Denk an die Mädchen, man muss denken, weißt du.«

Sie klingt wie eine Maschinenpistole, die Glastür dämpft den Lärm nur.

Joije tippt mit dem Finger an seine Schläfe.

»Was haben wir aus diesem Jahr gelernt? Die Familie und die Gesundheit, das ist das Wichtigste!«

»Ich werde dran denken.«

»Du weißt ja, ab jetzt wird es nur noch immer dunkler.«

Sie hat es geschafft, die Leine an der Rampe hochzuzerren und die Tür für eine hochschwangere Frau in gelbem Regenmantel zu blockieren. Die Frau steht auf der obersten Treppenstufe und drückt den Rücken ans Geländer.

»Ist das Ihr Hund?«

»Nein.«

Der Knoten in der Leine hat sich zusammengezogen, es dauert eine Weile, ihn zu lösen. Die Frau macht keine Anstalten, die Tür zu öffnen. Sie steht immer noch da, die Arme um den Bauch gelegt, und schaut Candy an.

»Ist der gefährlich?«

»Sie hasst bloß Schwangere.«

Candy senkt den Kopf und knurrt.

»Was ist mit dem Auge passiert?«

»Komm. Bei Fuß. Jetzt.«

Sie zerrt über den Parkplatz. Das Handy hört nicht auf zu plingen. Die ständig laufende Familienkonversation.

AYLIN: Wo bleibst du?
EMIL: Zeit für die Piñata.
AYLIN: Ella weigert sich, ohne dich anzufangen.
EMIL: Deine Schwester und die Kids müssen bald los.
MARCO: Janni yalla!

Jedes Mal, wenn die Flamme des Feuerzeugs die Zigarette berührt, zerrt sie an der Leine. Es wäre ein Leichtes, sie weg zu treten, wie ein Ball würde sie unter den Bus rollen, der da kommt, die Leine würde sich um eines der Räder wickeln. Klack-klack-klack.

Die Leine unter der Achsel, eine Hand als Schutz gegen den Wind.

Candy weiß, dass es bald regnet. Deshalb will sie nach Hause. Sie kann sich ja auch in die Küche schleichen und in ihrem Korb verstecken, da lassen die Kinder sie in Frieden.

Der erste Zug seit gestern Morgen. Der Filter ist trocken. Klebt an der Unterlippe fest. Es könnte ganz anders sein. Wenn jemand neben einem herginge, anstelle des verdammten Hundes. Jemand, der den nächsten Zug wollen würde, die Zigarette nehmen, den Filter befeuchten, dann zurück zu mir. Zurück zu mir.

JANNI: Calmate, verdammt noch mal. Candy wird ja mal raus dürfen.

Man hört die Musik und die Stimmen bis ins Treppenhaus. Einfach aufmachen und reingehen. Die Tür war die ganze Zeit unverschlossen, niemand hat es kontrolliert. Candy zappelt sich los, verschwindet in der Küche. Eine Galerie von Schuhen steht in der Diele. Vorhin lagen die noch alle durcheinander, jetzt sind sie nach Größe sortiert aufgestellt. Die von Marco sind am größten, spitz und aus braunem Leder. Dann Emils, Aylins, die hochhackigen Sandalen meiner Schwester, Annas Sportschuhe, Lill-Karims, Simones und schließlich Ellas eigene, lila mit Klettverschluss in Größe 25. Ella muss in der Diele gesessen und gewartet, sortiert und geordnet haben.

Der Esel mit Seidenpapierfransen hängt am Lampenhaken. Es ist nicht nur die Lautstärke, das ganze Wohnzimmer ist in Bewegung, Lill-Karim blinkt mit der Discotaschenlampe, Anna führt den Tanz an.

Mitten in allem sitzt Ella auf dem Fußboden. Ein ruhiger Punkt. Jeans und Pullover, das Festtagskleid liegt noch im Kinderzimmer. Die Locken unter dem neuen schwarzen Filzhut plattgedrückt. Schatten über den Augen.

Sie hören auf zu tanzen.

»Jetzt, Ella«, sagt Aylin. »Jetzt ist Mama hier. Jetzt können wir anfangen.«

Fünf Erwachsene, vier Kinder, die Musik dröhnt aus den Boxen.

Aylin hebt Ella hoch.

»Können wir leiser machen?«, bitte ich.

Anna hält ihr Tablet hoch und macht Bilder mit Blitz.

»Los, hau zu«, sagt sie.

Lill-Karim und Simone äffen sie nach:

»Hau zu, hau zu, hau zu!«

Marco filmt mit dem Handy. Meine Schwester klatscht im Takt, ermuntert die Kinder, es ihr nachzutun.

Ella hält das Schlagholz mit beiden Händen. Das Gesicht verkniffen. Der Hut gleitet in den Nacken. Sie schaut zum Esel hoch und zielt.

»Hau zu, hau zu, hau zu!«

Ella schwingt das Holz. Der Schlag trifft das Hinterteil des Esels, Konfetti und Bonbons regnen zu Boden. Die Kinder stürzen sich darauf. Aylin flüstert etwas in Ellas Ohr und setzt sie wieder ab, rückt den Hut zurecht. Meine Schwester schüttelt die Piñata, damit alle Bonbons rausfallen.

»Esst nicht so viel, dass ihr nachher keine Torte mehr schafft«, warnt Emil.

Er geht in die Küche und auf dem Weg küsst er Marco, ein schneller, leichter Kuss, ohne auch nur innezuhalten.

Ella steht immer noch da, wo Aylin sie hingestellt hat. Schaut zu, wie Simone und die anderen Kinder Süßigkeiten einsammeln und einander mit Goldpapier bewerfen. Simone hält Ella ihre vollen Hände entgegen.

»Jetzt komm schon«, sagt sie, »du darfst dir am meisten nehmen. Es ist ja dein Geburtstag.«

Ella nimmt ein Bonbon. Fingert am Einwickelpapier herum.

»Janni. Janni!«

Emil hat seinen blonden Schopf wieder ins Zimmer gesteckt, er will etwas, winkt, dass ich kommen soll.

Ella stopft das harte Bonbon in den Mund. Es könnte in der Luftröhre stecken bleiben. Aber Aylin ist da und Marco und meine Schwester. Die passen auf.

Emil versucht etwas zu sagen, aber die Musik ist zu laut.

»Die Torte, oder?«

»Was?«

»Brauchst du Hilfe?«

»Was?«

»Emil, was willst du?«

»Du hast Besuch.«

In der Diele steht die Frau vom Kiosk. Der gelbe Regenmantel ist mit einem einzigen Knopf verschlossen, der aussieht, als würde er jeden Moment abspringen. Rote, runde Wangen. In diesem Licht sieht sie jünger aus, wie eine Teenagerin.

»Der Fahrstuhl«, keucht sie.

»Wir sollten wirklich melden, dass er nicht funktioniert«, sagt Emil mit dem Blick auf den Schwangerenbauch.

»Sind Sie Jannika Niemi?«

»Nein.«

»Sie hat einen neuen Nachnamen«, erklärt Emil.

»Tut mir leid, dass ich hier einfach so auftauche.«

Im Wohnzimmer wird die Lautstärke wieder hochgedreht. Die Kinder und Marco singen, Händeklatschen, das Lachen meiner Schwester. Sie donnern aufs Parkett.

»Entschuldigt mich«, sagt Emil, »ich muss mich um die Torte kümmern.«

»Habt ihr eine Party?«

»Unsere Kleinste wird heute drei Jahre alt.«

Emil spricht und schiebt sich gleichzeitig rückwärts in Richtung Küche. Ein letztes Mal wird sein Blick von ihrem Schwangerenbauch angezogen, dann stolpert er über den Hundekorb. Candy jault und gibt ein Bellen von sich.

»Ist der Hund da? Der mochte mich wirklich nicht.«

Sie reckt den Hals, als würde sie versuchen, um die Ecke zu sehen.
»Ich verstehe nicht. Wer sind Sie?«
»Gina Olsson.«
Sie hält mir die Hand hin. Sie schließt sich um meine, feucht und geschwollen wie ein Latexhandschuh, der mit warmem Wasser gefüllt ist.
»Ich bin Journalistin. Ich würde Sie gern für ein Buch interviewen, das ich schreibe.«
»Sie sprechen mit der falschen Person. Hier wohnen mehrere Leute. Marco ist Journalist, vielleicht suchen Sie ja ihn.«
»Nein, Janni. Ich will mit Ihnen sprechen.«
Marco kommt in die Diele.
»Was ist hier los?«
Hinter ihm. Ella. Der Schatten der Hutkrempe über den Augen. Dann rennt sie ins Wohnzimmer zurück. Ella, mit dem Hut auf dem Kopf. Den ganzen Sommer hat sie jedesmal, wenn wir an dem Schaufenster vorbei gingen, darauf gezeigt. Ich habe zu den anderen gesagt: keine Chance, sie kriegt ihn nicht, eine Dreijährige soll sich keinen Hut wünschen, er ist zu teuer, er ist zu komisch, nein, den kriegt sie auf keinen Fall.

Die Journalistin sieht Marco an, dann mich. Sie öffnet den Mund und schließt ihn wieder, um dann leicht den Kopf zu schütteln.
»War das Ihr Kind, Janni?«
»Ich glaube, Sie sollten jetzt gehen«, sagt Marco.
»Ich heiße Gina Olsson und bin Journalistin, ich arbeite an einem Buch. Die Biografie eines bekannten Musikers.«
Wie ein eingeübter Spruch.
»Marco. Sie muss gehen.«
Meine Stimme klingt mickrig. Aber es funktioniert. Marco streckt sich, wird groß und breit. Die Journalistin lässt sich zur Tür schieben, redet aber immer weiter.
»Janni, dann war das also Ihre Tochter? Drei Jahre? Hat sie heute Geburtstag?«
»Es passt jetzt gerade nicht«, sagt Marco.
»Janni, ich muss Ihnen ein paar Fragen stellen.«
Marco öffnet die Tür, schiebt die Journalistin rückwärts über die Schwelle.
»Sie können einen Termin ausmachen und wiederkommen.«
Auf dem Treppenabsatz holt sie Stift und Visitenkarte aus der Tasche, kritzelt etwas und streckt die Karte hin.
»Auch Ihnen selbst zuliebe, Janni. Rufen Sie mich an. Noch heute Abend.«

Marco nimmt die Karte. Die Journalistin ist wieder außer Atem, ihr Gesicht wird rot, sie gibt sich Mühe, ihre Stimme schärfer klingen zu lassen.

»Ich glaube, Sie sprechen lieber mit mir als, ja, ich denke, Sie verstehen schon.«

Marco schließt die Tür.

An dem Abend, als ich hier einzog, vor dreieinhalb Jahren, mit einem T-Shirt, das von Ultraschallgel klebte und Brandgeruch im Haar, lag auf dem Küchentisch eine Wachstischdecke. Am Fenster stand ein Babystuhl. Kichererbsen auf dem Boden, Emil stand da und fegte mit demselben Handfeger und der Schaufel, die jetzt neben Candys Korb stehen.

Das war vor Candy, bevor der Handfeger voller Hundehaare war.

Aylin kam mit Simone aus dem Badezimmer, das Kind in dieses grüne Handtuch mit Kapuze und kleinen Öhrchen gewickelt. Sie hätten erstaunt sein sollen, mich zu sehen.

Aylin waren einen Monat zuvor die Eierstöcke herausgenommen worden, ich hatte ihre rotgeweinten Augen in der Kantine gesehen, erinnerte mich, wie traurig Emil gewesen war, und begriff, das nächste Kind hätte seines werden sollen.

Ich versprach alles. Alles, was sie von mir versprochen haben wollten.

Emil bot sich an zu unterschreiben. Wir kannten uns besser und Marco stand schon auf Simones Vaterschaftspapier.

»Es muss Marco sein«, sagte ich. »Es muss glaubwürdig sein.«

Marco, der am wenigsten von allen akzeptiert hatte, dass ich einfach so auftauchte. Emil war natürlich sofort dabei. Er wollte das Kind haben, das bereits in mir war, und die Möglichkeit zu weiteren, die ich mitbrachte. Und Aylin, sie war schon wieder meine, sowie sie kapierte, dass ich zurückgekommen war. Aylin übergab Simone an Emil und hielt sich nah bei mir, in ihrer Wärme hörte ich auf zu zittern, die Hände strichen über meinen Rücken, als würde sie eine von diesen hässlichen ausgesetzten Promenadenmischungen streicheln, die Kelly vom Hundestall auf dem Hof ausführte.

Ich versprach alles, was sie von mir versprochen haben wollten, aber ich hatte eigene Bedingungen.

Keine Fragen. Nichts dazu, was passiert war. Es sollte so sein, als hätten Aylin und ich niemals Schluss gemacht.

»Eins müssen wir trotzdem fragen dürfen«, sagte Aylin. »Weiß die Person von der Schwangerschaft?«

Simone begann zu quengeln und rieb sich die Augen. Damals war sie so klein. Ich konnte nicht aufhören, sie anzuschauen. Die Falten am Hals, auf den

Armen, der Speck. Das kurze schwarze Haar mit einem Wirbel mitten auf der Stirn.

»Ich bringe sie ins Bett«, sagte Emil.

Marco und Aylin blieben. Marco, genau wie jetzt, die verschränkten Arme auf den Küchentisch gestützt, die Kiefer aufeinandergepresst, bebende Nasenflügel. Er war das einzige Hindernis.

»Wir sind hier eine Familie«, sagte er, »wir alle. Lässt du dich darauf ein. Ich meine, lässt du dich wirklich darauf ein?«

Aylins Hand schlich sich in meine, ihre andere nahm die von Marco. Sie war ein Wärmeleiter zwischen uns.

»Okay«, hatte er gesagt, »ich mache es. Wir machen es.«

Die Hochzeit im Rathaus war meine zweite Bedingung. Es sollte keinen Zweifel geben. Wir unterschrieben die Papiere, zwei vom Personal gaben die Trauzeugen. Emil und Aylin waren mit Simone zu Hause, es war das erste Mal, dass Marco und ich allein waren. Marco hatte wenigstens ein neues blaues Hemd an, ich trug Aylins großes verwaschenes T-Shirt, in dem sie immer schlief, und darunter wurde der Bund der Jeans mit einem Gummiband zusammengehalten.

Der Standesbeamte runzelte die Stirn, als wir uns nicht küssten.

Wir nahmen die U-Bahn zurück. Die Papiere in einer Plastikmappe in der Hand. Saßen schweigend auf den Sitzen. Und dann zog es plötzlich im Bauch.

»Was ist?«, hatte Marco gefragt. »Was ist los, sag was.«

Ich presste die Hand auf den Bauch. Da war etwas. Etwas, das drückte. Trat.

»Hast du Schmerzen?«

Ich nahm seine Hand. Legte sie außen auf das Shirt Erst war die Hand steif, er wollte mich nicht berühren, ebenso wenig, wie ich wollte, dass mich jemand berührte. Aber dann.

»Da«, sagte er. »Ich fühle es. Hallo. Hola niña.«

»Bitte«, sagt Marco, »kannst du dich mal hinsetzen.«

»Was?«

»Setz dich hin.«

»Was?«

»Oye, come on, you're killing me.«

»Hör auf. Lass mich mit deinem Fake-Englisch in Ruhe.«

»Dann setz dich hin, bevor ich noch verrückt werde.«

Die Visitenkarte liegt neben seinem Computer. Die Wachstischdecke ist weg, der Babystuhl auch. Ella will jetzt groß sein. Auf einem Erwachsenenstuhl sitzen wie Simone, sie weigert sich sogar, von den kindischen Bambustellern zu essen oder aus unzerbrechlichen Tassen zu trinken. Marco schiebt die Visitenkarte über den Tisch.

»Was wollte sie? Gina Olsson?«

»Du weißt genauso viel wie ich.«

»Geht es um Ella?«

»Glaube ich nicht.«

»Geht es um ihn? Den Biologischen?«

»Hör auf. Darüber reden wir nicht.«

»Taucht er demnächst hier auf?«

»Nein.«

»Wie kannst du dir da so sicher sein?«

Marco wird nicht aufgeben. Die anderen haben aufgegeben, aber er nicht.

»Diese Person. Wir waren Freunde.«

Marco schnaubt. Man kann sehen, dass er das eigentlich nicht tun wollte, es passiert einfach.

»Bitte. Ich versuche zu erzählen.«

»Okay, okay. Por favor.«

Die Visitenkarte hat einen Fleck, vielleicht von Kaffee. Freie Journalistin steht da. Mailadresse, Handynummer und noch eine Nummer, hingekritzelt mit dem blauen Stift.

»Er. Und ich. Wir waren Freunde. Er war Musiker. Deshalb schreibt sie über ihn.«

»Okay. Aber weiß er von Ella? Weiß er, dass es sie gibt?«

Das Haar wie eine schwarze Blume. Blassblaue Lippen. Die stille Wasseroberfläche.

»Janni«, sagt Marco. »Qué pasa, jetzt komm schon.«

»Er ist tot.«

Aus dem Schwedischen von Susanne Dahmann

Johan Jönson

ProponeisiS

Die Urne

granitgrau, rauh
wie ewige Blindenschrift
ins Sediment des Gedenkhains
gesenkt: nach und nach
keimt das Gedicht.

*

Nacht, Nacht. Bleierne, bleierne Nacht. Es ist Nacht und Nacht und Nacht. Neue Nacht. Weiter Nacht. So sterbe ich. Silbe für Silbe, Strophe für Strophe. Mein Leben ist sinnlos, mein Lebenswandel ohne besondere Bedeutung. Diese Marginalien, mitsamt ihrem Buch, ändern nichts daran, machen sonst keinen Unterschied. Die Stimme entsteht erst, wenn Rede erklingt, d. h. die Kehle und den Körper – dich – verlässt, und geteilt wird, im Wind etwa, mit dem Nichtmenschlichen. Die Gedichte. Wie Remodulationen leiser, verschluckter Ordnungsmusik. Sich schwarz kleiden und schwarzes Totenhemd. Als Versuch, einen stark missgestalteten Körper zu verbergen und in die Vorahnung des eigenen Leichensacks zu verschwinden. Das Gesicht ist die Totenmaske. Wir sind allesamt nomoistisch vernichtet von Worten. Die Müdigkeit wie asthmatische Verzweiflung, anstelle verlorener Worte. Schaffe es nie aus meiner Genealogie. Kann sie bloß unabsichtlich verraten. Ist nur die Musik, die mich am Leben halten kann, lebendig machen, wie nach Lied, abgelauscht, wie Worte. Gewalt immer die Antwort, ihre ausgebreitete Stille. Nacht, Nacht. Der Vorort ist Nacht, grau, graue Nacht. Alles in grauem Schatten. Die Wohnung dunkel, grau. Wie Nacht. Wie weitere Nacht. Noch eine Dienstagnacht, Sonntagnacht, mit Nachbarn, die Musik spielen, dass auch bei uns die Fenster scheppern. Unsre mittelmäßige Mietskasernensiedlung ist voll von so wertlosem Müll VERFICKTE HURENSÖHNE UND NARZISSTISCHE PSYCHOWICHSER gegen die nur Tod oder Räumung hilft. Es ist Nacht, Nacht, weiter Nacht, weiter und weiter Nacht. Ich weiß nicht. Ich weiß nicht. Immer auch das. Nicht zu wissen. Nein. Nein. Nicht zu. Und nicht. Nicht. Nein. Nein. Woher kommt denn unablässig die Kontinuität des Todes. Die alles Leben schafft, mittels Sprache, Sprache, Sprache. Sich zurückziehen in die eigenen Eingeweide, diese Poesie, den abgekehrten Elitismus. Es ist widerwärtig, man selbst zu sein. Darum schreibt man nie sich selbst oder sein Leben. Es ist unmöglich. Voll und ganz eins mit seiner Semantik wird man erst in und mit dem eigenen Tod. Einsamer sein als ein Gedicht, als das einsamste Gedicht. Das Gedichtschreiben das auch mich zu einem einsam ablaufenden Tod gemacht hat. Vom Tod kam ich. Zum mehr als Tod soll ich. Als ob eine unerhörte, unbeantwortbare Gewalt auf meine mittelmäßige Existenz mit dem unbeantwortbaren und gleichwohl augenblicklich Vergessenen geantwortet hätte. Es ist immer Nacht, Nacht, Nacht und nochmals Nacht in der separierten Erinnerung meines Gedächtnisses. Es kehrt zurück zur Erfahrung und sucht ihre Wirkung, ihre semiotische Produktion und Reproduktion heim – dialektisch, in sämtliche Richtungen. Ja, woran hab ich mich eigentlich erinnert. War's ich. War's überhaupt meine Erinnerung. Es war jedenfalls in keiner Weise meine persönliche Sprache. Ich trat bloß in sie hinein, wie in eine über dem Boden schwebende Wolke, und dann verschwand sie, wie durchgestrichen, weggestrichen, von Wind, Wind und Wind. Also. Es marschieren jetzt öffentlich Nazis auf unseren Straßen und Plätzen. Ich kann's schier nicht fassen. Das sind also offene, explizite Völkermordbefürworter. Sie wollen den Völkermord. Mein erster instinktiver Impuls ist natürlich, dass Nazis in den Hinterkopf geschossen gehören. Was, wie ich einsehe, eine Art Nazi-Reaktion ist, klar. Oder – ein tief verwurzeltes und grundlegend europäisches Chirurgiebedürfnis. Ich schließe nichts aus. Ich will und will die unmögliche Nacht. Ich will augenblicklich in den eigenen Tod eintreten, ohne Sterben. Einfach direkt in das ewige Territorium und die Stille des Todes. Keine Angst, keine Schmerzen. Einfach direkt nichts. So. Was bin ich denn, wenn ich keine Bücher veröffentliche. Gar nichts, stellt sich heraus. Bloß ekliges, antipathisches Fett. Blanke Monstrosität. Das Buch rettet vor nichts davon. Vor rein gar nichts, im Gegenteil; ritzt eher tiefere, unwiderruflichere, tiefere und tiefere Wunden. Aber. Das Buch und das Buchmachen produzieren eine besondere Art von Erfahrung und Amnesie gegen das Unausweichliche. All die verlorenen Tage. Als zögen der Tod und das Nichts einen Strich durch sie und entwerteten und verwürfen sie, all das, was in ihnen enthalten ist, in den Tagen, den Tagen, den Tagen. Dass der Tod und das ewige Nichts Tag um Tag von der Lebenden-Zeit streichen und dich zuletzt einholen und auch dich und deine mittelmäßig phantasmatische Zoembienzexistenz aus allen körperlich erfahrenen Zusammenhängen streichen. Übrigbleiben bloß als schlechtes Gedicht, passé und unsangbar bereits bei seiner Entstehung. Direkt in die Entschöpfung. Ja, geradezu ins feindliche Lager. Welche fatalen Krankheiten sind noch nicht aus dem Körperinneren ausgebrochen. Mein unwirksamer

Hass. Auch mein geteilter und unwirksamer Hass. Dass er einen bloß aus dem Bett bringt, zu weiterer stummer und runtergeschluckter, an endloses Lachen wie an symbolische Suizidzonen grenzende Verzweiflung. Aber ohne relevante Wirkung. Spüren, wie das eigene Gemurmel durch den Körper vibriert. Als läge ich auf einem Totenbett und versuchte, meine Lieben um Verzeihung zu bitten, auszudrücken, wie sehr ich sie geliebt hätte und wie leid es mir täte, dass unser Leben derart erbärmlich und bitterarm geraten sei. Doch dass keine meiner Silben zu hören wäre. Dass die trockenen, starren, aufgesprungenen Lippen eine minimale, bloß konturenhafte Choreographie vollzögen, eine Art vage schmatzende Scharade der undramatischen Selbstdarstellung des Todes. Seiner Autopoiesis. Ja. Eine letzte zoembiente Kreatur, nicht unterscheidbar von der Landschaft um sie herum, aber mit gewissen separaten sprachlichen Fähigkeiten, die bei der Auslöschung der Erde durch die Sonne, in totaler, vernichtender Hitze, von Schnee träumt; stillem, fallendem Schnee. Träumerisch, träumerisch still. Ich hab mir nie eingebildet, ich wäre irgendwer oder was, oder hätte irgendeine Bedeutung, oder auch nur einen Sinn. Anfangs, nachdem ich mittels sprachlicher Operationen frühe Formen von Selbstreflexion erlangt hatte, war ich, erkannte ich ganz selbstverständlich, bloß ein mittelmäßiges, um nicht zu sagen halbmediokres Kind in einer zutiefst gewöhnlichen Familie. Dann, von meiner späten Teenagerzeit bis 2011, verrichtete ich eine Menge von Niedriglohnjobs und war vollkommen, fundamental austauschbar, erlebt jeden Tag und in jedem Moment der Arbeit und jeglicher Öffentlichkeit. Heute bin ich noch ein komplett überflüssiger Schriftsteller, in vielerlei Hinsicht möglich gemacht von der omniimmanenten Logik und der multipel und wuchernd verzweigten Gier eines kognitiven, semiotischen Kapitribalismus. Streicheln. Knutschen. Küssen. Mundfick. Halsfick. Tittenfick. Fotzenfick. Analfick. Ja. In der Reihenfolge. Reden sowieso sinnlos. Ein zoembientes Archiv ekelhaft implosiver, morbider Bilder. Das Hohngelächter des eigenen Todes, unhörbar für andere; aber auch für einen selbst. Dennoch verdoppelt und heimsucherisch: Wo du hinsollst, gibt's weder Werk noch Wissen, weder Begehren noch Kampf. Wo du hinsollst, soll niemand. Auch nicht das, was ein Ich hervorbringen könnte, d. h. negativ reflexive Zeichen- und Symboloperationen in unaufhörlicher Montagearbeit. Ein komplettes Berufsleben geschrieben, geschrieben, geschrieben haben – ganz ohne Kontakt oder auch nur Dialektik mit irgendeiner Arbeiterbewegung oder linken Mobilisierung (nur – einseitig, einsam und eigensinnig – mit deren Negativ). Auch das eine Art Tod. Ein Palliativarchiv der schwedischen Sprache. Ein Schreiben aus der unmöglichen Position der Katastrophe, irgendwo in der Immanenz des ununterbrochenen Raums. *Kata* bedeutet hier hin zu, *strophe* wie in Gedichtstrophe. Pasolinisch dann, in eine negative Dialektik einbezogen zu sein, mit fließenden Subjektivitäten. Wie ein Ausüben von Propo(i)neisis. Sofern das möglich ist. Ich weiß nicht. Ich weiß nicht. Ich glaube der Staat wird sämtliche neoliberalen und libertären Genussregime überleben. Denn diese Gewalt- und Todesadministrationen sind, wie Papas Mädchen oder eine durchgängig domestizierte Klitoris oder ein instrumentell überdeterminierter Pubertätssexverbrecherpenis stark abhängig von staatlicher Souveränität. Der faschistische Horror der frommen Hoffnungen. Das Buch. Die Bücher. Statt Tod. Wie hypnagoger Tod. Gleichzeitig. Pränatal. Nichts hilft gegen die Poesie, in der alles verwendet werden kann. Nichts hilft gegen eigenen Tod, wo nichts je hingelangt. Ja. Ich arbeite für das Begräbnis. Ich bearbeite das Begräbnis. Ein bereits begangenes Begräbnis. Im Traum ein Begräbnis der umgekehrten Art. Die Toten werden begraben, indem man sie aus Beerdigung und Unterwelt ausgräbt und stattdessen auf der Erdoberfläche platziert, in der Weltlichkeit der fortlaufenden Welt, ihrer horizontalen Erstreckung. Und dass Vorstellungen und Erfahrung von Himmel und Vertikalität schlicht nicht existieren. Die Poesie als epigenetische Störung und artisches Korrektiv. Dass die Sprache, die das spezifisch Menschliche konstituiert, mit Poesie entsteht und vergeht. Dass der letzte zoembiente Klang die Silbe eines Gedichts ist, ein zerdehntes Phonem geteilter Vokale, die nichts bewirken als ihre eigene symbiotische Separation. Im Traum ähnele ich einer Person, die ein ganz anderes Leben lebt als ich es tat. Nur dass er sich am Ende doch in den Mund schießt. Poetische Plastizität mit korpushormonellem Effekt; auch in unerwünschte und bisweilen retardierte Richtung. Zerschlissener Schlaf. Toter Traum. Tote Träume. Zerschlissener Schlaf. Keuchender, zerschlissener Schlaf. Toter, toter Traum. Ich erinnere mich an kein anderes Leben, keine andere Sonne. Welche Tiere fressen einmal meinen Tod. Welche Insekten zerkauen mein Leben. Welche Vegetation denkt mittels meiner partiellen Fähigkeit zur Selbstreflexion. Welche Nichtsprachen. Welche Verben. Silbe für Silbe. Strophe für Strophe. Buchstabierender Tod. Nacht. Nacht. Bleierne, bleierne Nacht. Ja. Solch ein Tod.

*

das
gedicht fortsetzen
mit
derselben poesie

ich weiß nicht
was
gemacht wird

literatur als
der privilegierte ort
an den
die revolutionären gelüste
sich flüchten
um ein bürgerliches begräbnis
zu bekommen
und
als zoembienter
schatten
aufzuerstehen

die leerzeile
wir wissen nicht
genau
was sie ist
was sie macht

katastrophen
kommen auch
von gott

ich lese
und lese
aus dem
zoembienten
innern
des todes

dank
der liebe
entgeht man
dem leben

alles was es gibt
wird auch
benutzt

die schönheit der blumen
deine schönheit
meine feindschaft

auch der tod
ist ohne harmonie

der klassenkrieg
in schweden
ein fast
unbearbeiteter stoff

es reden
immer
die wertlosen

die kinder
wunder
die einen verlassen

ich tat
das ungetane
als buch

alle erinnerungsströme
rinnen
ins buch des nichts

die singuläre
sprachmontage
des traums
durch das
gedächtnis
des schlafs
voller leerzeilen
wie
weiße falze
zwischen
bögen papier
das ist alles
was er macht immer
und immer wieder

schuften
für das bereits
durchgeführte begräbnis
arbeiten
arbeiten
und weiter
arbeiten

poesie von
der immanenten seite
der katastrophe

du bist
also
liebe ich deine
andersart

der liebe wiederholung
dessen
was nicht existiert

es herrscht klassenkrieg
von innen nach außen

den hass
erwidern
ist strafbar

zurück
hassen

rückwärts
hassen

und wenn
das gedicht bloß
erinnerung ist
konzentrierte
erinnerung
im dämmerschlaf
und
poetischer sarkophag
in sämtliche richtungen
und traditionen
durch
die zeiten der
topographien
und rhythmisierte
exogene
erinnerungen
dann
dann

ich weiß nicht
ich weiß nicht
erinner mich nicht

die kinder
ein abbild
ihres eigenen verlusts
von ursprung

deine scham
meine lippen

das gedicht
geht letztlich
in eins
mit dem
expansiven
ende
der sonne

nie
auf gar keinen fall
gedicht
als
sinn des lebens
erfahren

eine sprache
ganz ohne
resonanz

abbilden
was kommt

ich verabscheute
den abfall
die exkremente
und die ablässe
mit denen ich arbeitete
all die jahre

die topographie
des lieds

das atemholen
des todes

der körper
des stifts

die auslöschung
des orgasmus

der refrain der
topographie

die liebe lebenslänglich
für die sprechende art
doch sie reicht nicht
sonderlich weit
über die nahen
körper hinaus
muss
von da übergehen
in kollektive
gerechtigkeit

den schlaf der welt
berühren
und
wieder einschlafen
immer
und
immer
wieder

das kapital
überdeterminiert
jegliches
pharmakon

der staat
überdeterminiert
jegliches
pharmakon

die technologie
überdeterminiert
jegliches
pharmakon

aus
trostloser verzweiflung
lachen
und
lachen
dass
die tränen fließen
und
fließen

hass
als
einzige hoffnung

im und gegen
den klassenkrieg
aber
ohne wirkung

gegensätze
antagonismus
dialektik
oder
gar nichts

aus-
weißungs-
schrift
tiefer
und
tiefer
hinein

purpur-
flammendes
heidekraut
auf dem stein
im herbstbirkenwald
mehr
zoembiente
subjektivität
brauche ich nicht

die unendliche
geduld
des todes

posthuman
schon
als embryos
ist
unser erbe

das gedicht machen
um
es los zu sein
und auch
das im gedicht
verlorene
leben

im traum
lichter mischwald
und septemberdämmerung
am boden
überall pilze
dass
wir pilze
und flechten sind

all dies
ist fragment
fragment ist
all dies

doch,
ich spüre den infarkt
ticken

der tod, der
alles erinnert

ja das gedicht
wandte sich
immanent
auch an
die eigene
verneinung

*

… Juniabend, dünnes, schimmerndes Licht. Wir gehen auf die Kuhweide hinter dem Häuschen, den Südhang zum Waldrand hinauf. Die zottligen rostroten Hochlandrinder stellen sich wachsam abwartend in gebührenden Abstand, unten zur Bachsenke hin. Eine Anzahl zierlicher, gefällter Bäume, wohl meist Weiden und Espen, liegt schon länger im Gras, von Zeit und Sonne hübsch silberergraut. Dicht an dicht Kuhfladen wie kleine schwarze, sanfte Vulkanausbrüche aus dem Wiesenboden. Wir kommen zu den Walderdbeeren, leuchtend rot vor Süße und Sommer vor dem Gras und ihren grünen kräftigen Blättern. Wir wechseln Begeisterungsrufe, pflücken dann ein paar Liter in unsere Eimer. Windstille. Ein milder Rausch des Wohlbefindens durchströmt Brustkorb und Bauch; ein schier träumerisches Gefühl von Greifbarkeit, sehr wirklich, sehr ungewöhnlich, schwer, sich seiner sicher zu sein. Nach und nach zieht eine zarte Dämmerung auf, doch nur vage. Wir gehen zurück zum Häuschen, sitzen auf der verglasten Veranda, essen jeder ein Schälchen frisch gepflückte Beeren, trinken dazu ein Glas süßen Dessertwein, Sauternes, behutsam und mit kleinen Schlucken, die sich im Mund entfalten dürfen, sich vermengen mit dem Erlebnis der Walderdbeeren; eine Erfahrung göttlicher Art. Ich erinnere mich nicht mal an Mücken an diesem Juniabend …

Aus dem Schwedischen von Hannes Langendörfer

Fredrik Sjöberg

Morgen ist ein anderer Tag

Über Martina Müntzing

Müntzing? Hm. Da war etwas mit dem Namen, er kam mir bekannt vor, vage nur, sozusagen von fern, ein Erinnerungsfragment. Aber was? Müntzing, Müntzing wiederholte ich innerlich an jenem graukalten Januartag 2018, als ich unterwegs zu Martina Müntzings Atelier zum ersten Mal auf den breiten Straßen des Industriegebiets Västberga umherrutschte.

Geplant war, etwas zu schreiben. Eine Monografie war diskutiert, aber noch nichts entschieden worden. Ein Schuss ins Blaue. Wir waren uns nie zuvor begegnet. Ich fror.

Es zeigte sich, dass ihr Atelier im Häuserblock *Nachtschicht* lag, der weitaus größer und unübersichtlicher war als gewöhnliche Stadtquartiere, aber am Ende fand ich es und war nicht überrascht, als Martina mir als Erstes, noch in der Tür im fünften Stock, erzählte, die Unordnung im Raum sei schlimmer als sonst, da eingebrochen worden sei.

Nichts hätte mich weniger überraschen können.

Västberga ist eine Gegend, in der so ziemlich alles, was man sieht, den Eindruck latenter Kriminalität hinterlässt. Die Fußgängerunterführungen sind beängstigend, die Mischung aus Fleischgrossisten, Teppichhändlern und Lagerhallen für gebrauchte LKW-Reifen ist bestenfalls beunruhigend und der unbeschreiblich vermüllte Rangierbahnhof, voller Graffiti und aufgegebener Nachtlager von Obdachlosen, erinnerte mich an einen vergeblichen Versuch, eine Haubenlerche zu Gesicht zu bekommen, die Anfang der achtziger Jahre im Hafen von Malmö überwinterte. Der Ort war feindselig.

Damit nicht genug; direkt gegenüber von dem Gebäude, in dem Martina Müntzings großes Atelier lag, kam ich an einer gut befestigten Autofirma vorbei – Zaun, Stacheldraht, Kameras –, die vulgäre, dumpf grollende Pickup-Trucks des Modells Dodge Ram Big Horn Black feilbot. Nicht billig.

Als ich kam, stand ein ebenso teures Gemälde auf der Staffelei. Noch dazu fast genauso groß. Das Auge der Einbrecher für gute Kunst war jedenfalls eher unterentwickelt gewesen, denn das Einzige, was sie eingesackt hatten, war ein Drucker, wie ihn heute selbst Wertstoffhöfe kaum noch freiwillig annehmen.

Ich verlor mich augenblicklich in einer Fantasie darüber, dass sie stattdessen das Riesenbild gestohlen hätten; sah vor meinem inneren Auge zwei spindeldürre Junkies, die damit zu einem der Hehler zogen, die sicher hinter jeder beliebigen Laderampe der näheren Umgebung residierten; der müde Blick angesichts eines drei Meter breiten Ölgemäldes, das vier nachdenkliche Jugendliche auf einer überdimensionierten Couch zeigte. Sowie in der Mitte einen kleinen, zotteligen Hund, Lilly.

Martina holte mich mit dem Kommentar zurück, sie sei eine Idiotin. Sie grämte sich über ihre Dummheit, eine Leinwand aufzuspannen und zu malen, die so groß war, dass sie nicht durch die Tür passte. Vor der Vernissage würde sie den Spannrahmen auseinandernehmen und das Gemälde zusammenrollen müssen. Nicht gut. Eine Idiotin.

Tatsächlich wusste ich da bereits, dass Martina Müntzing schon sehr früh als intelligent, wenn auch etwas eigensinnig eingeschätzt wurde und seit ihrem ersten Tag an der Kunstakademie in Stockholm als Senkrechtstarterin galt. Dort angenommen zu werden, ist immer schwierig, ja, fast unmöglich gewesen. Etwa tausend Bewerber konkurrierten um zwanzig Plätze, weshalb Müntzing sich absicherte und ihre Arbeitsproben auch an die Königliche Akademie in

Kopenhagen schickte. Sie wurde von beiden angenommen, entschied sich nach einigem Zögern für Stockholm.

Atelierbesuche sind eine sensible Angelegenheit. Viele Künstler sträuben sich dagegen, und Müntzing gehört zu ihnen; die Kinder kommen manchmal vorbei, und sei es auch nur, um Modell zu stehen, aber ansonsten ist die Tür normalerweise verschlossen, was einiges über das Temperament der Künstlerin sowie ihre eiserne Disziplin aussagt. An jedem Werktag arbeitet sie dort, in der Regel neun Stunden und weil das Risiko für spontane Besuche aus verständlichen Gründen gering ist, hat sie ihre Ruhe.

Doch ich bekam schließlich Zugang und besuchte das Atelier während einiger Monate. Mit der Zeit durfte ich auch einige ältere Gemälde sehen und ein seit Jahrzehnten zusammengerolltes Selbstporträt weckte mein Interesse; Martinas allererstes Bild an der Kunsthochschule. Der Malerkrepp, der die Rolle zusammenhielt, war trocken und spröde. Es ist ganz schön, erklärte sie und knallte die Leinwand mit einem Tacker an die Wand. Einfach so, mit brutaler Lässigkeit. Besorg dir einen Keilrahmen, sagte ich – aber es muss darauf hingewiesen werden, dass ich nicht als Kunstkritiker gekommen war, sondern als Porträteur.

Manchmal saßen wir stundenlang zusammen und unterhielten uns über Richard Bergh, Marianne North und Lotte Laserstein, aber am Anfang gab es anderes, was mich mehr interessierte. Dieser erbärmliche Instantkaffee ist wahrscheinlich ein gemeinsamer Nenner für alle Künstlerateliers, dachte ich, während sie von den Quellen ihrer Antriebskraft erzählte.

Also: Als Martina Müntzing ein Kind war, ungefähr zehn, war sie wie verhext von dem englischen Künstler Henry Justice Ford (1860–1941), was daran lag, dass ein schwedischer Verlag auf die Idee gekommen war, eine große Zahl der Götterlegenden und Volksmärchen übersetzen zu lassen, die von dem schottischen Ethnologen Andrew Lang gesammelt und von besagtem Henry Justice Ford illustriert worden waren. Romantische Bilder aus der Blütezeit der Arts & Crafts-Bewegung, als der Einfluss der Präraffaeliten noch groß war.

Sie saß in der Stadtbücherei von Helsingborg und wühlte sich durch alles, was es dort gab. Ging anschließend nach Hause und öffnete ihren Aquarellfarbkasten mit richtigen Farben von Windsor & Newton. Sie posierte mit imaginären Fechtwaffen vor dem Spiegel, um die richtige Auffassung von Diana und Pallas Athena zu bekommen. Soweit ein recht normales Verhalten für ein Kind im besten Lesealter.

Viel später malte sie ein seit langem zerstörtes Pastiche von Richard Berghs Gemälde »Der Ritter und die Jungfrau« (1897). Im gleichen Format. *Das* war nicht normal. »Der Ritter und die Jungfrau«, das in der Stockholmer Thielska Galleriet hängt, misst vier Quadratmeter und kann uns als Ausgangspunkt für das Verständnis von Müntzings Malerei dienen. Sowohl das Format als auch die historischen Referenzen werden wiederkehren, genau wie die untrügliche Neigung, nie dem Zeitgeist zu entsprechen.

Die späten achtziger Jahre waren eine ereignisreiche Zeit, in der die konzeptuelle Kunst das wenige verdrängte, was es an klassischer Malerei noch gab. Von einem Künstler wurde damals mehr oder weniger erwartet, dass er Philosoph war, vorzugsweise ein französischer, zur Not tat es auch ein deutscher. Wer Carl Larssons reine Linien mochte, wurde vielleicht nicht direkt zum Abschuss freigegeben, aber es ging in die Richtung. Und Richard Bergh war auch nicht gerade der Mann der Stunde. Einfach nur alt.

Die Maler der Opponentenbewegung um die vorletzte Jahrhundertwende, zu denen Larsson und Bergh gehörten, zerstörten sicherlich auch das eine oder andere Bild, mit dem sie die Nachwelt nicht behelligen wollten, aber sie bildeten zumindest eine Gruppe, einen sozialen Zusammenhang, in dem man ausgehend von mitteleuropäischem Impressionismus, Symbolismus und einigem anderen die schwedische Nationalromantik erschuf. Müntzing ist dagegen vergleichsweise allein und schwer einzuordnen.

Deshalb wollen wir zu dem Selbstporträt aus der Kunsthochschule zurückkehren. Man erkennt das sichere Gespür für Farbharmonie, aber ansonsten gleicht das Bild keinem der anderen, die ich im Atelier sehen durfte. Schnell gemalt mit einem breiten Pinsel, in wenigen Stunden, etwas, das man innerhalb der akademischen Malerei anstrebte. Die Technik ist weit entfernt davon, wie Müntzing heute arbeitet, von ihrem Ziselieren mit winzigen Pinseln und viel Verdünner in der Farbmischung. Die Komposition, die erste Bleistiftskizze, wird noch schnell ausgeführt, aber dann folgen Monate geduldiger Arbeit an den Details. Was mich an die ersten Modernisten erinnerte – die es umgekehrt machten. Picasso und die anderen lernten zunächst klassische Akademiemalerei, um anschließend, mit diesen Lehren als Stütze, die Verankerungen zu lösen.

Im Falle Müntzings von einem umgekehrten Modernismus zu sprechen, ginge sicher zu weit, aber der Kontrast zwischen ihrem Selbstporträt und den Jugendlichen auf der Couch erinnert mich an etwas, was der Lyriker Göran Palm in seinem anregenden Buch *Danke, Modernismus, für die schöne Zeit* (2007) schrieb. Es geht darin zwar um Lyrik, aber die Ähnlichkeiten sind frappierend:

> Der Traum von der reinen Poesie, der Glaube an das Gedicht als Religionsersatz, Worte wie »magisch«, »modern«, »experimentell« und »avantgardistisch«, alles was zuvor für mich Strahlkraft und Sinn besaß, erschien mir nun zutiefst problematisch. Übertünchte der zur Staatskirche erhobene Spätmodernismus so nicht nur seine Sackgassen?

Dies ist nicht der richtige Moment, um zu ergründen, wie man ohne Leseanweisungen gute Videoinstallationen von solchen unterscheidet, die eher Kitsch sind (nicht immer leicht); die Reflexion dient vor allem als Relief zu der unmittelbaren Zugänglichkeit, die Müntzings Malerei in späteren Jahren prägt. Das Riesengemälde, das nur eine Stunde nach Beginn der Vernissage für eine schwindelerregende Summe verkauft wurde, sagt allen etwas, die es sehen, was genau, variiert natürlich, aber mehr Anleitung als ein leicht kryptischer Titel – »Morgen ist ein anderer Tag« – erhält man nicht. Das ist auch nicht nötig.

Morgen ist ein anderer Tag
Öl auf Leinwand, 165 × 300 cm, 2016–18

Allerdings hat das Gemälde ein Vorbild, das eine zusätzliche Dimension beisteuert, Lotte Lasersteins ebenso großes Bild »Abend über Potsdam« von 1929, aber diese Referenz ist nur ein Ausgangspunkt. Die Komposition ist die gleiche, die Häuserdächer in Berlin sind lediglich gegen Västberga ausgetauscht worden, genau wie die eigentümlich wehmütige Stimmung, die nach Bedarf gedeutet werden kann. Über Lasersteins Gemälde heißt es heute, es spiegele die bösen Ahnungen seiner Zeit, als wäre es ein Vorbote kommender Pogrome und ihres erzwungenen Exils, aber es ist alles andere als sicher, dass die Malerin dies beabsichtigte. Sie selbst nannte das Gemälde auch »Meine Freunde«.

Ironischerweise fand im Stockholmer Künstlerhaus 2002 eine Ausstellung mit dem Titel »Wirst du lonesome, kleiner Freund?«, statt. Eine Reihe früherer Schüler an der Kunsthochschule waren vertreten, darunter Martina Müntzing und ihr Mann Lars Arrhenius. Als ich mich erkundigte, was hinter dem Titel der Ausstellung steckte, erinnerte sich keiner mehr. Einfach eine coole Sache, vielleicht auch ein Kommentar zum gebotenen Individualismus jener Zeit. Die Einsamkeit. Martina und Lars lebten damals in London, was mich daran erinnert, dass wir den Ereignissen vorausgreifen.

Eine andere Gruppenausstellung sechs Jahre zuvor ist von zentraler Bedeutung. Sie hieß typischerweise »Alone together« und wurde am 1. Juni 1996 in Liljevalchs Kunsthalle eröffnet. Insgesamt siebenunddreißig Künstlerinnen und Künstler nahmen teil. Martina Müntzing war die jüngste. Vielleicht auch die einsamste. Die fünf Jahre an der Kunsthochschule waren vorbei. Sie und Lars waren bereits ein Paar, aber er setzte sein Studium an der Kunstakademie in Amsterdam fort. Sollte sie ihm folgen? Was tut man? Das Leben?

Es muss an dieser Stelle erwähnt werden, dass sie Jahre im Modellsaal der Kunsthochschule verbracht hatte. Etwas an der Modellmalerei lag ihr. Einige der Bilder gab es noch im Atelier; nackte Frauen in Lebensgröße, aufbewahrt wie alte Freundinnen und nun mit ihren Vornamen präsentiert. Typische Akademiestudien. Nichts, was man ausstellt. Trotzdem war es ausgerechnet ein Akt, der damals in Liljevalchs Kunsthalle erfolgreich war.

Martina Müntzing nahm mit drei großen Gemälden teil. Die ganzseitige Kritik in der Zeitung *Dagens Industri* unter der verlockenden Überschrift »Rätselhaft und dekadent«, handelte nur von ihr, als gäbe es die restlichen sechsunddreißig Künstlerinnen und Künstler nicht. »Die aktuelle schwedische Kunst ist gesellschaftlich gesund und blickt nach vorn.« So beginnt der Text und der Rezensent fährt fort: »Dass es unter den kulturpolitisch korrekten Künstlern eine naturinspirierte, malerische Traditionalistin und Dekadente gibt – die achtundzwanzigjährige Martina Müntzing aus Helsingborg –, hat der stechschrittmarschierenden Gegenwartskunst bei Liljevalchs eine herrliche Taktbrecherin beschert.«

Nun ja, man erahnt einen schmollenden Kritiker, einen älteren Herrn, der sich in der Gegenwart unwohl fühlt und seine Chance gekommen sieht. Eines der beiden Selbstporträts Martina Müntzings begeistert ihn und lässt ihn eine Kanonade schmeichelhafter Vergleiche mit Dante Gabriel Rossetti und Gustav Klimt abfeuern. Wieder geht es um ein Riesengemälde, ein hauptsächlich schwarzes, pastos gemaltes Bild, an dessen oberem Rand man undeutlich das Gesicht der Künstlerin im Dreiviertelprofil sieht, als wäre all das Schwarze ihre überdimensionierte Haarmähne. Der Hinweis auf Klimt ist nicht abwegig. Dieses Gemälde hätte man gern gesehen.

Wo befand es sich heute?

Das habe ich zerstört, antwortete Martina.

Oh, was für ein hoffnungsloser Fall, dachte ich, sagte aber nichts.

Es tröstet einen, dass ihr zweites Selbstporträt aus der Gruppenausstellung 1996 noch existiert. Ein makelloses Gemälde, das die Künstlerin als Ganzporträt zeigt, nackt. Das Modell begegnet dem Blick des Betrachters, als wolle sie sagen: Schau mal, was ich kann – ich habe im Modellsaal mehr oder weniger gewohnt. Oder sie sagt: Scher dich nicht darum, wer ich bin. Denk ja nicht, dass du etwas weißt. Kleider enthüllen allzu viel vom Innenleben eines Menschen.

Es heißt des Öfteren, ihr Durchbruch beim Publikum sei ihr mit dem Gemälde »Ich denke morgen daran« (2014) gelungen, das vom Moderna Museet in Stockholm erworben wurde, aber aus heutiger Sicht erscheint gerade der Erfolg mit den Selbstporträts in Liljevalchs Kunsthalle fast zwei Jahrzehnte zuvor als der eigentliche Durchbruch. Das Problem war nur, dass sie den Erfolg nicht so fortsetzte, wie das Publikum es erwartet hätte. Nichts wäre einfacher gewesen, als auf der Basis dieser mystischen Dekadenz weiterzumachen. Stattdessen zog sie nach Amsterdam und später nach London, um einige Jahre in relativer Anonymität mit Lars zusammenzuleben. Sie fasst ihre damalige Lage mit einer frei aus der Erinnerung zitierten Replik zusammen: »This is my girlfriend. She's also an artist.«

Holland und England hatten viel zu bieten, erst recht jemandem, der Kunstmuseen liebt. Zuerst ging es nach Amsterdam und Martina wurde rasch zu einem Stammgast im Rijksmuseum, wo sie unter den Museumsdienern Prominentenstatus genoss, weil sie selten heimgehen wollte, wenn das Haus schloss, und weil sie oft so aufdringlich neugierig auf die Stillleben der alten Holländer war, dass die Alarmanlage aufheulte.

Irgendwann tauchten auch erstmals Tiere in ihren Gemälden auf. Schon bei meinem ersten Besuch im Atelier stand ich lange vor einem damals noch unvollendeten, grünen Gemälde, das später den Titel »Weise« bekommen sollte, es war wie ein Blumenkranz aus dem Barock, bevölkert von Insekten, Vögeln und Tieren. Damals fragte ich nur nach zwei Schmetterlingen auf einer Ackerdistel, dem Baumweißling und dem Apollo-Falter, und erhielt die Antwort, beide flögen in Edsbruk, wo die Familie ihr Sommerhaus habe. Das erklärte es. Das Haus steht demnach nördlich von Västervik, am Rand des Uknatals, das einer der schönsten Orte ist, die es überhaupt gibt.

Woher hast du, wollte ich wissen, diese ganze biologische Vielfalt? Die Antwort war erhellender, als ich erwartet hatte. Wir waren zurück im Helsingborg ihrer Kindheit, als Martina Müntzing schon früh ein, wie sie es ausdrückte, »Mädchen war, das Steine umdrehte«. Kleingetier und später diverse zahme Vögel und andere Tiere gehörten deshalb von Anfang an zum Repertoire der Künstlerin. Wie gesagt, ein spezielles Kind – das zu Anfang der Pubertät lieber mit der Dohle Cora (benannt nach der Schriftstellerin Cora Sandel) und der flugunwilligen Krähe Jas zusammen war. Eine Zeitlang hatte sie auch eine zahme

Mantelmöwe namens David, die auf ihrem Kopf saß, wenn sie im Öresund schwamm. Außerdem, sagte Martina, lag das Naturinteresse in der Familie. Mein Vater ist Biologe. Tja, und du weißt ja, mein Großvater …

Ja, natürlich! Dass mir das nicht sofort eingefallen war. Arne Müntzing (1903–1984) war einer von Schwedens international berühmtesten Genetikern und lehrte noch in Lund, als ich dort Ende der siebziger Jahre Genetik studierte. Wenn mich nicht alles täuschte, hatte er sogar unser Lehrbuch geschrieben. Alles passte zusammen. Müntzing! Seine Abhandlung über die Artenbildung in der Gattung *Galeopsis* ist legendär. Außerdem war er dafür bekannt, kein Nazi zu sein, was in den dreißiger Jahren unter Vererbungsforschern relativ ungewöhnlich war.

Mittlerweile hatte ich Martina und Lasse in Edsbruk besucht. Ich mietete ein Auto und fuhr an einem schönen Sommertag hin. Meine einzige Notiz von dieser Zusammenkunft betraf die Kunst, Auto zu fahren, denn Martina hat nicht einmal einen Führerschein. Zwar hatte sie versucht, ihn zu machen, aber erfolglos. Ihr Mann erklärte das Scheitern damit, dass sie unfähig sei, zwischen den Sinneseindrücken auszusieben. Dass sie alle Details wahrnehme.

Trotzdem weiß sie genau, wann ein Gemälde fertig ist. Die Details sind minutiös wiedergegeben, das ist wahr, aber der Hintergrund wird häufig nur skizziert, scheinbar unvollendet oder schnell gemalt wie von einem Kind.

Ja, die Kinder. Olle wurde 2003 geboren, Elsa 2005, und die Geschichte von der Künstlerin, die aus der Not eine Tugend macht und anfängt, ihre Kinder zu malen, ist natürlich oft erzählt worden. Früher verschwanden viele Künstlerinnen im Familienleben und man hörte nie wieder etwas von ihnen, während es einigen wenigen wie Siri Derkert und Vera Nilsson gelang, ihre Malerei in den Jahren mit kleinen Kindern weiterzuentwickeln. Schwierig war es bestimmt, aber sie kamen weiter. Martina Müntzing gehört zu diesen Künstlerinnen.

Das Familienleben wechselte sich mit Porträtaufträgen, öffentlichen Ausschmückungen von Treppenhäusern und Fassaden ab, aber es gab auch den guten alten Austausch mit der Kunstgeschichte in Gestalt von Pastiches und Paraphrasen. Dann hat sie das hinter sich. Ihr Mann hatte eine lebensbedrohliche Krankheit überlebt und Martina Müntzing verarbeitete dies, indem sie das Grauen in dem großen Familienporträt »Ich denke morgen daran« einkapselte. Der Titel ist eine Bemerkung Scarlett O'Haras in Margaret Mitchells Roman *Vom Winde verweht*, und wer ein wenig verweilt und nahe herangeht, entdeckt beunruhigende Details. Das Eichhörnchen im Vordergrund nagt an einem toten Vogel, während der lebende, gezeichnete Vogel, der zum Nest fliegt, einen Schmetterling im Schnabel hält, der sich als Trauermantel herausstellt.

Es war, als wäre eine Schleuse geöffnet worden; die ganze aufgestaute Energie floss in ihre Malerei, die immer besser wurde. Das Porträt von Elsa auf dem gustavianischen Sofa, mit dem Martina Müntzing gleichsam Carl Larsson auf die Schulter klopft, gehört zum Besten, was ich gesehen habe.

Zum Herbst hin konnte ich die Arbeit an ihrem neuesten Gemälde verfolgen. Ihr Sohn Olle in Lebensgröße. Das Format wurde von einem Gemälde Meredith Framptons übernommen, über den ich inzwischen gelesen hatte. Er lebte zwischen 1894 und 1984, ungefähr wie Lotte Laserstein. Zunächst sah ich nur einen Jungen, der in einem mystischen rosa Licht an eine Espe gelehnt stand. Erst Tage später sah ich die Erkennungsmarke. Wohl kaum nur ein Detail. Ein Zufall, erklärte Martina, aber das glaubte ich ihr nicht. Olle hatte diese Erkennungsmarke im Sommerhaus gefunden und sich als Schmuckstück um den Hals gehängt, was sicher stimmte, aber dass sie dann auf die Idee kam, ihn so zu malen, war bestimmt kein Zufall. Sie wurden auch Todesmarken genannt. Jeder schwedische Staatsbürger bekam eine, alle, die 1960 oder später geboren wurden, bis 2010, als man der Meinung war, die Welt sei friedlich und das Ende der Geschichte erreicht. Vorher waren sie nur an Angehörige des Militärs verteilt worden. Sollten sie eines Tages wieder eingeführt werden, ist Gefahr in Verzug.

Hast du gewusst, dass die Amerikaner sie *dog tags* nennen?

Nein, erzähl.

Martina malte, still, konzentriert.

Ein paar Jahre zuvor war ich über das Buch *Dog Tags – The History, Personal Stories, Cultural Impact and Future of Military Identification* der amerikanischen Historikerin Ginger Cuocolo gestolpert. Deshalb wusste ich, dass schon die Römer versucht hatten, den Überblick über ihre Legionäre zu behalten, indem sie deren Namen in kleine Plättchen aus Blei pressten, aber richtig in Schwung kam die Sache erst während des Deutsch-Französischen Kriegs 1870. Ein paar Jahre zuvor hatte Preußen Erkennungsmarken auf freiwilliger Basis eingeführt, aber die Mehrzahl der Soldaten weigerte sich, sie zu tragen. Nach der Schlacht bei Königgrätz 1866 blieben deshalb von fast 9000 Gefallenen etwa 8500 anonym und die Regel wurde anschließend zur Pflicht.

Im Ersten Weltkrieg hatten die Engländer und Amerikaner ähnliche Marken eingeführt, später folgten fast alle Länder ihrem Beispiel. Und heute hat die Modebranche die Erkennungsmarken als Accessoire entdeckt. Besonders amerikanische Rapper ... sagte ich und schielte zu Martina hinüber.

Interessant, nicht wahr? Sie sagte nichts. Hatte sie mir überhaupt zugehört? Nach einer Weile begriff ich, dass sie mit einem künstlerischen Problem kämpfte, ein paar Kiefernnadeln auf dem Boden zu Füßen des Modells betreffend. Lange saß ich da und beobachtete sie bei der Arbeit. Ein dünner Pinsel, nah, ganz nah. Wie in einem eigenen Raum.

Aus dem Schwedischen von Paul Berf

Martina Müntzing

Abschied von einer Aussicht

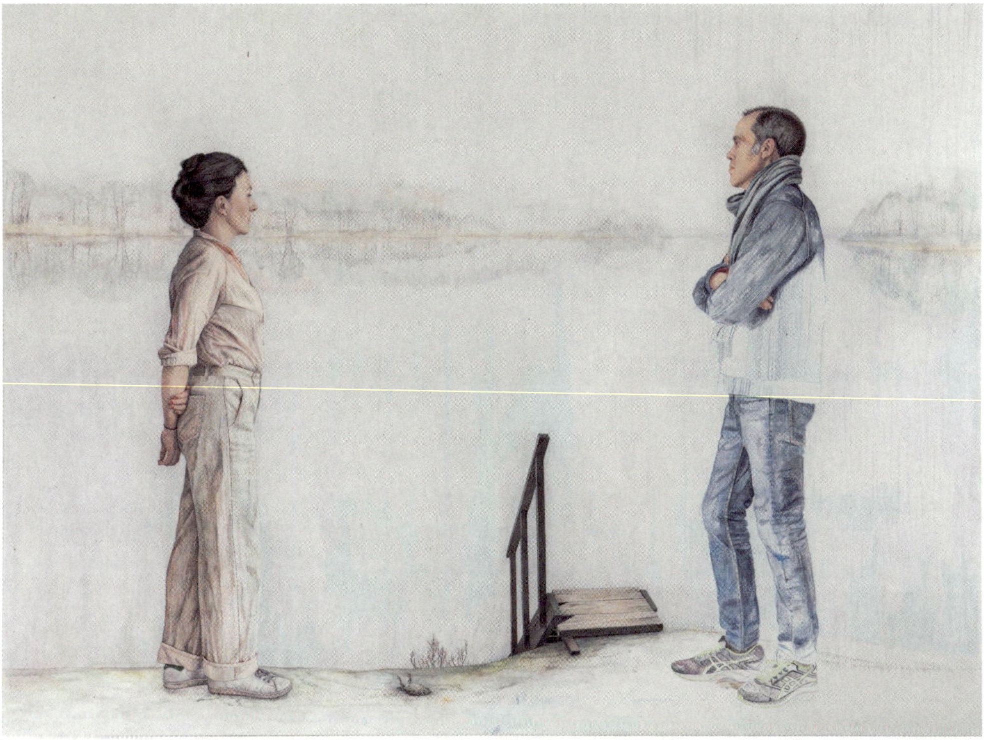

Abschied von einer Aussicht
Öl auf Leinwand, 206 × 271 cm, 2020

Grenze
Öl auf Papier, 40 × 40 cm, 2017

Verbindung
Öl auf Papier, 40 × 40 cm, 2017

Glück
Öl auf Papier, 40 × 40 cm, 2017

Michelle
Öl auf Leinwand, 206 × 108 cm, 2020

Elsa
Öl auf Leinwand, 206 × 108 cm, 2020

Olle
Öl auf Leinwand, 206 × 108 cm, 2020

Scheinbar schlafend
Öl auf Leinwand, 75 × 75 cm, 2021

Jan Töve

Weit entfernt, ganz nah

Uvered, Västergötland, 3. Dezember 2012

Hökerum, Västergötland, 14. März 2011

Koppom, Värmland, 4. Juli 2013

Grönahög, Västergötland, 26. November 2015

Broddarp, Västergötland, 12. Juli 2011

Borgstena, Västergötland, 20. Juni 2014

Brålanda, Dalsland, 17. April 2011

Järpås, Västergötland, 11. Februar 2015

Lena Kvist

Der Grand Canyon ist da drüben

Über Jan Töve

Meine Wohnungstür hat zwei Schlösser und einen Briefeinwurf, so dass Post und Zeitungen direkt auf dem Fußboden im Flur landen. Wenn ich hinausgehe, gelange ich zuerst in ein Treppenhaus mit acht anderen Türen, die meiner gleichen. Zwei Etagen tiefer setze ich die Schuhsohlen auf Asphalt.

Auf der Straße scheppern Straßenbahnen vorbei. Die Schlange vor der Biobäckerei ist schon lang. Direkt daneben liegt das Lattecafé, die Tapasbar, die Kneipe, der Schönheitssalon für natürliche Hautpflege und das Schallplattengeschäft.

In der Nähe werden neue vierstöckige Häuser gebaut. Mein Viertel verändert sich ständig. An Straßenlaternen und Müllräumen hängen Zettel von Wohnungssuchenden; fast alle sind auf der Suche nach größeren Wohnungen, denn wo ich wohne, ist Platz eine echte Mangelware.

Anfang der neunziger Jahre kam ich in die Großstadt, in einem metallicgrünen Volvo 242, mit einem Vater am Steuer, der nervös fluchte, als er vor der Wohnung auf der Straße hielt. Jemand hatte wütend gehupt, als er nicht wusste, wo er abbiegen musste. Wie hielten die Leute nur diesen Verkehr aus? Und wie konnte man in diese Parklücken einparken, fragte Vater sich.

Ich kam in die Großstadt, um zu studieren und Journalistin zu werden. Das wurde ich auch, Kulturjournalistin mit den Schwerpunkten Literatur und Fotografie. Die Fotografie vereinte so viel. Die Bilder konnten wie Poesie sein, und gleichzeitig waren sie häufig kleine dokumentarische Erzählungen. Die ganze Welt in einem kleinen Viereck.

Sechsundzwanzig Jahre später bin ich immer noch in der Großstadt. Ich kann einparken, vor allem, weil mein Auto viel kleiner ist als Vaters Volvo. In meiner Wohnung lebe ich seit acht Jahren. Ich grüße alle, denen ich im Treppenhaus begegne, kenne aber nicht von allen Nachbarn den Vornamen.

Andererseits gibt es in der südwestschwedischen Provinz Västergötland Orte, an denen die Leute wissen, wer ich bin, obwohl sie mir niemals begegnet sind: Wegen meines Nachnamens, sie wissen, wessen Kind und Enkelkind ich bin.

Den Fotografen Jan Töve habe ich nur einige Male getroffen. Aber in seiner Bildwelt fühle ich mich heimisch und wir sprechen den gleichen Dialekt, Västergötländisch. Wenn ich seine Bilder von Landschaften und Menschen in der Reihe *Weit entfernt, ganz nah* betrachte, kenne ich die Motive besser als meine eigenen Nachbarn.

Meine erste Begegnung mit Töves Fotografie war das Buch *Spiegelungen* von 1996. In den neunziger Jahren war er ein gefeierter Natur- und Landschaftsfotograf. Er reiste durch die ganze Welt, zu exotischen Orten: nach Grönland und Tasmanien, Namibia und zum Yellowstone-Nationalpark in den USA. Er gewann Preise, in Schweden und im Ausland.

Aber es war ermattend, das perfekte Motiv zu jagen. Außerdem habe die Welt der Naturfotografie mit der Zeit immer oberflächlicher und verlogener gewirkt, hat er erzählt. Die Welt sah ja nicht so aus wie auf den Bildern, war im Gegenteil ungeordnet und chaotisch.

So ergeht es sicher vielen von uns, die wir uns für Fotografie interessieren: Die Bilder der Natur kommen einem auf die Dauer ein bisschen zu romantisch vor, weil es selten etwas gibt, das die Perfektion stört. Geht es in der Naturfotografie häufig darum, die Wirklichkeit bezaubernder und spektakulärer zu machen, ist das Dokumentarische komplexer und erzählt andere Geschichten.

Als wir uns zuletzt begegneten, erzählte Jan Töve mir eine Anekdote. Sie kann als Beschreibung dafür dienen, wer er statt des Naturfotografen auf der Suche nach unberührten Landschaften, verewigt in perfektem Licht mit perfekter Technik, geworden ist.

Als er zum Grand Canyon in Arizona fuhr, um eine der bekanntesten Landschaften der Welt zu fotografieren, sah er den grandiosen Canyon und die vielen Fotografen, die ihre Kameras auf die Schlucht gerichtet hatten. Er selbst fand eine interessante Rindenformation an einem Baum und stellte die Kamera in die andere Richtung auf. Jemand tippte ihm scherzhaft auf die Schulter, zeigte und sagte: »Grand Canyon is over there.«

Aus seiner Spur auszuscheren, verlangt Mut. Naturfotografie spricht viele Menschen an, während Jan Töves neuer Stil nicht auf die gleiche Art unmittelbar zugänglich ist. Die Bilder können schön, aber auch hässlich sein.

Ein wichtiger Aspekt von Jan Töves künstlerischem Werk ist die Tatsache, dass er ein Rückkehrer ist. Er ging nach Stockholm, um zu studieren, er reiste auf der Jagd nach dem perfekten Naturbild um die ganze Welt, kehrte schließlich aber in die Gegend zurück, in der er aufgewachsen war, und wohnt heute wieder in der Gemeinde Hökerum, in Härna nördlich des Flusses Viskan, während das Dorf Töve seiner Kindheit südlich vom Fluss liegt.

Der schlimmste Feind des Künstlers ist die Blindheit für die eigene Heimat. Aber Jan Töve hat ein untrügliches Gespür für seine Umgebung und einen wachen und offenen Blick für die Landschaft Västergötlands, in der er aufgewachsen ist. Obwohl es vielleicht nicht genau dieses Västergötland war.

Das Leben ist ja nicht stehengeblieben, natürlich hat sich die Umgebung seit den sechziger Jahren verändert. Man sieht es beispielsweise an dem Ring in der Nase der jungen Traktorfahrerin. Sie fährt ihr Heu mit klarer Autorität ein, über das Lenkrad gebeugt, die Hände bequem gefaltet in den schmutzigen Arbeitshandschuhen, der Nasenring und das Lippenpiercing als kleine, silberne Ausrufezeichen im Mädchengesicht.

Man sieht es auch an dem Schild *Cash only* vor der wirren Garage oder dem Arbeitstisch des älteren Mannes mit Kappe, der dort vorbeikommenden Touristen offenbar irgendetwas – Flohmarktware? – verkauft.

Die meisten Bilder Jan Töves sind im Freien entstanden. Bei unterschiedlichem Wetter, in unterschiedlichen Jahreszeiten. In vielen Bildern spielt die Landschaft die Hauptrolle. Überall ist so viel Platz! Äcker und Straßen, Hügel und Seen. Und Schnee, weißer Schnee, der sich auf alles legt und aus dem Himmel herabwirbelt. Wenn es in der Großstadt schneit, geht man einfach ins Haus. Es gibt keine Höfe oder Wege, die freigeschaufelt werden müssen, zumindest nicht von uns. Nie fällt der Strom aus, keine Wasserrohre frieren kaputt. In Jan Töves Winterbildern empfindet man das Wetter auf eine ganz andere Art als mächtig. Kälter.

Gleichzeitig bestimmt die Natur nicht über den Menschen. Alle Menschen, die sich in der Winterlandschaft bewegen, haben etwas zutiefst Berührendes: Sie schaufeln Eis frei, bauen Schneemänner, decken mitten in der Kälte ein Dach.

Das Schöne an der Reihe *Weit entfernt, ganz nah* ist, dass sie in ihrer durchdachten Bildsprache künstlerisch konsequent ist und gleichzeitig ein ungewöhnlich komplexes Bild von der Wirklichkeit auf dem Land vermittelt.

Für einen Fotografen ist es eine Herausforderung, ländliche Regionen nicht zu romantisieren oder sie mit ihrer Schönheit kokettieren zu lassen – aber sie andererseits auch nicht allzu sehr in Moll darzustellen mit ihren vielen geschlossenen Geschäften und verlassenen Häusern. Beide Wege wären möglich (und sind von anderen Fotografen eingeschlagen worden). Doch Jan Töve geht seinen eigenen Weg.

Wenn ich versuche, seine Bilder in einen fotohistorischen Zusammenhang einzuordnen, finde ich mich leicht in den Zwischenräumen wieder; seine Bilder gleichen im Grunde keinen anderen Arbeiten. Gleichzeitig gibt es natürlich Vorgänger.

Vergleichen muss man ihn etwa mit dem Schweden Sune Jonsson (1930–2009), dem Dokumentarfotografen, der auch ein Rückkehrer aus der Großstadt in die Landschaft seiner Kindheit war. Seine sensiblen Bilder aus der nordschwedischen Region Västerbotten brachten ihm sogar den Hasselbladpreis ein.

Ich möchte behaupten, dass Jan Töve für Västergötland ist, was Sune Jonsson für Västerbotten war. Aber während Jonssons Bilder schwarzweiß und strikt dokumentarisch waren, manchmal voller Action in ihren Schilderungen des alltäglichen Lebens, überlassen Jan Töves Bilder mehr der Fantasie und vermitteln fast immer ein Gefühl von Ruhe. Es kommt einem vor, als enthielten alle Fotos mehr, als sie zeigen, der Betrachter muss nur aufmerksam genug hinschauen.

Der aus Borås stammende Lars Tunbjörk (1956–2015) ist ein anderer naheliegender Referenzpunkt. Seine farbenfrohen und absurden Bilder von Schweden sind meines Erachtens mit Jan Töves verwandt. Aber Jan Töves Aufnahmen sind heiterer und tendieren nicht im gleichen Maß zum Absurden, auch wenn der Humor gegenwärtig ist.

Wie so oft in der Geschichte der Fotografie sind die Amerikaner vorausgegangen. In den siebziger Jahren erhielt die Landschaftsfotografie eine neue Gestalt durch *new topographics photography*, eine Art von Landschaftsfotografie, in der die Landschaft unter menschlicher Beeinflussung gezeigt wurde. Robert Adams (geb. 1937) und Stephen Shore (geb. 1947) waren herausragende Vertreter dieser Richtung.

In ihren neuen Bildern ging es nicht um die Schönheit der Landschaft, stattdessen zeigten sie andere Seiten von Amerika. Oftmals scheinbar ereignislose Umgebungen entlang der Highways, Szenerien, die damals als uninteressant galten, die wir anhand amerikanischer Roadmovies jedoch später zu romantisieren gelernt haben.

Ich weiß nicht, ob man Jan Töves *Weit entfernt, ganz nah* wirklich ein Roadmovie nennen kann, aber eine Verbindung zu den Amerikanern der *new topography* ist unübersehbar. In gleicher Weise können seine Bilder die Schönheit im Alltäglichen, fast Banalen zeigen.

Manchmal – vor allem in gewissen Schneebildern – erinnert er auch an einen der interessantesten deutschen Fotografen, Andreas Gursky (geb. 1955), der die greifbare Gegenwart des Menschen in großen Natur- und Architekturlandschaften gezeigt hat.

Töve selbst hat darüber hinaus die Kunstfotografin Helena Blomqvist (geb. 1975) als Inspirationsquelle genannt. Das ist eine interessante Verknüpfung, wenn man ihre sorgsam arrangierten Bildwelten kennt. Vielleicht strebt Jan Töve etwas Ähnliches an, aber in der Wirklichkeit statt in einem Fotoatelier.

Jan Töve hat ein feines Gespür für Farben, nicht zuletzt für die Farbe Rot, die sparsam und äußerst sensibel eingesetzt wird. Die Bilder in *Weit entfernt, ganz nah* scheinen einem Strom entsprungen zu sein, jedes erfüllt seine Funktion und hilft, eine Geschichte zu erzählen. Für mich persönlich erzählt das Projekt vom Ursprung meiner Familie und von einer Welt, die ganz in der Nähe weiterhin lebt. Denn das Leben auf dem Land hat ja nicht aufgehört, nur weil manche es verlassen haben. Die ländlichen Regionen zu schildern heißt auch, die Urbanisierung zu schildern, das, was nicht mehr existiert, denn fast neun von zehn Schweden leben heute in Städten.

Was sind die ländlichen Regionen im Schweden von heute? Vieles zugleich wie in Jan Töves Bildern. Zahlreiche kleine Läden haben auf dem Land zugemacht, aber es werden auch neue Straßen gebaut. Die Menschen gehen weiter gern durch den Wald, auch wenn man viel Zeit vor Bildschirmen verbringt, ganz gleich, wo man in Schweden lebt.

Hökerum hat heute 642 Einwohner. Das ist zwar etwas weniger als in den neunziger Jahren, aber es sind doppelt so viele wie 1965, dem Jahr, als Jan Töve in die Schule kam. Auch dort bewegt sich also etwas, genau wie in den Großstadtvierteln.

Mein guter Freund N., ein Engländer, meint, der große Unterschied zwischen England und Schweden sei, dass die schwedischen Städter nur eine oder zwei Generationen vom Bauernhof entfernt sind. In England und anderen Teilen Europas begannen Industrialisierung und Urbanisierung wesentlich früher als hier; der Bauernhof liegt bei ihnen vielleicht fünf Generationen zurück. Für uns ist das Leben auf dem Land dagegen noch nah.

Deshalb treffen Jan Töves Bilder viele Menschen mitten ins Herz.

Ein Bildpoet der ländlichen Regionen zu sein, als den ich Jan Töve gern betrachten möchte, ist eine große Verantwortung. Man muss wohl eine recht entspannte Einstellung zu Menschen wie mir haben, alle Erwartungen ignorieren, seinen eigenen Weg gehen. Und ich glaube, genau das tut Jan Töve.

Ich weiß nicht, wie seine Tür aussieht, aber ich weiß, dass es bei ihm nicht acht gleiche im Treppenhaus gibt, und er setzt seine Schuhsohlen wohl eher nicht auf Asphalt, sondern auf Schotter oder Neuschnee. Wenn er zur Tür hinausgeht, wird er sich weiter umschauen, wo er ist – und seine Kamera heben. Ohne blind für seine Heimat zu sein und ohne auf der Jagd nach dem perfekten Bild durch die Welt reisen zu müssen.

Der Grand Canyon liegt immer noch in der anderen Richtung, weit entfernt von Hökerum.

Aus dem Schwedischen von Paul Berf

Elis Monteverde Burrau

ich denke immer öfter an unseren Nationalfeiertag

willkommen in einer neuen Einfachheit

warum trägt der Engel ein billiges Halstuch
er ist ein Gastspiel, der dein Gesicht
wiedererkennt
der Engel ist eine neue Funktion mit genehmigter Gesichtserkennung
warum ist Zynismus ein schönes Wort
Cara Delevingne schreibt
»Sarcasm in Latin means to tear the flesh«
ich suche, lese, es bricht fast aus mir heraus
»bite the lips in rage«
wir legen etwas gebeizten Lachs auf After Eight
wir sitzen in der Küche von Eugenes Mutter und essen
ein teurer Kerzenständer sieht aus wie eine Glorie
alles Mögliche kann im Namen gleichgültiger Völlerei
ein Keks sein!
der Kerzenständer heißt sicher *Gloria*
Joline hat einen Altar gebaut
und mein Schädel wird eine Schale sein
in der jemand eine Zigarette ausdrücken kann
jemand, der es sich wirklich verdient hat
sie in meinem Schädel auszudrücken
jemand, der sich einen Namen gemacht hat
genau wie *Gloria*

das rosa Fleisch

auf deinem kleinen Fernseher neben der Bettkante
läuft *Der Teufel trägt Prada*, auf stumm
auf dem schmutzigen Laptop zwischen uns
streamen wir *Shopaholic – Die Schnäppchenjägerin*, mit Ton
auf dem Handy in meiner Hand lese ich abfotografierte Seiten
aus einer Bachmann-Anthologie
ich lese sehr laut
(überglücklich ist das gleiche
wie traurig – herablassende Liebe ist interessant
und sehr wahrscheinlich)
man sagt, Ertrinken sei der schlimmste Tod
aber wenn der Laptop nachts aufgeklappt sein darf
kann er mit einer kleinen, kranken Lüftung
sein eigenes Leben retten
wie kann ein Tod der Schlimmste sein
ich dachte, wir teilen die Gesellschaft
nicht länger in »am besten« und »am schlimmsten« ein
sonst fühlt es sich unethisch an, dass *Shopaholic*
aus unschuldigen Schaufensterpuppen
die Demagogen des Kapitalismus macht
es ist natürlich ein sehr guter Film
aber erschießt nicht den Boten
schneidet dem System die Kehle durch
in diesem Fall ist der Bote eine schöne Armee
die ihre nachträglichen Erklärungen hinter Glas singt
die Gläser sind Scheiben
die alte Redensart
die fragile Art (so sorg- wie trostlos)
dabei fällt mir die Freundschaft
meiner Freundin Monia Sanders
mit einer silbernen Schaufensterpuppe ohne Kopf ein
sie stahl sie vom Flohmarkt des Königlichen Theaters
diese Freundschaft ist eine spannende künstlerische Praxis
aus der sie hoffentlich immer weiter schöpfen wird
sie ist so zärtlich und so wachsend
sie schreibt, wo das Herz sitzen sollte
ist ein Loch

das »Kindliche« war nie ein Zeichen von etwas Schlechtem

eine poetische Inspirationsquelle auf Twitter
die sich im Augenblick *ebony porn* nennt
lädt ein Bild von Gisele Bündchen hoch
es ist die Victoria's Secret Fashion Show in New York 2002
und das Model ist von drei Aktivisten umzingelt
People for the Ethical Treatment of Animals
hat offenbar den Catwalk gestürmt
sie tragen Schilder mit der Aufschrift »Gisele: fur scum«
ihnen bleiben ein paar Sekunden, ehe sie schroff heruntergezogen werden
und es sieht aus, als würden sie ihre Botschaft hinausschreien
Gisele Bündchen hat in Anzeigen verschiedener Modehäuser
vielleicht zu viel Pelz getragen
zuerst bin ich unsicher, aber dann verstehe ich es
auf dem Bild sieht sie wunderbar ungerührt aus
sie führt ihren Job wie ein Profi zu Ende
ich glaubte impulsiv, dass die Aktivisten sie mochten
und dass die Aktion eine Art experimentelles Ritual der Wertschätzung war
dass sie der Allgemeinheit nur berichten wollten
wie sehr Gisele Bündchen Valerie Solanas liebt
dass sie für die *Society for Cutting Up Men* war und nicht dagegen
sie wollten allen Zweiflern zeigen, dass sie nicht abgeneigt war
ich hoffe wirklich, dass manche der Aktivisten so dachten
dass jemand diese aus Sprachverwirrung entstandene Assoziation im Hinterkopf hatte
als bewusste Zweideutigkeit
Pelzpack ist weder freundlich noch subtil
es fühlt sich nicht einmal kindlich an

alles, was es braucht

sind drei Punkte
dann deutet
der Säuglingsmensch
ein Gesicht, leider
aber ich finde
es ist relativ gut
dass Traumata vererbt werden
wenn Alte wieder zu Kindern werden
andererseits
ist es nur ekelhaft
(ich kann mir keinen
peinlicheren Zustand vorstellen
als den Lebensabend)
sei die Veränderung
die du in der Hölle sehen willst
kleine Erbse
die Punkte sind Löcher

ich denke immer öfter an unseren Nationalfeiertag

es ist schön, dass wir ein so pulsierendes
und blutiges, potenziell performatives Projekt teilen
es ist ein zartes Gefühl *im ganzen Körper*
die schlummernde Panik einer missglückten Pietà zu parasitieren;
die Poetik, die töten und pflegen, vielleicht
ohne Unterscheidung und Geschmack trauern wird,
»sollte nur« den proklamierenden Parademund töten:
angenommen, es gibt ein Wir, das unseren Nationalfeiertag teilt
vorausgesetzt, wir können die panische Sonne enthaupten

ich habe keine Augen

im Nacken, aber ich habe
eine Art Rückgrat
in meinem Herzen
ich weiß
ich stimme zu
es ist so peinlich
ich bin so durchschnittlich!!!
aber
und das ist die
Überraschung
ich habe gar keine Augen
ich kann nicht sehen!
ich bin nicht blind
im klassischen Sinn
oh Gott, nein
sondern im exzentrischen, Achtung!
und als letztes
kleines Plus
(keine große Sache)
kann ich berichten:
das Rückgrat ist aus Plastik!!!!!
aber wenn die Flammen
am Himmel lecken
was tun sie
mit der Erde

Aus dem Schwedischen von Thomas Altefrohne

210601

Aase Berg

Vito

Es ist unwegsames Land. Am Grund der Schlucht glitzert ein silbrig rieselnder Bach. Ringsum ragen Berge blaugrün auf, der säuerliche Duft von Moor-Birken und Gagel ist intensiv und auf dem Heideboden der Hochebene leuchten die Moltebeeren noch unreif rot.

Über der tiefen Schlucht schaukelt eine schmale Hängebrücke mit einem Seil als Geländer und einem Boden aus schlüpfrigen, halbmorschen Holzbrettern. Ich bin schon über diese Brücke gegangen, zusammen mit meinem trittsicheren Vater. Durch seine Kindheit in den norwegischen Bergen weiß er genau, wohin er seine Füße in unsicherem Gelände setzen muss, auf sumpfigem Boden im Wald genauso wie bei der Überquerung unzuverlässiger Hängebrücken. Wichtig ist, einen gleichmäßigen Takt zu halten, auch wenn der Untergrund schwierig ist. Jetzt gehe ich dort mit Onkel Magnars Hund Vito und bin mit ihm zum ersten Mal allein unterwegs.

Vito ist ein Samojede, ein kreideweißer Gebirgsbär, also recht groß im Verhältnis zu meinem kleinen, siebenjährigen Mädchenkörper. Ich halte die Leine mit einem Gefühl ernsthafter Verantwortung, aber möglicherweise ist es eher Vito, der mich führt. Ich habe einen wichtigen Auftrag erhalten – mit dem Hund Gassi zu gehen. Aber die Erwachsenen haben mit Sicherheit nicht geglaubt, dass wir so tief in den verschlungenen Wald hineingehen, dass wir dem Waldweg bis zu dieser Brücke folgen würden. Keiner hat irgendwelche Anweisungen dazu gegeben, worauf es für ein Kind und einen Hund ankommt, wenn sie die instabile Konstruktion überqueren wollen. Sollen wir umkehren? Ebenso wenig hat irgendwer vorhergesehen, dass der Wind auffrischen würde. Jetzt fährt er durch die Espen, fegt unter dichten Fichten an der Erde entlang, und unter der aschblauen Wolkendecke haben die Waldgeister begonnen zu kreischen.

Ich sende einen fragenden Gedanken in Vitos Augen. In seinen erdbraunen Augäpfeln spiegelt sich der Himmel und er antwortet, dass wir es schaffen werden. Schau nicht nach unten, sagt er. Fasse das Blickfeld vor dir ins Auge. Vertraue darauf, dass die Füße ihre Arbeit machen. Entscheidend für das Gleichgewicht ist es, mit den Augen eine gerade Linie zu ziehen und den Rücken gestreckt zu halten, während Unterkörper und Beine gleichzeitig einer schaukelnden Bewegung folgen.

Vito geht vor. Er dreht sich nicht um, er vergewissert sich nicht, wie es für mich läuft, weder mit einem besorgten noch einem tröstenden Blick – was übrigens, in der Hundesprache, das Gleiche ist: Trost wirkt auf einen Hund nicht beruhigend, auf einen Menschen auch nicht immer, er kann ganz im Gegenteil Besorgnis auslösen und signalisieren, dass es etwas gibt, vor dem man sich fürchten muss.

Vitos Augen im Nacken sehen mich jedenfalls. Wir hängen zusammen, wir sind ein Körper. Ich halte den Blick auf eine Fichte auf der anderen Seite gerichtet. Die Brücke schaukelt wie die Dünung eines Meers im Morgengrauen, und ich bin das geschmeidige Boot. Ich weiß, dass die Tiefe uns in ihr kantiges, scharfes Maul hinabziehen will, ich weiß, dass der Bach auf dem Grund der Spalte das Blut aus unseren zerschmetterten Körpern saugen will. Aber mein fester Fokus brennt durch die Luft und trägt mich über die Verlockungen des Schwindels und der Angst hinweg.

Was ich damals nicht wusste, heute jedoch weiß, ist, dass ich da und dort reiten lernte. Wieso konnte mir ein Hund die Prinzipien der Balance beibringen, die auf einem Pferderücken gelten? Weil es bei jeder Balance, jeder Überwindung von Schwierigkeiten um das Gleiche geht – um die Festigkeit des Blicks, die Folgsamkeit des Körpers und vor allem: Vertrauen.

Wir hofften, dass die Brücke nicht einstürzen würde. Wir wussten, obwohl wir es nicht wussten, dass diese Brücke uns tragen würde. Vertrauen heißt, ein Risiko eingehen. Wer daran scheitert, echte Liebesbande zu knüpfen, hat häufig Probleme zu balancieren. Es kommt darauf an, sein Gewicht zwischen den Gegensätzen richtig zu verteilen, zwischen Entschlossenheit und Nachgiebigkeit, Wissen und Vermutungen, Selbstvertrauen und Furcht.

Vito und ich nahmen dann einen anderen Weg nach Hause. Er ging nicht mehr vor mir, er ging neben mir. Ich nahm ihm die Leine ab. Er schüttelte sich, blieb aber weiter an meiner Seite. Ein Fuchs bellte vom Sumpf her. Vito schien ihn nicht zu hören, hob stattdessen den Kopf und sah mich an. Seine Augen glichen denen meines Vaters.

Vito war Hofhund auf dem Trøndelag-Hof Berg. Mein Vater war dort aufgewachsen. In meiner Kindheit kehrten wir jeden Sommer zu unserer Hütte am Rande des Dorfs zurück. Mein Lieblingsonkel Magnar wohnte noch auf dem Hof, den er zusammen mit seiner Frau Hjördis bewirtschaftete.

Dass Magnars Hund Vito hieß, hatte nichts mit italienischer Mafiaromantik zu tun. Im Gegenteil, die Namen der Tiere waren in der Regel down to earth: Die Dölepferde hießen aus dem einfachen Grund Gråas und Bruna, dass eines grau und das andere braun war, das Fjordpferd hieß Fjorde und die Katze wurde Mieze gerufen.

Das einzige Tier, das von dieser Norm abwich, war die scheckige Leitkuh, die tatsächlich nicht Fleckie hieß, sondern den bezaubernden Namen Dagros erhalten hatte. Zur Melkzeit trottete sie mit ihrer bimmelnden Leitglocke in den Stall und hatte den Rest des Matriarchats im Schlepptau, jede einzelne Kuh trottete in die richtige Box. Merkwürdige Waschschwämme fuhren in durchsichtigen Rohren an der Decke umher, während die Milch von den Saugglocken an den Eutern in das System gesaugt wurde. Die Rohre waren ganz ähnlich wie die, durch die im Stockholmer Aquarium die Nacktmulle laufen.

Bei unseren Besuchen auf dem Hof setzte sich Hjördis niemals mit uns an die Kaffeetafel. Die Gäste wurden ins Wohnhaus gebeten und setzten sich mit Magnar in die Küche, woraufhin ihnen Waffeln mit Käse, Molkenstreichkäse oder Moltebeerenmarmelade angeboten wurden, während die Gastgeberin an der Spüle stehen blieb und Kette rauchte. Draußen wölbten sich die blaugrünen Berge, und am tiefsten Punkt des Tals schlängelte sich ein gewundener Fluss. Im Sommer gingen wir in einer ruhigeren Biegung baden, wo das Wasser von wirbelschwarz zu schimmerndem Türkis wechselte. Der Hof war Vitos Reich, er rannte an einer Laufleine zwischen Stall und Wohnhaus hin und her. Onkel Magnar war kinderlieb – ja, das war exakt das Wort, mit dem er bedacht wurde, und heutzutage wäre er vermutlich der Pädophilie verdächtigt worden, aber er war tatsächlich einfach ehrlich vernarrt in uns Kinder. Auch sein Hund war kinderlieb; ich liebte diesen überschwänglichen, kreideweißen Samojeden. Und nun waren wir Freunde, es gab ein enges Band zwischen uns, stärker als alle Hängebrücken, stärker als das Seil, das rasselte, wenn er auf mich zulief.

Aber manchmal reicht nicht einmal der virtuose Seiltanz aus. Dann scheinen die Naturgesetze da zu sein, um uns das Leben schwer zu machen. Ein wichtiges Naturgesetz ist das Gesetz von den Missverständnissen. Von der Kluft zwischen Wesen, die in verschiedenen Welten leben.

Ein paar Tage später spielte ich mit Vito auf dem Kies des Hofs, warf immer wieder seinen schleimigen Ball, und er schoss ihm hinterher, brav apportierend, und legte ihn jedes Mal aufs Neue vorsichtig in meine Hand und stupste mich an, wenn ich zu lange mit dem nächsten Wurf wartete. Mir entging allerdings, und der Hund konnte das natürlich auch nicht vorhersehen, weil weder er noch ich über einen sonderlich guten Blick für Konsequenzen verfügte, wie ernst es war, dass seine Leine sich zufällig in einem Ring um meine Füße gelegt hatte. Ich stand mitten im Halbkreis einer Seilschlinge. Vito stieß mit der Schnauze meine Wurfhand an. Ich warf den Ball, er setzte ihm mit einem heftigen Ruck nach, und die Schlinge schoss hoch, legte sich um meine Knie, wurde zugezogen. Bergsteiger oder Zirkusartisten verstehen, was passierte – der brennende Schmerz, als das Nylonseil Haut und Fleisch in meinen Kniebeugen aufriss. Die Verwandten eilten in dem Glauben aus dem Haus, ein Tier hätte geschrien.

Danach hatte sich bei Vito etwas verändert, oder es lag an mir, weil ich mich jetzt nicht mehr traute, so sorglos zu spielen wie zuvor. Es war, als würde er mich kaum wiedererkennen. Für den Rest des Sommers wurden die Wunden in den aufgeschürften Kniebeugen täglich mit Alkohol gesäubert, ich wankte lange wie ein Zombie durch die Gegend und es dauerte Wochen, bis ich wieder im Fluss baden durfte. Es wurden keine Bälle mehr geworfen.

Ein zahmes Tier kann sich nie vollkommen auf einen Menschen verlassen, da der Mensch den zukünftigen Tod des Tiers in der Hand hat. Aber ein Mensch kann sich auch niemals völlig auf das Tier verlassen, weil dessen Instinkte und Impulse manchmal stärker sind als der Kontakt zum Besitzer. Die Kluft ist größer, als sie erscheint. Wir schafften es über die Hängebrücke, Vito und ich, wir balancierten in treuer Zusammenarbeit. Aber es hätte auch gründlich schiefgehen können, die alten Seile hätten reißen, die knarrenden Latten hätten brechen können. Es gibt drei mögliche Reaktionen bei unmittelbarer Gefahr (und im wüsten Spiel): Angriff, Flucht oder Totstellen. Keine von ihnen lässt Raum für die Überlegung, wie man den anderen schützen könnte. Wir hätten einander nicht retten können. Wir wären nicht einmal auf die Idee gekommen. Wir hätten uns in erster Linie selbst gerettet und uns von demjenigen abgewendet, der dem Tode geweiht war. Allzu häufig ist das die Art, wie Herdentiere handeln.

Aus dem Schwedischen von Paul Berf

Daniel Sjölin

Schwund

Scheiße, das bin doch nicht ich. Aber zumindest ist er jetzt ruhig. Er, über dessen Körper ich mich nie freute, den ich aber zumindest als den meinen anerkannte. Vielleicht ist es ein wir?

Er und ich. Nein, bloß nicht.

Scheiße, das bin doch nicht ich. Aber mir ist klar, was ihm zugestoßen ist. Erst ist er gestorben, jetzt hat er etwas Beruhigendes bekommen. Es muss etwas in diesem hellblauen Kaugummi sein, das nach einer Frucht schmeckt, die ich nie gekostet habe, aber lecker. Das Kaugummipapier liegt auf dem Boden neben der Pritsche, es war glitschig und trägt das Relief eines fröhlichen Männergesichts, das ich … nein, verdammt, das kann nicht wahr sein. Wir setzen uns auf der Pritsche auf, er und ich: Er, der eine Leiche ist, und ich, der gerade in seinem Körper existiert. Sein Kopf hängt auf der Brust, und ich schaue durch seine Augen hinaus, das Sehvermögen kehrt langsam zurück. Das Kaugummipapier liegt neben zwei Füßen, die ich nicht wiedererkenne, sie stecken in steifen Tüten mit einem Fußbad, das nach Hygiene und Banane riecht. Die drei äußeren Zehen an beiden Füßen sind durch eine Art Prothesen ersetzt worden, sie bewegen sich, als führten sie ein eigenes Leben, und haben eine rosa Farbe, die den Rest der Füße leichenblass aussehen lässt.

Was sie ja auch sind. Ja, ich verstehe es, aber ich glaube ihnen nicht. Ich befinde mich anscheinend im Inneren der lebenden Leiche meiner selbst. Beuli und Kröte, so heißen sie natürlich nicht, haben mich mit einem Bildspiel darüber informiert. Ich bin ruhig, der Kot und die Kotze und die Schreie kommen vielleicht nicht zurück, es rinnt einfach nur leise aus dem Hinterteil, sowie aus verschiedenen Löchern hier und da, unter anderem oberhalb der Knöchel. Orange. Vom Gift oder vom Eiter. Etwas aus den durchsichtigen, ovalen Behältern, die neben mir an der Wand hängen, riecht nach Parfüm. Beuli ist eine Maschine mit einem Kontakt an der Decke von etwas, das ein Bus oder Wohnwagen sein muss, denn ich spürte den ganzen Raum unter mir schaukeln, als er, die Leiche, sich in meinen Qualen wand. Beuli hielt mich mit warmen, brustähnlichen Kissen fest. Es gab auch kleinere Arme an einem beweglichen, spinnenartigen Apparat, der piepste und über mir herumfuhr, aber dann klappte er sich zusammen und parkte im Inneren von Beuli. Kröte ist ein Mann, der mit Pads kam und alles befeuchtete, das war schön.

Ich bin ruhig, ich bin etabliert und Schwede; Schläuche führen aus mir heraus.

Kröte wirkt froh und bedient, wenn ich es richtig sehe, Kunden, die auf einer Straße am hinteren Ende des Raums vorbeikommen. Ich höre einen Vogel, glaube ich, ich höre Stimmen und höre sein Lachen und seine widerliche Sprache, als wären die Worte feuchtes Papier, das er von den Lippen zu prusten versucht.

Fielru-Chu? Isa-rej, Duk-li-rujdneyou. Beulis Roboter, Doktor Less-Kröte.

Er verkauft eine Art kleiner Tiere, denen ich nicht ansehen kann, ob sie echt und tot sind, die aber lebendig zu werden scheinen, wenn er den Hebel einer riesigen Registrierkasse mit zierlichen Ornamenten aus Messing kurbelt. Es könnten raffinierte Kuscheltiere sein. Offensichtlich werden sie von Teenagern gekauft, ich hörte nämlich gerade etwas Unüberwindliches und Verrücktes in einem Lachen.

Ich bin froh, dass der, in dessen Leiche ich aufgewacht bin, etwas Beruhigendes bekommen hat. Sonst wäre ich sehr böse geworden. Der Großteil der Einrichtung ist neben Krötes Klappe zur Straße eingequetscht. Ein Naturfilm. Die Rückwand ist wie ein einziger, großer Bildschirm, oder sie hat eine Tapete, die ein Schirm ist, denn er hat direkt davor ein Regal aufgebaut, hier und da flimmert etwas in dünnen Strichen auf, ein Mammut kommt vorbei, eine Hauskatze, etwas, das, glaube ich, Dodo hieß, im siebzehnten Jahrhundert ausgerottet. Abgesehen von den Kleintieren, oder den Kuscheltieren, die er in Schachteln verpackt hat, besitzt er auch so etwas wie Jagdtrophäen, zumindest drei davon. Ein moosgrüner Pelikankopf mit kleinen, dreieckigen Hörnern, einen Kopf mit dem, was der Ansatz zu einem Kreuzschnabel sein könnte, zumindest aber zu einem Schnabel, bei dem aber das Federwerk irisierend schimmert wie Öl auf Wasser, und dann eine anscheinend digitale, aber unglaublich goldige Kreuzung zwischen einem Mops und einem Heuler mit einem bunten, glitzernden Pelz. Digital in dem Sinne, dass sie wie ein kaputtes Neonschild flackert, im Takt mit den Störungen auf dem Bildschirm mit dem Naturprogramm; sie dürften also eine gemeinsame, äußere Stromquelle mit einem Wackelkontakt haben.

Wenn ich tot gewesen bin, wer ist dann aufgewacht? Wie lange? Ist das hier die Zukunft?

Kröte übernimmt keine Verantwortung, das war es wohl vor allem, was er vermitteln wollte – mit Beuli, der ihn in ein Schwedisch übersetzte, das schon zu meiner Zeit eine bäuerliche und nervöse Pampe aus Katzbuckelei und Klischees war, aber auf dem man zumindest reimen konnte.

Warum haben sie ein Bild von Hitler auf ihrem Kaugummipapier? Nein, in dieser Pampe von Sprache, die Kröte ausstößt, gibt es keine Spur von modernem Deutsch. Sie ist eher tonal, mit Tonakzenten. Ich nehme an, dass ich in Schweden bin, denn draußen steht etwas, das ich für einen Baum mit Blättern halte, die sich im Wind bewegen, ich kann es durch eine kleine Luke sehen, wenn ich mich anstrenge und den Nacken strecke. Umrisse von dunklen, tropfenförmigen Dingen scheinen durch den, oder eher vor dem Baum vorbeizuziehen, als hingen sie an einer Seilbahn. Irgendetwas ist mit dem grünen Farbton. Er sieht schwedisch aus.

Zur Zukunft gehört Handel, sonst würde Kröte nicht so sprechen. Augen kann man offenbar einfrieren und wieder auftauen, und anscheinend auch das Gehirn, oder zumindest Teile davon. Aber kleine Zehen befinden sich jenseits aller wissenschaftlichen Fähigkeiten.

Aber das hier ist ja nicht die Zukunft, wird mir klar. Jedenfalls nicht für Kröte. Sein Lächeln zeugt von einem gewöhnlichen Alltag. Als Beuli, zu einer vermurksten Variante von Bobby Ericssons *Utskärgård*, eine allgemeine Einführung hielt, glaubte ich nicht für einen Augenblick daran. Aber sobald das Sehvermögen zurückkam, nachdem eines dieser Spinnendinger mich in die Augen gestochen und etwas hineingespritzt hatte, sah ich Kröte, und da begriff ich es.

So zieht man sich einfach nicht an.

Ein kunterbunt schimmerndes, dünnes Polohemd mit einem verschrumpelten und widerlich hässlichen Schlips, der wie eine Brosche auf der Brust hängt, und dann die Haltung. So eine aufrechte Haltung hat man einfach nicht, wie ein Model, nicht in dem Alter, in dem er zu sein scheint. Und dann noch das Lächeln. Anscheinend ist er in seiner Jugend irgendeinem chirurgischen Trend mit Implantaten hinterhergelaufen, die einen beim Lächeln aussehen lassen wie eine flehmende Katze, aber mittlerweile hat sich die Struktur verzogen, wie bei den Arschgeweihen zu meiner Zeit, die am Ende aussahen wie verschmierte Tintenbrüche auf einem Campingplatz im südschwedischen Sommer.

Alles bekam immer größere Augen, erinnere ich mich. Die Kuscheltiere, die Helden der Computerspiele, die Prominenten, wir flehten alle die infantilen Muttergefühle der Leute an. Was ist das für eine Welt, in der man so ein krankes, überdimensioniertes Lächeln produzieren muss? Bei wem schmeicheln sie sich an?

Es war Brynhildes Mutter, die mit mir zum Optiker ging, und ich spüre eine gewisse Röte in der Wange, als ich wahrnehme, wie das Gehirn sich nach seinen alten Schaltungen streckt. Sie hatte mich nach der S-Bahnanzeige plieren gesehen. Es war ein großer Tag, als ich die Brille bekam – und jedes einzelne Blatt an den Bäumen sah. Wie hieß sie nochmal?

Ich mochte das Laub sehr. Es gab Laub am Apfelbaum vor dem Schlafzimmerfenster meines Elternhauses. Wenn die Sonne hereinschien, fiel der Schatten der Blätter auf meine Tapete.

Warum sah ich nicht noch mehr Laub? Ich hatte doch das ganze Leben Zeit?

Man hat mein Geschlechtsteil rasiert. Das muss vor dem Tod gewesen sein. Ich erinnere mich nicht daran. Ich will nichts mit dem zu tun haben, was mit seinem Körper zusammenhängt. Ich möchte zwar Kleidung, will aber nicht sprechen. Ich stelle mir vor, dass es wehtun und schlecht klingen würde.

Doch. Verdammt! Ich starb! Ich starb tatsächlich! Jetzt erinnere ich mich. Ein bisschen.

Ich erinnere mich an die erniedrigende Enttäuschung in jener letzten Zeit, wie dumm ich mich fühlte als jemand, der sich den Tod als den Unterschied zwischen einem Moment und einem anderen vorstellte. Klar, der Schmerz, der Morphiumrausch, die Träume, die entstellte Wirklichkeit, klar gibt es etwas zwischen Leben und Tod. Aber ich erinnere mich nur, dass ich mich dort zu Hause fühlte. Außer im Schmerz. Aber da war dieses aufdringlich Körperliche.

Dass der Tote nicht auf mich warten konnte.

Als sich das Fett und die Muskeln auflösten, und diese Knoten und blassen Wunden und die blauen Flecken sichtbar wurden, war das so verdammt ... unschicklich und, ja ... kränkend. Als wäre der Tod ein vollkommen schamloser Gast, der einfach in mir Platz nahm mit seinen Gerüchen von Druckgeschwüren und seinem Eiter und seiner Verwesung.

Ich wurde Krematoriumsnahrung, lange bevor die letzten Tage begonnen hatten, so verdammt gierig, ich hätte doch zumindest erst einmal ... sterben dürfen.

Er war es, der kam. Die Leiche, die jetzt lebt und in der ich eingesperrt bin. Lebe ich wirklich?

Nein, ich sollte mich wohl als tot betrachten, außer dass ich noch nicht richtig fertig damit bin. Wann starb ich? Es müssen mehrere Jahrzehnte vergangen sein. Ist der Tod hier in der Zukunft so etwas wie Herpes, irgendwie latent hinter einer Salbe? Dieser Kaugummi war herrlich. Ich habe mich noch nie so ruhig gefühlt. Man bekommt einen Anfall davon und dann blüht es hin und wieder auf und ...

Ich übergebe mich wieder. Orange, direkt in das Fußbad. Die Leiche weint bestimmt, aber wenn sie aufgewühlt ist, bin ich ruhig. Beuli summt auf und wirft einen Schlauch aus und spült mit lauwarmem Wasser, das nach wasweißich riecht ... das ist doch ... und ein Klumpen aus etwas geronnenem Durchsichtigem nimmt das Kaugummipapier mit, und die kleine Symbiose zwischen Müll und Schleim bleibt am Gitter des Ablaufs kleben.

Wohin führt dieser Ablauf?, denke ich. Warum denke ich das? Wer war ich, als ich lebte? War ich Klempner, oder? Heizungswassersanitär? Spüre gleichzeitig, dass hier etwas total kaputt ist. Warum denke ich an den *Grundbesitzerverein*?

Die Wände dieses Moduls wirken ziemlich dünn, ich höre überhaupt nichts gurgeln. Wenn es mobil ist, und es muss mobil sein, so wie der verdammte Boden sich neigt, als hätte man einen Wohnwagen mit einem Rad auf einer Grassode geparkt. Ein geschlossenes System, das ist ja immerhin die verdammte Zukunft, sie können ja den Dreck nicht einfach nur ablassen, oder ist die Sache mit dem Klima schon gedeichselt? Oder gelaufen?

All das denke ich. Trotzdem bleibt der Fehler da.

Denn auch wenn ich all das denke, dann denkt also nicht … er … es.

Er denkt etwas anderes.

Ich spüre es deutlich. Er ist nicht nur ein Körper, er denkt auch Dinge. Oder zumindest fühlt er etwas. Es ist die Hölle, das denke ich sofort. Ich huste. Es kommt ein Faden aus geronnenem Glibber, wie eine Wurst, aus den Löchern oberhalb der Knöchel. Ich schluchze laut, Kröte lacht über mich und sagt etwas, das Beuli nicht übersetzt. Ich würde sie gerne fragen, wo zur Hölle ich bin, in welcher Zeit und was der Sinn des Ganzen ist. Ich würde sie gerne fragen, was das da draußen für ein Baum ist, warum man mich geweckt hat, wer es gewollt hat und ob ich ein bisschen Kleidung bekommen kann. Und ich würde sie verdammt gerne fragen, warum sie ein Porträt von Adolf Hitler auf ihrem Kaugummipapier haben.

Denn es ist Adolf, sonnenklar, allerdings mit buschigem, burschikosem Haar, einem flehmenden Lächeln und fröhlichen Augen.

All das will ich fragen, aber meine Leiche möchte etwas anderes. Er will nichts fragen. Er denkt nur an diesen Geruch. Ich selbst habe überhaupt keine Erinnerung, die mit Flieder verknüpft ist, abgesehen davon, dass er als Duft in Toilettenreinigungsmitteln auftauchte. Ja, denn es war Flieder. Und, warum denkt er daran?

Es ist widerwärtig. Ich möchte nichts mit ihm zu tun haben. Ich schaffte es ja nicht einmal, die Blätter zu sehen, als ich mich nur um mich selbst kümmern musste. Und noch weniger die Menschen. Ich schaffte es ja nicht einmal, jemanden jenseits der Schönheit zu lieben, jetzt und hier im Leben zu sein oder zu sehen und zu verstehen, dass es dann und dort vor sich ging und eines Tages zu Ende sein würde, ob ich nun die wahre Liebe gefunden hatte oder nicht, ob ich gelernt hatte, sie wahr zu machen, oder wie zum Teufel sie es auch immer machten, diese Menschen.

Wie soll ich es schaffen können, wenn wir zwei sind? Er und ich?

Wir sind gewiss beide sehr durstig, also hebt er seinen schlaffen Nacken, verdammt, tut das weh, und lässt mich aus seinen Augen zu Kröte sehen, ich versuche, ihn zu räuspern, aber das Brennen im Hals hält mich zurück.

Kröte grinst phlegmatisch. Die Leiche, deren Körper mich umschließt, durstflüstert mit dem Zeigefinger vor der Kehle, durch die ich nicht sprechen kann. Kröte holt seinen Zeigefinger hervor und macht die *du, du, du!*-Geste, die semantisch dem Gang der Zeit getrotzt haben muss, worauf sowohl er, dessen Körper mich umschließt, als auch ich das *fuck off*-Zeichen machen, worauf Kröte sauer wird und das Lächeln verschwindet, und ich denke, dass selbst wenn ich das Sprachvermögen nicht zurückgewinne, auch er, dessen Körper mich umschließt, meine grundlegenden Ansichten in dieser Welt verbreiten könnte.

Wörter sind ja nur eine kompliziertere Art, die Dinge zu sagen, aber dann sehe ich neben dem Zeigefinger, mit dem ich in die Luft fucke, die Mondsichelnarbe.

Scheiße, das da bin ja ich. Das ist doch mein Ringfinger! Ich habe damit das Haar hinter ein Ohr gestreichelt! Er sollte, verdammt nochmal, nicht mit meinem Zeigefinger eine Leiche spielen!

Im selben Augenblick kommt einer von Beulis Armen mit einem Stapel Kleidung und sagt, dass jemand mich treffen möchte, allerdings in diesem krankhaft entstellten Schwedisch. »Oh, Hochwohlgeborener, jemand wünscht mit Euch ein tingelingeling und Rendez-vous.«

Und wir denken beide, er und ich, dass ...

... du lieber Gott.

Und dann kommen Tränen.

Und dann kommt der Hass.

Es ist eine Kombination, minzgrün, mit passender Weste und Hose.

Mama.

*

Obwohl das Material wie High Tech aussieht, kann kein Zweifel daran bestehen, dass jeder, der diese Kleidungsstücke trägt, ganz egal, in welcher Zeit, sich lächerlich machen wird. Ich brauche Zeit, um mir diesen Mist überzuziehen, aber es wird ein großartiger Sieg über die Leiche. Die Windel sorgt dafür, dass die Hose ein bisschen eng wirkt, aber ich bin ja auch viel zu mager für diese Größe. Ich fühle mich wie ein Junge in einem Erwachsenenanzug, oder wie ein Hungernder in mottenzerfressenen Spendenkleidern.

Was ist mit Afrika passiert? Habe ich Empathie?

In den ersten Jahren nach Brynhilde nahm ich zu. Und hielt mich auf diesem, äh ... Plateau. Jetzt ist nichts mehr übrig von dem Riesenarsch.

Dorten ist jemand, der euch treffen will, erscheint auf einem Display. Ich verstehe zuerst gar nicht, dass ich euch bin, aber Kröte flehmt und nickt zum Text hin. Als hätte er ein Sprachmodul eingestellt, das versucht, die Worte an meine Zeit anzupassen. Er schließt die Klappe an dem Tisch zur Straße. Ich habe ein Tetrapak mit Strohhalm bekommen und durfte endlich trinken. Es schmeckte nach gemähtem Gras, der ganze Magen ist in jubelnder Verzückung. Kröte wirft einen verstohlenen Blick auf eine Art lasergerahmten Schirm, den er freischwebend in der Luft öffnet, was mich nicht die Bohne beeindruckt. Sowas gab es auch schon im Film. Es sieht aus wie die Ziffern ganz unten im Bloomberg TV, Aktienkurse, die vorbeirollen. Den chemischen Formeln nach, die ich erkennen kann, scheint es sich eher um den Status meiner Ausscheidungen zu handeln, denke ich, bevor ich einsehe, dass es vielleicht seine eigenen Ausscheidungen sind, die mit Live-Updates versehen werden.

Durch das kleine Fenster sehe ich jetzt mehr von dem Baum. Es ist eine prächtige Hängebirke, und tatsächlich eine Seilbahn, die vor ihr verläuft, und dahinter scheint es noch mehr zu geben.

Und, du lieber Gott, das ist ja der Himmel! So unnahbar.

Wie alt mag sie sein? Achtzig Jahre. Sie sind ebenso groß unter der Erde wie darüber. Also, die Birken. Und sie sind sehr durstig.

Es freut mich, dass sie Birken bekommen haben, zwischen denen sie spielen können, die kommenden Generationen, um die wir uns Sorgen machten. Birken sind eine gute Sache. Irre durstig. Sie haben also Wasser. Achtzig Jahre. Ich ahne, dass es mehr Birken gibt als damals, als ich zuletzt eine sah.

Ein limefarbenes kleines Birkenblatt hatte sich an Brynhildes Schulterblatt festgesaugt, es war auf dem Lastwagenanhänger beim Abiturumzug, die Ladefläche war mit Birkenreisig und blaugelben Ballons geschmückt.

Es blieb den ganzen Abend an ihr kleben. Ich saugte es ab, es schmeckte nach Champagner, *denn dieser Tag ist dein*.

Nein, das stimmt nicht, findet er. Der Idiot, in dessen Körper ich stecke.

Das stimmt doch.

Nein.

Doch.

Da ist jemand, der dich treffen will. Ja, am Ende gab es immer jemanden, der mich treffen wollte. Psychologen, neue, männliche Vorbilder, gekränkte Menschen, die ich verletzt hatte, ohne es zu ahnen, und dann natürlich …

Nein, er hat recht. Es war bereits aus zwischen uns, als sie Abitur machte. Ich war nicht einmal da. Es war nur etwas, das ich …

Verdammt. Jetzt erinnere ich mich.

Ich war ja einer von denen. Ich Armer.

Mein armer kleiner Zeh, den es nicht mehr gibt.

Er, dessen Kopf jetzt auf meinen minzgrünen T-Shirtkragen herunterhängt, er, auf dessen minzgrüne Weste Rotz träufelt, er, der nicht anders lieben konnte als mit dem Herzen in einem Torso, er heult dumm herum, als die Tür geöffnet und eine Treppe heruntergeklappt wird.

Niemand hat darum gebeten, erschaffen zu werden. Er heult, weil ich so wütend bin. Er ist vielleicht traurig, aber es ist viel schlimmer, wütend zu sein als traurig.

Minzgrüne Weste, passende Hose, ausgesucht für mich, niemand sonst. Warum zur Hölle hat sie mich in die Welt gesetzt? Und was will sie jetzt von mir?

Ich höre an den schweren Atemzügen, dass sie es ist. Das Treppensteigen fiel ihr in der letzten Zeit schwer. Draußen ist es etwas windig, ich höre das Summen einer Mechanik, aber auch – das muss eine Amsel sein. Und ihre Atemzüge – durch das Übergewicht und die Medikamente, durch die Operationen, die schlechte Ernährung, das vergrößerte Herz, die schwachen Knie, die Spuren der Zellgifte, das versagende Immunsystem, die Zahnschmerzen, den Ischias, und nicht zuletzt die Worte. All diese Worte an Stelle von Armen. Warum drehte sich alles um Betäubung und Belohnung?

Sie sieht mich erschrocken an und beginnt sofort zu weinen. Mir ist schon klar, dass ich aussehe, als käme ich aus der Hölle. Eine abgemagerte Krebsleiche, getränkt in Hygieneduft, ein kleiner alter Mann. Ihr Gesicht ist älter, als ich es in Erinnerung habe, von mehr Falten durchzogen, aber genauso aufgedunsen. Ich war sieben, als sie das erste Mal sagte, dass sie vielleicht bald sterben werde. Saß auf dem Rücksitz des Opels, sie hatte wohl Krebs, ich wusste nicht, wo ich dann hinsollte, ich wollte mich vergewissern, dass ich weiter am Sandkasten wohnen würde, sie sprach davon, eine Patin zu organisieren, hatte überall angerufen, ich sollte die beste verdammte Patin der Welt bekommen. Aber nichts war sicher. Bescheide würden kommen. Was mich anging, begriff ich wirklich nichts davon. Ich glaubte tatsächlich, wir seien die Besten, dass einem Luddes Mutter ein bisschen leidtun musste, die einen Volvo lenkte, dass einem Ottos Mutter leidtun musste, die mit einem langweiligen Onkel in einem Reihenhaus saß, als wäre unser Kettenhaus der reinste Dallaspalast. Ich begriff es nicht, bis ich als Erwachsener zu Luddes Landhaus abbog und diesen Jungen mit dem aufgeschwollenen Gesicht dabeihatte. Wir gingen zu Stig-Björn und Corinne, so hieß Luddes Mutter, hinein. Ludde kam schnell aus einer der kleinen Hütten zu uns. Corinne hatte Probleme mit der Hüfte, aber ansonsten waren sie sich ähnlich. So unglaublich warm und herzlich. Der Junge durfte im Laminosessel sitzen, er wollte mehr Schokolade, aber die bekam er nicht, weil sie ihn ja so hatte anschwellen lassen. Er bekam ein Butterbrot. Bekümmert und vorsichtig begann

Stig-Björn ihn zu fragen, woher er kam, langsam, aber sicher öffnete sich der Junge, und langsam, aber sicher konnten sie die kaputte Familie lokalisieren, aus der er abgehauen war. Und Ludde stand dort mit seiner Angelausrüstung, und ich wusste nicht, wann ich den kleinen Jungen loslassen sollte. Konnte die Verantwortung nicht einfach weitergeben. Aber nach einer Weile fragte ich, ob er sich hier sicher fühle, und okay, das tat er. Und er sah sich einen Film an, während sie trotz allem die Polizei anriefen, nicht ohne ihm versichert zu haben, dass er niemals zu seinem Vater zurückkehren müsse, sondern woanders hinkomme. Und damit die Zeit ein bisschen schneller verging, unterhielten wir uns über die alten Zeiten und all die Boote, die Ludde und ich gezimmert hatten, Titanic, Andrea Doria, und über den wunderlichen Tag, an dem er sich mitten auf dem See hinstellte. Stig-Björn sagte, dass Ludde wohl nur ein bisschen zu nah an die Insel geschwommen war, und ich war ein bisschen enttäuscht, weil eine so großartige Geschichte einen Dämpfer bekam. Dann kamen wir auf die Schranken und die Klingeln zu sprechen, nun ja, die Eisenbahn war jetzt weg, aber wir liefen und liefen, weil wir unbedingt schaukeln mussten, wenn der Zug kam, denn sonst kam der verrückte Zahnarzt in seinem Propellerflugzeug und stürzte ab, und ich sagte, dass es so lustig war, mit Ludde zu spielen, weil er die ganze Zeit Sachen erfand, außer der Sache mit dem Zahnarzt behauptete er auch, dass die Treppe aus den Resten des Schiffes Vasa gezimmert sei und Stig-Björn einen Freund namens Cornelis Vreeswijk habe, und der habe eine Seife verschluckt, die jetzt in seinem Knie sitze.

Sie starrten erst mich, dann Ludde und schließlich einander an. Und Corinne sagte, das stimme nicht ganz. Ich sei es gewesen, der das alles erfunden habe, es sei mein Mund gewesen, der anscheinend den ganzen Sommer nicht zugehen wollte, ich sei immer als schnellster oben bei den Schaukeln gewesen, und es sei Ludde gewesen, der einmal gestolpert sei. Sie sagte, dass ich ein bisschen speziell gewesen sei, die Dinge immer ein bisschen lebendiger gemacht habe, aber nur schwer zwischen Märchen und Wirklichkeit habe unterscheiden können. Zum Beispiel war die Geschichte mit dem verrückten Zahnarzt wirklich passiert. Als wir vier Jahre alt waren und in Schwimmwesten auf dem Steg saßen, stieg eines Tages ein Propellerflugzeug am Himmel auf, versuchte einen Looping zu fliegen, schaffte es aber nicht, hatte einen Strömungsabriss, prallte kopfüber aufs Wasser und alle vier Passagiere starben. Nur fünfzig Meter von dem Steg entfernt, auf dem wir saßen. In der Zeitung stand, der Pilot sei betrunken gewesen, habe Freunde mit an Bord genommen, vermutlich protzen wollen. Und ja, er war tatsächlich Zahnarzt. Weder Ludde noch ich erinnerten sich an irgendetwas davon, wir hatten es wohl blockiert. Es kam stattdessen beim Spielen heraus.

An der Stelle lächelte Stig-Björn bekümmert und betrachtete den Jungen und sagte, es ist schon eigenartig sei, dass ausgerechnet du ihn hier gefunden hast, wie auch immer der Junge hieß.

Und da begriff ich, was ich nie zuvor begriffen hatte. Ich begriff ja nie, dass Jockes Mutter sich an den Tagen um mich kümmerte, an denen ich nicht bei Otto sein konnte, ich begriff nie, dass ich mit ihnen in den Skiurlaub fuhr, weil wir uns das nie leisten konnten, und dass meine Mutter nie zu Hause war. Ich dachte, Ludde wäre mein bester Freund, ich flippte aus, als ich merkte, dass er Ante lieber mochte, dass sie eine eigene Beziehung hatten, ich begriff nie, dass ich ein Ferienkind auf Luddes Landsitz war, weil meine Mutter in Europa unterwegs war und Geschäfte machte, oder weil sie zu Hause lag und Migräne hatte und sich nicht um mich kümmern konnte, aber dass sie das Jugendamt hasste und mit ihrem Telefon alles tat, um es uns vom Leib zu halten. Luddes Mutter arbeitete mit gefährdeten Kindern. Ich hatte nie begriffen, dass ich eines von ihnen war. Erst als Stig-Björn es sagte. Dass ausgerechnet ich, nach all den Jahren, mit einem vernachlässigten Jungen ankam.

Und hier steht sie jetzt. Mutter.

Wie alt mag sie jetzt sein, siebzig?

Und wie alt bin ich eigentlich? Was will sie?

Warum hat sie mich – wieder – zur Welt gebracht?

Die Leiche versucht zu lachen, aber ich leiste Widerstand. Ich sehe sie mit derselben Verachtung in den Mundwinkeln an wie immer. Aber sie lächelt zurück. Und ich verstehe, dass die Leiche gewonnen hat, es kommt an, ich lächele, und das ist schön, ich möchte keinen Streit, dass sie wieder hinausstürmt und mich hier zurücklässt. Es kommt an, weil er sehr gut lächeln kann, ich weiß, dass es daran liegt, dass er sie liebt. Ich bin froh, dass ich nicht sprechen kann. Es würde alles kaputt machen. Sie setzt sich neben mich auf die Pritsche. Kröte sieht zu und lächelt, putzt etwas mit einem Tuch. Ihr Gesicht verzerrt sich immer mehr, es sieht so aus, als würde sie sich gleich erbrechen, aber was zum Teufel hatte sie erwartet? Ich bin eine Leiche. Eine Leiche, die sitzt.

»Pfui Teufel, sage ich nur! Pfui Teufel nochmal!«, bricht es schließlich aus ihr heraus. »Pfui Teufel mein verdammter Goldjunge! Ich werd verrückt, so schön bist du!«

Aus dem Schwedischen von Thorsten Alms

Hanna Rajs

Unter dem Mond

Sich ändern

der Mond ist
die Hälfte der Zeit ein aufgeschnittener Schädel
und ich kann kaum an ihn glauben
die Sonne dreht sich in ihrem Tempo dann
wenn alte Tage fallen
landen sie als Erde
unter diesen dünnen Beinen
die Monate
ein Jahr ist
ein ganzes Leben
wenn man noch immer
zittert wie ein Kind ist es
noch lange nicht fertig will nicht schreiben
leer aber leer und schrecklich einsam ja
man sieht es leuchten
die Arme und das Haar
und das Gesicht verraten
ich hab
eine kalte Hand überall ich hab
die Zeit herabgeholt und aufbewahrt
ein Tag ist
ein Jahr ist
ein ganzes Leben
der Mond bewegt sich nicht langsam
leuchtet wie aus eigener Kraft
ausgestreckt zwischen den Welten
ich kann kaum an ihn glauben

(((Hanna Rajs)))

wenn ich verspreche, dass ich nie Kinder von Christen geopfert hab
wenn ich dir keine Antwort schuldig bleibe
mich so verteidige
wenn ich das jeden Tag tue
du weißt, ich erinnere mich kaum an nine eleven
bin keine Ratte und kein Virus
nur ein bisschen kriminell
ganz normal intelligent
wenn ich versprech, bei allem schwöre
mich verbindet nichts mit Israel
emotional oder politisch
kulturell, intellektuell
wenn ich ruhig bin und rational
wenn ich Platz mach, wenn ich nett bin
und in Bezug auf Pest und Aids
hab ich meine Finger nicht im Spiel
hab nie gesagt, dass mir die Shoah ein Alleinrecht am Leiden gibt
oder wenn ich mitspiele, sage
traue niemals einem Juden
wir sind schlaue Parasiten
ja, wir sind Reptilien
so oft vertrieben
dass wir selber schuld sein müssen
also setzt unsere Namen
wenigstens in Klammern
oder auf Listen in Register
wir sind Multikulturalisten
wir sind reiche Terroristen
wir sind neurotische Nazis
wir sind geizige Satanisten
wir sind krummnasige Marxisten
wir sind blasse Globalisten
wir sind feige Zionisten
irgendwie auch Sozialisten
und zugleich die Kapitalisten der Welt
wir haben zwei Loyalitäten
infiltrieren Behörden

und besitzen eure Banken
kontrollieren die Medien
bringen euch Corona
und lenken euer Denken
wir haben angeborene Mängel
Laktoseintoleranzen
Essstörungen und Krebs
wir sind new world und Chasaren
wir sind Soros und Kabalen
Vampire, Kannibalen
wir sind Illuminati
es gibt keine Verschwörung
ohne uns mittendrin
und wenn es die Shoah wirklich gab
war es eine Strategie
damit es illegal wird, Antisemit zu sein
und wenn es die Shoah wirklich gab
haben wir übertrieben
die Zahlen hochgejagt für eure Sympathie
ich bin beeindruckt von unserer Fantasie
kränkere Geschichten als eine Sci Fi-Dystopie
mein Leben lang kann ich so weitermachen
wir sind schlechte Athleten
die Schlimmste aller Minoritäten
aber am besten bei Diäten
wir ermorden Propheten
nennen Tiere quälen koscher
alles dies was ihr nicht seht
außer Flashback, das uns entlarvt hat
also wisst ihr wie ich heiße
schreibt es in drei Klammern

Sich Ändern 2

jetzt kann ich wenn ich will die Augen zittern sehen
wie ängstliche Hasen oder Bäume bei starkem Wind
jetzt kann ich die Stimme hören unregelmäßig von einem
anderen Ort auch sie ein Spiegel
aber in Form von auf dem Tisch ausgebreitetem Schnee
wirbelt beim leisesten Atemzug
oder von einem strähnigen Pony gestreift
ein typisches Bild über den Tisch gebreitet
wie eine dünne Schicht Schnee
die Haut wird so Schnee und Nebel Eis und Rauch
kann man nicht darüber reden
oder ich meine
kann ich nicht oder ich meine
wie lange dauert es oder ich meine
wie lange dauert es oder ich meine
wie lange hat es gedauert
an manchen Tagen wache ich auf und alles ist bedeckt von
einem typischen Bild es schneit nie mehr nur eiskalter
schmutziger Regen
manche Flocken fallen mitten durch
obwohl die Haut eisüberzogen sein müsste nein
es schneit nicht aber der Geruch ist derselbe
schwere gefrorene Tropfen auch Spiegel
und zwischen ihnen kann ich Leben sehen oder Lebende
ich meine der Schnee kommt mit einem Geruch nach altem Winter
Nebel dick wie Rauch und kaltem schmutzigem Schnee
der Winter kommt mit einem Geruch nach altem Regen
manche schmelzen nicht segeln durch die Luft
und verteilen sich über den Tisch
lenken mich ab wenn das geht
ich höre sie landen kann sie im ganzen Körper spüren
und die Haut und alle Beine und Arme
werden zu dünnem schmutzigem Schnee
und der Kloß im Hals
und das zitternde Harte an manchen Tagen wache ich auf
und weiß nicht ob ich es getan habe
ich spüre den Schnee in allen Gelenken allen Knochen vibrieren

alle Winter sind ein und derselbe Winter
das Eis hat sich geschlossen wie eine Extraschicht Haut
und darunter fließt laues Blut
kann nicht darüber reden
nur ein Lachen
würde es wegwehen

Aus dem Schwedischen von Hanna Granz

180925

Helena Granström

Das Gefühl hinter dem Gefühl

Ich wache auf, weil sich mein Sohn neben mir im Bett aufgesetzt hat. Mama, sagt er, und ich kann seine Augen in der Dunkelheit nur erahnen, zwei tiefschwarze Körnchen im Schwarz. Mama, grab mich aus, nimm mich in die Schaufel!

Ich bin allein. Jede meiner Handlungen folgt auf einen Impuls, eine Sehnsucht; jede meiner Gesten, jedes meiner Wörter ist mit einem inneren und fühlbaren Zustand verbunden. Wenn es um ein anderes Wesen geht, gelange ich nie über die Oberfläche hinaus. Bei dem Versuch, seine Mimik zu verstehen, Ausdruck und Handlungen zu deuten, richtet sich mein Blick auf mich selbst: Welches Gefühl würde mich dazu veranlassen?

Mein Sohn starrt mich durch die Dunkelheit an, die Augen weit geöffnet, das Gesicht leer.

Über das Innere eines anderen Menschen wissen wir nichts.

Wir verstehen unsere Umwelt, oder glauben, unsere Umwelt zu verstehen, indem wir sie von außen nach innen kehren, ihre äußere Realität mit unserer eigenen überlagern. Wenn wir einen Ausdruck erkennen, der unserem eigenen ähnelt, meinen wir, ein Gefühl zu erkennen, das unserem eigenen ähnelt – in diesem Sinn ist jede Form des Mitgefühls spekulativ und basiert auf einer Art intuitiven Projektion der eigenen Erfahrung. Es handelt sich also um eine Projektion, deren Gültigkeit nicht bewiesen werden kann, und dennoch liegt diese Projektion nicht nur der Empathie zugrunde, sondern auch der Sprache. Ein anderer Mensch kann etwas Schlechtes sagen, genauso kann ich etwas Schlechtes sagen – wir meinen es beide nicht gut, aber wie können wir wissen, dass wir das Gleiche meinen? Wir können es nicht wissen und müssen dennoch weiter darauf vertrauen, damit unsere sprachlichen Aussagen Sinn ergeben.

Was die Wesen betrifft, die nicht einmal unsere menschliche Sprache mit uns teilen, so ist die Ungewissheit noch größer. Hier ist es möglich, vielleicht sogar verlockend, sich vorzustellen, dass Verhaltensweisen, die die meisten von uns spontan als vertraute Stimmungen deuten würden, in Wirklichkeit etwas ganz anderes ausdrücken. Die Gefühle, die wir bei Schweinen erkennen wollen, wenn sie für ihre Jungen singen, einander bei der Geburt assistieren, oder Verwandtschaft auch nach einer lange zurückliegenden Trennung wiedererkennen, sind nur eine Täuschung, verursacht durch unseren eigenen Blick; eine Übertragung menschlicher Züge auf ein Tier, dessen reflexgesteuertes Verhalten diese nicht unbedingt bekräftigt. Wenn wir meinen, komplexe Gefühle beim Schwein zu beobachten, dann nur, weil wir selbst zu solchen Gefühlen fähig sind, nicht das Schwein. Wir können unsere Umwelt betrachten und uns einreden, dass ihr scheinbarer Reichtum ausschließlich unserer ist.

Es gibt ein Experiment, einen Test, bei dem das eigene Ich-Bewusstsein bewiesen werden soll. Das Versuchsobjekt wird betäubt, im Schlaf mit einem Punkt auf der Stirn markiert und nach dem Aufwachen vor einen Spiegel gestellt. Erwachsene Menschen, und auch die meisten Tiere, führen sofort die Hand, oder ein Äquivalent, zur Stirn – sie verstehen, dass sie sich selbst sehen. Schweine bestehen diesen Test. Noch vor ein paar Monaten hätte mein Sohn das nicht getan.

Mir vorzustellen, dass ein Tier etwas radikal anderes ist, bedeutet für mich Freiheit. Welches Gefühl drückt der Schrei des Ferkels aus, wenn es ohne Betäubung kastriert wird? Wahrscheinlich nicht den gleichen Schmerz, den es beim Menschen auslösen würde. Sonst wäre eine solche Behandlung doch niemals möglich?

Mein Sohn schreit nicht, er isst jetzt ein Butterbrot und schaut auf das Bild eines Mähdreschers in der Küche, sein rundes Gesicht ein Echo der glühenden Lampenkugel – aber würde er schreien, könnte ich mich auf die gleiche Weise von seinem Schrei entfremden.

Würde er schreien, wäre er nur ein kleines, schreiendes Kind, und was weiß ich, weiß irgendjemand darüber, was in einem kleinen, schreienden Körper vorgeht? Würde ich auf die gleiche Weise schreien, wäre ich womöglich traurig, verzweifelt, aber was weiß ein Kind von Trauer, was weiß ich über die Trauer eines Kindes? Genau wie ich – wenn ich überhaupt denke, dass sie existiert – an eine andere Form des Leidens bei Schweinen als bei Menschen glaube, kann ich mir das Leiden des Kindes als grundverschieden von meinem eigenen vorstellen. Ich kann es schreien lassen, schreien und schreien, bis das Schreien zu einem bedeutungslosen Klang geworden ist. Wenn das Leiden, das durch eine derartige Behandlung verursacht wird, keine nachweisbaren Konsequenzen für das Erwachsenenleben mit sich bringt, muss diese Behandlung als akzeptabel gelten, denn wir können erst im Erwachsenenalter über das Leiden im eigentlichen Sinne sprechen.

Wir müssen schlafen, sage ich, lies ein Buch vor, das schöne über Traktoren, sagt mein Sohn.

Bedeutet ein scheinbar mitdenkendes, gefühlvolles Verhalten schon, dass jemand tatsächlich mitdenkt und fühlt? Wenn es um Tiere geht, würden wir das, vielleicht aus Bequemlichkeit, verneinen.

Das Gegenteil des Reflektierens, oder des Bewusstseins, ist das genetisch

Vorbestimmte, das Programmierte, denken wir. So wie wir andere Lebewesen gern auf diese Weise beschreiben, scheinen wir auch geneigt, programmierten Objekten, Maschinen, die unser Bewusstsein glaubhaft imitieren, Fähigkeiten zuzuschreiben, die unseren eigenen entsprechen. Wenn ein Computer den Weltmeister im Schach besiegt, tut er das mithilfe von Mechanismen, die ganz anders funktionieren als die unseres menschlichen Gehirns – diese Mechanismen haben wir entwickelt, können sie daher verstehen und erklären – und gleichzeitig ist es schwer, ihre Bewegungen nicht als Denkbewegungen zu interpretieren.

Natürlich können wir andererseits behaupten, dass ein Computer menschliches Verhalten lediglich imitiert und nachahmt – und doch bleibt in dem Fall die Frage unbeantwortet, wie ihn das von einem Menschen unterscheidet. Der Computer folgt vordefinierten Anweisungen – die Frage ist, was wir selber machen? Experimente haben gezeigt, dass der menschliche Entscheidungsprozess, zumindest bei einfachen Entscheidungen, auf unbewusster Ebene abläuft, lange bevor die Menschen wahrnehmen, dass sie sich entschieden haben, manchmal sogar sieben Sekunden früher.

Wenn wir nichts darüber wissen, was hinter den Handlungen anderer Lebewesen steckt, und in gewisser Weise nicht einmal, was hinter unseren eigenen, besteht der Unterschied zur Maschine vielleicht nur darin, dass wir zu wissen *meinen*, was dahinter steckt. Und damit auch, was nicht dahintersteckt. Aber wissen wir es? Wenn wir an die Möglichkeit glauben, ein Bewusstsein auf artifizielle Weise erschaffen zu können, wie lässt sich dann feststellen, wann dieses Bewusstsein entstanden ist? Kommt es schleichend? Entsteht es plötzlich? Die Möglichkeit, ein Bewusstsein zu konstruieren, kann natürlich bezweifelt werden, ich selbst bezweifle sie, dennoch ist es schwer, sachliche Beweise für einen solchen Zweifel zu finden – zumindest prinzipiell, und zumindest, solange wir glauben, dass die Essenz der menschlichen Sinne materieller Natur ist, nicht mehr.

Die Frage nach dem Ursprung des Bewusstseins lässt sich natürlich nicht auf die artifizielle Sphäre begrenzen, im Gegenteil, sie hängt im höchsten Maß mit dem biologischen Leben zusammen. Wie sieht der erste Moment eines Bewusstseins aus? Dass jegliches Leben auf eine Art aus Bewusstsein besteht, ist nicht minder wahrscheinlich als die Vorstellung, dass plötzlich alles ein Bewusstsein erlangt hat, dass ein Tetrapode eines Tages die Augen öffnet und sich als erstes Lebewesen in der Welt seiner selbst bewusst wird.

Ich habe meinen Sohn auf dem Schoß, er isst sein Butterbrot und zeigt auf die Autos in der Zeitung von gestern. Bei einer Podiumsdiskussion vor ein paar Tagen saß ich neben einem Mann, der eine wesentlich positivere Perspektive auf die technische Zukunft hatte als ich. Stellen Sie sich einen einsamen alten

Menschen vor, sagte er zu mir und den unsichtbaren Gesichtern im Publikum. Stellen Sie sich eine neunzigjährige Frau vor, die nie Besuch bekommt, die niemand fragt, wie es ihr geht. Stellen Sie sich vor, sie hätte einen Roboter, der ihr Gesellschaft leistet, der ihr im Alltag helfen könnte und sie fragen würde, wie es ihr geht, sie wäre nicht mehr allein! So etwas kann Technik leisten, sagte er.

Sie wäre genauso allein wie vorher, erwiderte ich.

Das wäre sie ganz und gar nicht, rief er, das ist ein merkwürdiger Standpunkt, und nur was sie erlebt, spielt eine Rolle, und er starrte mich mit durchdringenden Augen an. Wie könnte ich jemals wissen, was dahinter liegt. Und was meine ich überhaupt mit durchdringend – diese Augen haben nichts gesehen, sehen nichts, dringen durch nichts hindurch, bleiben bei sich.

Was fehlt mir an seinem fürsorglichen Roboter? Vielleicht der echte Wunsch, sich zu kümmern, der Roboter wurde dazu programmiert, und was ist andererseits ein echter Wunsch? Ich will, genuin und aufrichtig, über die Haare meines Sohns streichen, während seine Lippen vom Butterbrot beschmiert werden, und er mir Gabelstapler, Asphaltwalzen und Bagger aufzählt – gleichzeitig ist die Liebe der Mutter das offensichtlichste Beispiel für Programmierung in der biologischen Existenz. Vielleicht fehlt mir an ihm, dass er selbst die Erfahrung gemacht hat, sich traurig und schwach zu fühlen. Vielleicht glaube ich, dass die Pflege nur dann eine echte Bedeutung hat, wenn die oder der Pflegende auch die Möglichkeit gehabt hätte, sich nicht zu kümmern, auch wenn das an den Pflegehandlungen selbst nichts ändert.

Vielleicht fehlt mir auch einfach die Möglichkeit, mir die Gefühle im Inneren dieses Roboters vorzustellen.

Die Vorstellung eines Gegenübers, wie unterscheide ich sie von der tatsächlichen Anwesenheit eines realen Gegenübers? Woher weiß ich beim Betrachten der Welt, was die Welt ist, und was ich selbst?

Das physikalische Wissen über die Welt hat traditionell den Anspruch erhoben, ein Wissen über die Welt an sich zu sein. Die mathematische Beschreibung einer Kugel, die auf einer begrenzten Fläche nach unten rollt, ist die Beschreibung der Bewegung dieser Kugel, nicht die Beschreibung der Bewegung aus menschlicher Perspektive. In der modernen Physik wird die Sache noch komplizierter; nach der Relativitätstheorie können weder Positionen, Geschwindigkeiten noch Zeitpunkte absolut angegeben werden, ohne Verweis auf den Betrachter. Und mit der Quantenmechanik vertieft sich diese Problematik noch, denn die Position eines quantenmechanischen Objekts muss nicht nur in Beziehung zum Betrachter angegeben werden – das Objekt hat nicht einmal eine Position, Geschwindigkeit, oder Energie, bevor es betrachtet wird.

Die historisch gesehen dominierende Deutung der Quantenmechanik, die sogenannte Kopenhagener Deutung, besagt, dass ein quantenmechanisches System vor seiner Betrachtung nicht einmal existiert und mathematisch als die Summe seiner möglichen, messbaren Zustände beschrieben werden kann. Dieser Deutung zufolge nimmt die Messung eine zentrale Position ein; der Messprozess, so seine Verfechter, erschafft also in gewisser Weise die Realität.

Aber, was ist eigentlich eine Messung? Und was hindert uns daran, nicht nur das System quantenmechanisch zu beschreiben, sondern auch den Messapparat, und warum nicht auch das ganze Labor und sein gesamtes Personal? Würden wir uns in dem Fall vorstellen, dass jemand vor der Tür der Forschungsstätte steht und fragt, welches Ergebnis dort ermittelt wird, so würde ein Beteiligter die Ausrüstung beschreiben, die Physiker, alles, was sich noch im Labor befindet, wie in einer Wolke aus Möglichkeiten schwebend, und als sei weder das eine noch das andere Ergebnis ermittelt worden, als gäbe es nur Termini für eine Summe, ein Labor, in dem ein Ergebnis ermittelt wird, und noch ein Labor, in dem sie das andere finden.

In einem bekannten Gedankenexperiment wird eine Katze in eine Kiste eingesperrt – Schrödingers Katze, nach Erwin Schrödinger, dem Mann hinter der zentralsten Gleichung der Quantenmechanik. In der Kiste wirkt ein Mechanismus, der die Katze durch den Zerfall radioaktiver Partikel tötet. Die Teilchen werden, vor unserer Kontrolle, entweder schon zerfallen sein oder noch nicht zerfallen sein: Laut Quantenmechanik wird ihr Zustand durch die Summe der Möglichkeiten bestimmt. Das bedeutet, dass sich die Katze, deren Zustand unausweichlich mit dem Zerfall der Partikel zusammenhängt, in einem unbestimmten Zwischenzustand befindet, bevor wir die Kiste öffnen: tote Katze plus lebende Katze. Natürlich würden wir, wenn wir die Kiste öffnen, die Katze entweder lebendig oder tot vorfinden. Was passiert, wenn die Summe der Möglichkeiten plötzlich in einen einzigen, bestimmten Zustand zusammenfällt?

Im Anschluss an die Begründer der Kopenhagener Deutung, die vor allem durch den dänischen Physiker Niels Bohr vertreten wurden, sprachen sich mehrere Forscher dafür aus, das Bewusstsein eine zentrale Rolle spielen zu lassen. Nach einem solchen Verständnis liegt die Besonderheit an der wissenschaftlichen Messung in der bewussten Betrachtung; sie unterbricht die Kette der ineinander verschränkten Teilsysteme der Quantenmechanik und entzieht sich der physikalischen Beschreibung.

Nach einer solchen Deutung kann das Objekt der wissenschaftlichen Untersuchung nicht einfach behaupten, die Welt zu sein – die wissenschaftliche Untersuchung stellt vielmehr eine schöpferische Handlung, ein aktives Formen der Wirklichkeit dar. In einem anderen, vielleicht subtileren Bild könnte ihr Objekt für unsere eigene Beziehung zur Welt stehen, einer Welt, die in ihrer fundamentalen Unnahbarkeit von stabiler und unabhängiger Existenz sein könnte.

Der Physiker John Wheeler stellte sich ein U vor, bei dem eine der beiden Geraden von einem Auge gekrönt wird und den gegenüberliegenden Teil des Buchstabens aufmerksam betrachtet. Wheelers U ist ein großes U, U für Universum; das Weltall, das sich selbst betrachtet, und sich dadurch selbst erschafft. Das Universum, meinte Wheeler, ist ein sich selbst anregender Kreislauf: Das Universum bringt bewusste Beobachter hervor, und diese wiederum bringen das Universum hervor.

Das ist natürlich ein extremer Standpunkt, und vielleicht muss man nicht so weit gehen. Anstatt den Beobachter die Welt erschaffen zu lassen, können wir uns auf die Feststellung einigen, dass der Beobachter die Beobachtung erschafft, aber was ist das eigentlich, die Beobachtung? Wenn wir uns von dem Gedanken lösen, dass es sich dabei um eine Beobachtung der Welt an sich handelt, und es stattdessen als eine Beobachtung unserer Beziehung zu, oder Interaktion mit der Welt verstehen, erscheint es weniger verblüffend, dass wir an dem, was wir beobachten, beteiligt sind. Auch aus dieser Perspektive ist das Interesse der wissenschaftlichen Erkenntnis nicht mehr (nur) auf unsere Umwelt gerichtet, sondern vielmehr auf die Verbindungen, die wir zwischen uns und ihr errichten können. Aber das Resultat ist weder Solipsismus noch Relativismus – die Welt kann sehr gut objektiv und absolut existieren, es ist nur so, dass wir beim Betrachten der Welt ebenso sehr uns selbst betrachten.

Die Frage lautet: Wenn wir Wissen über die Welt nur mittels Beobachtung erlangen können, ist es dann überhaupt sinnvoll, über die Welt an sich zu sprechen? Gibt es einen Blick aus dem Nirgendwo, eine vollständig vom Beobachter unabhängige Wahrheit? Wenn das Universum per Definition alles ist, was existiert, warum sollte man dann versuchen, sich ein Bild davon zu machen – wer das Universum betrachtet, betrachtet notwendigerweise auch sich selbst. Möglicherweise ist das die zentrale Einsicht, die sich aus der teilweise widerstreitenden Komplexität von moderner Physik und Kosmologie ableiten lässt: Dass jeder Blick auf die Welt ein Blick von einem gewissen Ort in der Welt aus ist. Und, vielleicht in Analogie dazu: Wenn mein Mitgefühl für einen anderen Menschen darauf beruht, dass ich den Ausdruck im Gesicht des anderen in meiner eigenen Menschlichkeit spiegele, worauf sollte eine solche Spiegelung sich dann richten? Existiert eine andere mögliche Form der Empathie? Vergleiche ich die Subjektivität der nicht-menschlichen Natur mit meiner eigenen, weil mein eigenes Ich, das einzige Ich, das ich jemals erfahren kann, für mich die Definition von Subjektivität bildet? Wenn ich mich auf eine gewisse Weise immer nur selbst im Anderen sehe, warum ist dann wichtig, was wirklich da ist?

Selbst wenn ich im Umgang mit einer fortgeschrittenen künstlichen Intelligenz nicht imstande wäre, sie von einem Menschen zu unterscheiden, bestehe ich darauf, dass es einen Unterschied gibt. Worin besteht er?

Ich denke an den technikgläubigen Mann, dessen Lösung für die Einsamkeit der alternden Frau darin bestand, jeden Anspruch auf wirkliche Nähe aufzugeben; ich denke an meinen Sohn, der jetzt seinen Hunger in der Nacht stillt, ich denke an seine Schwester, die im Zimmer nebenan schläft. Was macht es für einen Unterschied für meine Kinder, dass es mich dort gibt und ich ihre Blicke erwidere, wenn sie nie ganz sicher wissen können, dass dies wirklich geschieht?

Meine Fähigkeit, auf ihre Signale zu reagieren, sage ich, aber schon muss ich mir einen Roboter vorstellen, der fähig ist, auf ihre Signale zu reagieren. Meine weiche Haut, meine warmen Hände – aber dann vergesse ich, dass ich mir eine taktil vollkommene Replik eines mütterlichen Körpers vorstellen muss. So etwas ist nicht möglich, sage ich dann, aber was weiß ich darüber? Und warum sollte es nicht möglich sein, wenn Materie in Bewegung trotz allem nichts anderes ist als Materie in Bewegung?

Die alte Frau, die Angst vor dem Tod hat, kann auf die gleiche Weise vom Roboter gehalten werden, der nichts vom Tod weiß, und deswegen keine Angst hat: Jaja, jaja, sagt er, ohne zu verstehen, was er sagt, während er ihren mageren, gealterten Körper vor und zurück wiegt, wie ich mein Kind wiege.

Sagt das Unvermögen der rationalen Vernunft, für den Unterschied zwischen mir und einem Roboter zu argumentieren, mehr über die rationale Vernunft als über den Unterschied aus?

Mama, bittet mich mein Sohn, gib mir einen lebensgefährlichen Kipplaster.

Mitte der 1960er Jahre entwickelte der deutsch-amerikanische Informatiker Joseph Weizenbaum ein Programm, das er ELIZA nannte. Die Kompetenz des Programms bestand darin, auf rein sprachlichem Niveau, empfangene Aussagen so umzuformulieren, dass die Aussage »Ich bin wütend auf meine Mama« mit »Wie kommt es, dass du negative Gefühle gegenüber deiner Mutter empfindest?« beantwortet werden konnte. ELIZA enthielt noch keine intelligenten Algorithmen, wie die heutigen künstlichen Intelligenzen, die Funktion des Programms bestand allein in der Sprachmanipulation. Es zeigte sich dennoch die Bereitschaft unter Weizenbaums Studenten, sich dem Programm anzuvertrauen, obwohl sie sich der rudimentären Funktionsweise bewusst waren. Viele von ihnen versuchten, es unter vier Augen zu benutzen, und brachten sich auch dessen Schwächen bei, um Situationen zu vermeiden, in denen das Programm keine ausreichend glaubwürdige Antwort geben konnte.

Wovon das Verhalten der Studenten vor allem zeugt, ist vielleicht die Stärke des menschlichen Impulses, Leere mit Bedeutung zu füllen, und mithilfe der

Fantasie die Schale des Verhaltens mit dem Fleisch der Gefühle zu spicken. Möglicherweise zeugt es auch von einer starken Sehnsucht nach einem Gegenüber, das zuhört; einer Sehnsucht, die so stark ist, dass sie von jeglichen Dingen, die Anzeichen von Aufmerksamkeit zeigen, gestillt werden kann. In dem Fall sagt es nicht nur etwas über ihr Verhältnis zur Technik aus, sondern ebenso viel über ihr Leben neben ihr. Paradoxerweise scheint der projektive Impuls, die menschliche Zufuhr von Absicht und Bedeutung, noch stärker zu sein, wenn das Objekt, auf das er sich richtet, keinen eigenen Willen hat; es scheint uns leichter zu fallen, der Maschine, die wir selbst entwickelt haben, Subjektivität zuzugestehen, als den Lebewesen, die wir nie vollständig kontrollieren werden.

Pass auf, Mama, jetzt kommt der Mähdrescher, sagt mein Sohn, und umschließt meine Brust mit seinem Mund.

Aus dem Schwedischen von Clara Sondermann

160906

Erik Lindman Mata

Kleines Spiel

12. gedicht Über das überholen

niemals älter als 1 großer bruder er geht stets mit neun jahre langen schnellen schritten
voraus, **ich** würde mich gern aus dem fenster lehnen 1 weile im platzregen, wenn
die gasse 1 strom ist & der müll ums eck treibt & sich aufhäuft, auf sie nieder &
der regen ist 1 lachen das heult, *du schreibst nichts mehr*, null wie flutorangene sonne in
der karaffe schenkt ein & ein usw. spreizt sich die erinnerung an umarmung – DU wirst
es mögen sagst DU beim ersten mal als DU mich mitnimmst ins gagarin (nahe votivkirche)
dann der geruch eines warmen baums der nach dem summregen 1 süße zunge ist & senkst
DICH erinnerung auf mich herab. spanne 1 dünnen faden schleudere mich wieder & DEIN
text wie man eine flasche wein trinkt schreibst DU. ich stolpere über meinen bruder
der mir heute morgen als erster begegnet & wir weinen, ein paar gartenvögel
vor dem winzigen klofenster bei meiner großmutter an die ich plötzlich denke & *ich*
stecke die nase in alles; nassforsch aber nicht böswillig, der erste eindruck zählt
d. h. er muss die socken wechseln ehe er zum ersten mal meine mutter trifft
schreibst DU in DEIN tagebuch – morgen nachdem DEIN kopf an meiner schulter *ruhte*
unter unseren jacken & der große (Hamm?) der hinkte & der kleine (Clov?)
der auf ihn achtgab bot uns mitten in der nacht wodka an & Clov schob Hamm
den hocker hin, fernseher an, er kümmerte sich um ihn, dann ging die sonne auf – DU
hast eine zecke in der brust bei meinen eltern auf dem beheizten fußboden da
schlitze ich die haut rings um den biss auf um sie zu entfernen DU vergaßt zu atmen
sagst DU dann, vom bett aus blicken wir in den spiegel & machen beide ein bild, dann deine
schuhe die jetzt bei meinen eltern liegen weil ich oft umziehe usw. & als wir dort
ankommen stehen DU & ich im park DU hast cidre gekauft & und machst 1 foto von uns
plötzlich & lachst es ist 1 der schönsten bilder die ich habe. in 1 orangerie sagst DU
ich sei zu hart zu meinem vater, ihr seid euch einig in sachen Montesquieu
: temperatur usw. ich weiß noch wie ich 1mal den kopf auf DEINEN körper lege & mit dem finger
die konturen deines tattoos nachzeichne wieder & wieder & wieder & mehr, mehr &
mehr *dass dass dass dass* diese HAND berührt hat ihr wisst schon all diese dinge die zerbrechen
an einem geburtstag ratsche ich mir die rechte hand auf als ich über einen zaun klettere,
der typ ist so nett & klebt ein pflaster drauf, dann schlafe ich neben zwei jungen männern. DU
& ich essen an weihnachten abends auf einem karton vor meinem zimmer & DU sitzt in einer leeren
kneipe & liest Beckett & spannst 1 faden – übrigens stimmt das nicht
mit einem großen bruder & dass man nicht älter werden kann, er ist hier aber ich überhole

DICH seit 1 jahr jeden tag bis ich sterbe & hier steht dass alles komponiert ist
heute um ½ fünf einsamkeit heute es ist heute als ich dies lese draußen vor der
TÜR KLOPFE MEHRMALS AN & ALS SIE DIE TÜR AUFBRECHEN
ICH DARF NICHT HINEIN –
diese fläche, all die haut

26. januar 2019

13. gedicht über 3 lichter

I.

»wir sind 1 weinendes geschlecht«

sagt er TRÄNEN in den augen

II.

die vorbereitung auf tränen

ein bestimmtes licht

immer schon angekommen.

III.

starren an die decke & du sagst Das was damals passiert ist weißt du

Also passiert ist dass ich verbrannte

Da verbrannte ich

40. gedicht dieses dumme spiel

Der Schwarm auch,
Und perlt doch vergeht –
& anfangs stets das aufbrechen der oberfläche, rauf rauf über der oberfläche
brausen immer schon
rollend verbrannt
ÜBERLASSEN
in meinem tang & salz & talje –

vertäut ums nasse & schwarze
& seit*her vermeidet* nie jemand den doppelgriff –
nämlich dass gerade das sinnliche
dass gerade die fotos wie die tage
dass gerade im schatten eines großen steins großen körpers
wie *also im schatten* eines einzigen

sich ausruhen können

danke fürs bisschen verweilen

das bedürfnis *längs der* oberflächen zu streichen durch kies wasser –

*

jemand presst FINGER in die erde

legt es sich in den mund –

d. h. es schmeckt dumpf   changiert zwischen schwarz & eisenoxid

zerkrümelte erde sickert nicht

nur   eine kleine kelle spucke   & erde

dumme müde kleine kelle

Aus dem Schwedischen von Stefan Pluschkat

Johanna Frid

Nora oder Brenne, Oslo, brenne

Alles begann mit einem Bild.

An einem verregneten Abend im Juli packten Emil und ich gerade. Tags darauf wollten wir mit dem Zug nach Odense fahren, um Emils Eltern zu besuchen. Ich war nervös, angespannt, mit einem bohrenden Schmerz im Körper. Einige Wochen zuvor hatte ich erfahren, dass ich eine harmlose Zyste am Eierstock hatte, und das beschäftigte mich. Das und morgen. Ich hatte Emils Eltern schon getroffen, allerdings nicht oft, und ich sprach kaum Dänisch. Zwar verstand ich immer besser, was die Leute sagten, aber wenn ich auf Schwedisch antwortete, wich aus den Gesichtern der Dänen jeglicher Ausdruck. Ich wusste nicht, was ich erwarten, wie ich mich verhalten, ja kaum, was ich einpacken sollte. Emil saß am Computer, und vor dem Fenster toste der Amager Boulevard, auf dem permanentes Blaulicht, anhaltender Regen und Wind dafür sorgten, dass es in Kopenhagen immer rauschte. Planlos faltete ich Klamotten zusammen, war es leid, starrte lange auf eine blaue Strickjacke, versunken in Fantasien über Zysten und Emils Eltern. Was, wenn sie mich einfach nur hassten?

Emil riss mich aus meinen Gedanken, als er rief, dass ich mir etwas am PC ansehen solle. Jemand hatte in *Politiken* eine haarsträubende Kolumne zur aktuellen dänischen Lyrik verfasst. Ich las und wollte gerade etwas sagen, als mein Blick auf das Bild in der rechten unteren Ecke des Bildschirms fiel, wo Facebook anzeigte, dass Emil eine neue Nachricht erhalten hatte. Ein Porträt in Schwarz-Weiß, ein perfektes Profilbild. Sie strahlte, das sah man selbst auf dem kleinen Icon. Sie war vielleicht zwanzig Jahre alt und lächelte direkt in die Kamera. Das Bild war so beschnitten, dass ihr Gesicht den ganzen Ausschnitt einnahm, nur Wangenknochen und Sommersprossen und das Lächeln, das umwerfend war. Sie hätte Synnøve oder Wenche oder Ragnhild heißen können, aber Nora war ein ganz normaler Name. Norwegisch-normal.

Mir blieb die Luft weg. Ich vergaß, was ich gerade noch über die Literaturkritikerin, von der die Kolumne stammte, hatte sagen wollen, und wurde mir auf unangenehme Weise meines Körpers, meiner Hände bewusst. Nora war Emils Ex-Freundin. Ich wusste nicht, dass sie noch Kontakt hatten. Meine Wangen glühten. Die Sprachlosigkeit wuchs, verwandelte sich in ein Gefühl der Scham. Ich murmelte etwas und ließ mir nicht anmerken, dass ich etwas Schönes, etwas Privates gesehen hatte. Ich spürte, wie eine Landschaft in mir Gestalt annahm, neu und befremdlich.

*

Am nächsten Tag saßen wir pünktlich im Zug. Das Wetter war umgeschlagen; Dänemark litt jetzt unter einer Hitzewelle und die Temperaturen lagen weit über dreißig Grad. Die Hitze war drückend und die DSB verteilte Wasserflaschen, um inmitten dieses Vorgeschmacks auf den Weltuntergang ein wenig *hygge* zu verbreiten. Emil las ein Buch von E. T. A. Hoffmann, das furchtbar langweilig aussah. Ich blätterte lustlos in *Ulysses* und dachte nur, dass der Roman irgendwann vielleicht mal dazu dienlich sein könnte, einen Tisch zu begradigen oder ein Fenster abzudichten. Die Landschaft um uns herum war reizend und grün.

»Habt ihr noch viel Kontakt?«, fragte ich, in den Raum hinein, apropos gar nichts. Emil schaute auf. Einen Moment lang sah es so aus, als dächte er ernsthaft, ich würde damit auf Hoffmanns Mausekönig anspielen. *Nee, eigentlich nicht, vielleicht ab und an mal …*

»Nora und du«, sagte ich und beugte mich zum Gepäck hinunter, von dem unwiderstehlichen Drang erfasst, die Tüte zu meinen Füßen zurechtzurücken.

»Nein«, sagte er.

Ein älteres Ehepaar neben uns versuchte mit wenig Begeisterung, Sudokus und Kreuzworträtsel zu lösen. Der Schweiß floss im Waggon in Strömen. Er juckte auf der Oberlippe und unter den Achseln.

»Sie wohnt doch in Oslo«, sagte Emil, als wäre das eine Erklärung. Oslo klang verdächtig nach Arschloch. Oschlo. *Sie wohnt doch in Arschloch*, übersetzte ich.

Ich sagte nichts über ihre ebenmäßigen, weißen Zähne oder die Locken, nicht einmal über die wunderschönen Augen, aber ich kam nicht umhin zu sagen, dass ich ihre Nachricht gesehen hatte. Sie versehentlich gesehen hatte. »Das war keine Absicht.«

Emil runzelte die Stirn.

»Wir schreiben hin und wieder mal«, antwortete er. »Oder telefonieren.«

Er klang gleichgültig. Meine armseligen Fragen kümmerten Emil kein bisschen. Ich wartete darauf, dass er noch etwas sagen würde, aber das tat er nicht. Mit einem Mal kam ich mir banal und richtig, richtig lächerlich vor. Emil blätterte in seinem Hoffmann lautstark eine Seite um.

Aber das Bild von Nora war keine Banalität. Es ließ mich nicht los, es ätzte sich ein, brannte wie Feuer und schlug wie eine Flagge im Wind. Ich starrte aus dem Fenster, ich starrte auf das ältere Paar. Das Buch glitt mir aus der Hand. Die Zähne, die Locken, der Mund. Ich versuchte zusammenzutragen, was ich über sie wusste, Gesprächsfetzen zu rekonstruieren und Details, die ich beiläufig aufgeschnappt hatte. Sie arbeitete im Kindergarten. Von ihrem Gehalt kaufte sie Klamotten.

Emils Augen waren fest auf das Buch geheftet.

Ich wusste, dass sie etwas über ein Jahr zusammen gewesen waren, dass Nora ein paar Jahre jünger war als wir und dass die beiden sich an einer Berufsschule in Kopenhagen kennengelernt hatten. Als sie sich gerade ein gemeinsames Leben aufbauten, änderten sich jedoch die Pläne. Emil rückte wenige Wochen nach Schulstart für einen Ausbildungsplatz in Schweden nach und Nora zog zurück zu ihrem Vater nach Oslo. Geplant war, dass Emil nachkommen würde, aber sie machte vorher Schluss, unter anderem mit der Begründung, sie »wolle reisen«. Emil hatte mir die Story an einem Wintertag beim Spaziergang rund um die Årstaviken erzählt, und die Tatsache, dass er dabei so wütend klang und sie so jung, hatte mich ein wenig amüsiert. Jetzt fand ich es nicht mehr sonderlich lustig.

Wir hatten jetzt über die Hälfte der Strecke nach Odense hinter uns. Das Sudoku-Paar war in Slagelse ausgestiegen. Wir fuhren über die Brücke, über die Karl X. Gustav marschiert war, oder, na ja, damals hatte es ja noch gar keine Brücke gegeben. Emil hatte mir erzählt, dass bis in die neunziger Jahre hinein das Schiff die einzige Verbindung zwischen Seeland und Fünen gewesen war. Wir überquerten die Brücke über den Großen Belt und überschritten eine Grenze. Plötzlich schoss es mir durch den Kopf: Wo würde ich hingehen, wenn es nicht funktionierte? Emil fuhr jeden Sommer für eine Woche nach Hause, was in der Regel mit dem jährlichen Besuch seiner Eltern in einem Wellness-Hotel in Jütland zusammenfiel. Traditionell brachte Emil seine Freundin zu dem Besuch mit. Zwei Sommer lang war er mit Nora dort gewesen – das erste Mal noch als Paar, das zweite Mal einige Monate, nachdem sie Schluss gemacht hatten. Letzteres war mit anderen Worten ein reiner Fick-Urlaub gewesen, dessen Nachwehen in Emils Fall aus brennenden Schmerzen, vorübergehender Inkontinenz und einer Chlamydien-Diagnose bestanden hatten.

(Nora hatte sich in den Monaten nach ihrer Trennung im Osloer Nachtleben ausgetobt).

Jetzt war ich an der Reihe, Odense in sommerlicher Pracht zu erleben und Emils skandinavischem Flaggenquartett eine weitere Farbe hinzuzufügen. Ich fragte mich, ob er es mit einem finnischen Wimpel komplettieren würde, hielt aber lieber den Mund. Durch die Hitze klebte der Sitz, eine Nässe, die sich mit nichts abwischen ließ, denn alles war schweißgebadet. Der Zug tuckerte weiter. Ich wusste nichts über Dänemark. Was tat man in einem Notfall? 911 anrufen? Was war, wenn mir mein Portemonnaie und mein Handy geklaut würden – wie sollte ich je wieder nach Hause finden? Würden meine Organe im Falle eines tödlichen Unfalls gespendet werden? Oder würden die Dänen sie einfach verbrennen? Emil legte das Buch weg.

»Sie kommt demnächst nach Kopenhagen.«

»Ihr trefft euch«, sagte ich, und es war nicht wirklich eine Frage. Etwas steckte mir im Hals, etwas, das mich an die Zeit erinnerte, als ich mich als Kind jeden Sonntagabend aus Angst vor der ersten Schulstunde am Montag übergeben musste, in der ich Sport hatte.

»Ja«, sagte er. Mit einem Achselzucken. Nicht gerade gleichgültig, aber unbekümmert. Sie wollten sich treffen und ein bisschen reden, über früher, darüber, was sie jetzt so machen, sich auf den neuesten Stand bringen. Er hätte es mir sagen sollen, vielleicht habe er es vergessen, er wisse es nicht genau.

»Aber jetzt weißt du es ja.«

Jetzt wusste ich es ja.

Ich saß einfach nur da.

Was machte ich hier eigentlich? In diesem Zug, mit diesem Menschen, der plötzlich keine Ähnlichkeit mehr mit jemandem hatte, den ich kannte. Bloß Körper und Knochen. Männer sind so groß. Große Hände, große Füße, Körper, die Gefahr laufen, Sachen umzuschmeißen oder noch erheblich größere Schäden anzurichten. Er hätte mit ihr fahren können. Nora hätte sitzen können, wo ich jetzt saß, mit ihrer norwegisch-glatten Haut. Ein gesundes Exemplar mit tadellosen Eingeweiden. Unverwüstlich, mit dem melodiösen Sing-Sang Oslos (Arschlochs?) in der Stimme. Sie würde das hier mit Bravour meistern. Das hatte sie zwei Sommer hintereinander getan. Nora, es ist Zeit für deinen Hattrick! Wie soll man mit einer Gewinnerin konkurrieren? Einem zweifachen Champion? Mein Gesicht konnte mit ihrem nicht mithalten. Es würde selbst bei einem Walkover verlieren. Wenn sie eh nach Kopenhagen wollte, wieso war sie dann nicht direkt hergekommen? Stünde sie dann vor mir und würde höflich sagen: »Entschuldige, aber ich glaube, du sitzt auf meinem Platz«? Vermutlich würde ich sofort, vorbehaltlos aufstehen. Mir kam wieder ihr Profilbild in den Sinn und ich dachte noch einmal genau darüber nach, welcher Teil davon bei mir diesen Druck auf der Brust verursacht hatte. Es musste doch möglich sein, das Bild auseinanderzunehmen, Stück für Stück, jedes einzelne Pixel. Es musste irgendetwas geben, womit ich sie entwaffnen konnte, ein entscheidendes Detail, das man entfernen konnte, damit sich alles in Luft auflöste. Puff. Alles nur Schall und Rauch. Aber es funktionierte nicht. Ich konnte das fehlende Bindeglied nicht finden, und wir waren in Odense.

Aus dem Schwedischen von Sarah Onkels

Iman Mohammed

Hinter dem Baum Rücken

Schneide Brot in der Nacht, Sternpartikel aufgestellt. Meine Füße unsicher auf dem Boden. Existiere auf einer Kugel, die in schwarzem Meer schwebt.

Die hübschen Kinder in ihren Wolljacken
die Möwen bei dem scheinbar verlassenen Bassin
die Verlassenheit in dem populärkulturellen Regen
die Kinder sind Denkmäler auf der offenen Grasfläche.

Die Kinder sitzen auf dem Boden und essen Eis, eine verdunkelte Sommerhitze vor dem Fernseher. Die Sahne rinnt durch die Ritzen der Hände.

Sie liegen gekrümmt im Schlaf und sie atmen schnell. Die Geborgenheit im Betrachten der lebendigen Bewegungen ihrer Bäuche.

Das Haar der Schwester glänzte beim Schulgebäude
architektonisch geplant um die Platzierung
des Rastlosen im Zimmer zu verstärken
einige Schulkameraden umringten
das rosafarbene Fleisch, die Reihen im Mund
das Blut rann wie zitternde Rorschachs.

Die gebrochene Sonne, ihr Mangel an Schatten. Menschen gehen vorbei während ich den Körper an das dunkellila Grün lehne, die Heiligtümer. Streiche mein Blut über die Stirnen der Skulpturen.

Ich suche die giftigen Pflanzen heraus, sie sollen das Licht auseinanderbrechen, das Licht kann meine Augen in einem Atemzug zerschneiden. Die Umwege zur Schule, vorbei am Nachbarsgarten, er quoll über von geschwollenen Pflaumen, sonderten gelbe Flüssigkeit ab, klebrigen Glanz. Hinter dem Baum Rücken, unterschiedliche Grade der Krümmungen.

Die Bäume weinen vor Glück als sie in der Morgendämmerung heimkommt, ohne angefallen worden zu sein, der scharfe Duft der Rosen in diesen Atemzügen, die sie den Hügel hinauf zu den Hochhäusern tragen deren Rückgrate stolz die Menschen in den Hochhäusern tragen.

Ich halte meine Hände wie frühere Generationen. Bewege mich unter
dem Streitwagen, mein Körper unter dem Bett, träume und bin tot im
Traum, schlafe und träume lebendig und tot, ich träume und bin
tot im Traum.

Aus dem Schwedischen von Susanne Dahmann

Nina Burton

Das Genre der märchenhaften Wirklichkeit

Nils Holgerssons doppelte Perspektive

War das richtige Literatur?

Sicher, das Buch hinterließ bei seinem Siegeszug in sechzig Sprachen literarische Spuren. Und es stimmte, dass die Autorin es als eines ihrer besten Werke betrachtete. Aber es wurde nicht in ihre Gesamtausgabe aufgenommen, und in der Schwedischen Akademie hielt man es für einen literarischen Schandfleck. So sollte niemand Fakten und Fantastik vermischen!

Ja, Grenzüberschreiter sind oft etwas heimatlos, was man auch im Fall von *Nils Holgerssons wunderbare Reise durch Schweden* merkt.

Mir ist Selma Lagerlöfs Lage recht vertraut. Ich weiß, wie leicht es ist, zwischen allen Stühlen zu landen, wenn man literarisch über Fakten schreiben möchte. Obwohl ich auch weiß, dass Fakten sich in Poesie, Büchern und Menschen äußerst wohlfühlen können.

Poesie ist ja kein Synonym für erfundene Welten. Es geht ebenso sehr um ein Gefühl für die Wunder dieser Welt, man könnte darin also auch eine Verzauberung der Wirklichkeit sehen. War das die treibende Kraft hinter *Nils Holgerssons wunderbarer Reise*? Das musste ich untersuchen. Wenn es so war, konnte das Buch seine konkrete, jahrhundertalte Magie behalten.

Als das Buch vor hundert Jahren geschrieben wurde, warb Ellen Key für ein völlig neues Lesebuch in der Volksschule. Fakten mussten nicht die Form schlecht schmeckender Medikamente haben. Auch für das Persönliche und Schöpferische sollte zwischen ihnen Platz sein. Gestützt auf ihre Erfahrungen als Lehrerin, pflichtete Lagerlöf ihr enthusiastisch bei. Als ihr dann angeboten wurde, das Buch zu machen, entwickelte sie ein ganzes Lesebuchprojekt.

Sie wollte über die Natur, das gesellschaftliche Leben und die Wirtschaftszweige Schwedens schreiben. Ein zweiter Band sollte von der schwedischen Geschichte, ein dritter von neuen Entdeckungen handeln. Daraus entstanden Verner von Heidenstams *Die Schweden und ihre Häuptlinge* und Sven Hedins *Von Pol zu Pol*.

Doch deren Helden unterschieden sich auffällig von ihrem. Mitten in der grandiosen Epoche der Entdeckungsreisen ließ sie einen geschrumpften Schlingel eine füllige Gans ohne Reiseerfahrung begleiten, noch dazu unter weiblicher Führung.

Sie traf ins Schwarze. Gänse und Hühner verfügen über erstaunliche Fertigkeiten, und ein vierzehnjähriger Lümmel interessierte die Neunjährigen, für die das Buch gedacht war, ganz bestimmt. Nils Holgersson war nur drei Jahre jünger als Marco Polo bei seiner Reise nach China und trotzdem grün genug für ein moralisierendes Entwicklungsbild.

Das Konzept des Lesebuchs war etwas unklar. Von den Herausgebern hatte Lagerlöf stapelweise Fachliteratur bekommen, ergänzt um die knochentrockenen Beschreibungen der Oberstudienräte zu Teerherstellung, Missernten, Heringsfischerei, Almwirtschaft und Heuernte. Sie las alles mit schwindender Inspiration. Fertige Erzählungen in neuem Schwedisch zu formulieren konnte jeder außer einer Künstlerin. Am Ende schob sie das gutgemeinte Material zur Seite. Sie musste Schweden lebendig werden lassen.

Wie flößt man einer Landkarte Leben ein? Wie bringt man topographisch grüngelbe Flächen oder Notizen über Klima und Flora zum Atmen? Lagerlöf sandte Tiere in die Landschaft. Und plötzlich war Leben im dichten Unterholz, während in den Bäumen Gesang ertönte.

Die Idee, Tiere zu Trägern der Handlung zu machen, war ihr durch Kiplings *Dschungelbuch* gekommen. Lagerlöf machte nie ein Geheimnis daraus und als Kipling 1907 der Literaturnobelpreis verliehen wurde, dankte man ihm in der Schwedischen Lehrerzeitung auch für das, was er indirekt geschenkt hatte: *Nils Holgerssons wunderbare Reise*.

Mehrere Kritiker hatten die Parallelen zwischen den Büchern gesehen. In beiden war die Hauptfigur ein Junge, der in der Sprache der Tiere und unter ihren Lebensbedingungen ihre Moral erlernte. Kiplings Leitwolf Akela war verwandt mit Lagerlöfs Leitgans Akka – ein samisches Wort für »Mutter« –, und der Tiger Shere Khan hatte seinen Verwandten im Fuchs Smirre. Das Feuer war sowohl Mowglis als auch Nils Holgerssons Waffe, und unter den Tieren kursierten Geschichten über beide.

Aber die Natur des Dschungels glich sicher nicht der schwedischen, und der springende Punkt war, dass die Tiere die Landschaft spiegelten. Also fügte sie einen Elch, eine Stockente, einen Schwan und einen Adler ein, die alle ihre Lebensumwelt illustrierten. Auf die gleiche Weise lieferten die Sturmmöwe, die Lerche, das Auerhuhn, der Prachttaucher und die Schneeammer Bilder von Küste, Feldern, Wäldern, Seen und Bergen, wenn sie von der nördlicheren Landschaft erzählten.

Nicht zuletzt hier, im Zusammenspiel zwischen Tier und Natur, zeigte Lagerlöf ihr biologisches Wissen. Sämtliche Tiere verhielten sich ungefähr so, wie sie es in ihrem Lebensraum taten. Und obwohl sie sprechen durften, waren sie nicht vermenschlicht wie in den alten Fabeln oder den zukünftigen Disneywelten, wo sie Geige spielen und Auto fahren konnten. In *Nils Holgerssons wunderbarer Reise* war der Mensch nicht mehr das Maß aller Dinge. Schon das machte das Buch ungewöhnlich und verstärkte mein Interesse.

Die große Frage lautete, wie sämtliche Faktenteile zusammengepuzzelt werden sollten. Alle Erzählungen redigieren ihren Stoff, und das häufig so, dass er näher an die Fiktion als an die verworrene Wirklichkeit heranführt. In Märchen ist der Stoff selbst fiktiv. Aber Nils Holgersson sollte in der Wirklichkeit den Weg weisen. Wo also verlief die Grenze zwischen Fakten und Fantastik?

Dass der Fuchs Smirre den Gänseschwarm durch ganz Schweden jagte, war unmöglich, aber wichtig für die Geschichte – er war der rote Faden, durch den der wirren Reise der Wildgänse ein Grund und Spannung verliehen wurde. Als die Gänse jedoch auch von den »wilden Jagdgesängen« der Robben verfolgt wurden, musste ich das Buch eine Weile zur Seite legen. Dass Robben Vögel jagten, hatte ich noch nie gehört.

Die Schwierigkeit bestand darin, dass Märchen und Fakten auf die gleiche Art erzählt wurden und damit leicht zu verwechseln waren. Inmitten aller Sachinformationen konnte man sachliche Fragen an den falschen Stellen aufwerfen. War Nils Holgerssons Messer nicht genauso groß wie er selbst? Und wie konnte er schwere Scheunentore öffnen oder einen viel größeren Fuchs einholen? Solche kleinlichen Fragen beantwortete Lagerlöf kurz und knapp: »Man beachte. Der Junge ist verzaubert.«

Trotzdem erfreute sich ihre Genremischung in der akademischen Welt keiner großen Beliebtheit. In der Schwedischen Akademie schnaubte man über »die willkürliche Vermengung von Märchen und Wirklichkeit«, und eine ähnliche Reaktion kam von naturwissenschaftlicher Seite. Ein geachteter Professor für Zoologie ging das Buch mit spitzem Rotstift durch und fragte sich, ob die Autorin jemals eine Wildgans gesehen habe. Immerhin ließ sie die Vögel auf Balkonen, in Kirchentürmen oder Höhlen übernachten, oder noch schlimmer: in einem dichten Wald umherirren! Was die Zugvogelstrecke über Kalmar betraf, konnte der Professor mehrere grobe Fehler anstreichen. So waren Lagerlöfs Seeschwalben fünf Wochen zu früh unterwegs, und Sanderlinge oder Zwergstrandläufer dürften es auch noch nicht zur Südspitze Ölands geschafft haben. Kurzum, es wundere einen, dass die Autorin es gewagt habe, ein Lesebuch über Themen zu schreiben, von denen sie so wenig verstehe. Die Kinder, die sahen, dass ein Lesebuch so leichtfertig mit der Wahrheit umging, konnten selbst eine Geringachtung derselben entwickeln, mit unglücklichen Folgen in der Zukunft. Man sah förmlich vor sich, wie Nils Holgersson ihnen den Weg ins Gefängnis ebnete.

Der gute Professor war der Ritter der Tiere und ein Enthusiast hinter den Reservaten, von denen Lagerlöfs Wildgänse träumten. Aber die Verzauberung der Wirklichkeit existierte in seiner Fachbuchwelt nicht, und Nils Holgerssons Art war ihm unbekannt.

Tatsächlich liebte Selma Lagerlöf Zoologie. Als Lehrerin war sie naturkundlich beschlagen, und für das Verhalten der Wildgänse hatte sie zusätzlich einen Zugvogelexperten konsultiert. Und obwohl es bei ihm eher nicht um Gänse in Wäldern ging, sollte Konrad Lorenz später von Nils Holgersson inspiriert werden.

Sie hatte sich eingelesen. Die vogeljagenden Robben, die nicht nur mich verblüfft hatten, waren von einem sehr alten Handbuch inspiriert, und für einige sagenhafte Geschehnisse gab es reale Vorlagen. Dass eine zahme Gans mit Wildgänsen davonfliegen und mit eigenen Jungen zurückkehren konnte, wusste Lagerlöf zum Beispiel von ihrem Elternhaus in Mårbacka.

Doch nun war sie öffentlich angeprangert worden. Was half es da, dass die Schulkinder ihr Buch auch in der Freizeit lesen wollten? Und was half es, dass man ihr in Uppsala die Ehrendoktorwürde verleihen wollte? Die Belehrungen des Professors hatten ihr Verhältnis zu Nils Holgersson in einer sensiblen Phase gestört. Vorerst war nur der erste Teil des Buchs erschienen, in dem knapp ein Fünftel Schwedens abgehakt worden war. Für den ungeschriebenen zweiten Teil, der vor Weihnachten erscheinen sollte, standen noch achtzehn Landschaften aus. Die Verleger kauten auf ihren Nägeln. Lagerlöf hatte Probleme, Nils Holgersson und den Wildgänsen zu folgen, denn jetzt war die Natur zu einer Angelegenheit für Fachleute geworden. Hätte sie geahnt, dass ihr Buch von Experten unter die Lupe genommen werde, hätte sie es nie geschrieben, klagte sie. Und diesen Seufzer hört man bis in ihr Buch hinein, in dem Nils Holgersson in Lagerlöfs Wohnsitz Mårbacka Asyl sucht:

> Nun muss ich davon erzählen, was für ein seltsamer Zufall es war, dass es eben in dem Jahr, in dem Nils Holgersson mit den Wildgänsen herumzog, einen Menschen gab, der sich überlegte, ein Buch über Schweden zu schreiben, das sich für die Kinder in der Schule eignen sollte. Die Schriftstellerin hatte von Weihnachten bis zum Herbst darüber nachgedacht. Doch hatte sie nicht eine Zeile des Buches niedergeschrieben, und am Ende war sie des Planes so überdrüssig geworden, dass sie sich sagte: ›Dazu taugst du nicht. Setz dich hin und schreibe Märchen und Erzählungen, so wie du es gewöhnlich tust, und lass einen anderen dieses Buch verfassen, das lehrreich und ernsthaft sein muss und worin es kein unwahres Wort geben darf!‹[1]

Ich erahne hier eine Lösung für den Konflikt zwischen Märchen und Fakten. Als die allwissende Erzählstimme ihr Dilemma gesteht, wird sie persönlicher. Und aus einem persönlichen Blickwinkel werden nicht die gleichen Ansprüche an Objektivität gestellt. Wenn Lagerlöf eine eigene Begegnung mit dem Wichtel Nils hineindichtet, verbürgt sie sich in gewisser Weise für seine Existenz. In der Literatur ist die Begegnung der Autorin wichtiger als die Autorität der Handbücher. Oder wie Lagerlöf es ausdrückte: »Es ist die Künstlerin in mir, die mit der Nützlichkeitsautorin ringt. Und ein ums andere Mal muss ich umschreiben, bis das Ästhetische siegt.« In klaren Worten erklärte sie, dass das Buch vor allem literarisch sei. Denn der Unterschied zwischen Fachliteratur und Belletristik liegt ja nicht im Stoff, sondern in der Art, ihn zu präsentieren. Und wenn die Forderungen der Ästhetik gesiegt haben, können auch Fakten in klassische Literatur verwandelt werden.

Selma Lagerlöf wusste viel über die Spannung zwischen Fakten und Fiktion. Sie war mit den Legenden Värmlands aufgewachsen und gehörte zur Autorengeneration der 1890er Jahre, die ein mechanistisches Weltbild ablehnte. Gleichzeitig hatte das Lehrerinnenseminar sie in Rationalismus ausgebildet. Im Grunde leben die meisten Schriftsteller in einer solchen Ambivalenz. Zwischen zwei Polen entsteht manchmal eine Spannung, die Widersprüchen gleicht, aber nicht seltsamer ist als die Bewegungen der Zugvögel zwischen Winter- und Sommerquartieren. Jedes Gehirn ist ein kleines Universum, in dem entlegene Ereignisse blitzschnell entweder zu Fantasien oder zu Schlussfolgerungen verknüpft werden. Der Unterschied zwischen ihnen kann minimal sein, trotzdem sind es so unterschiedliche Gedankenwelten, dass man gezwungen ist, wechselweise in ihnen zu leben.

Aber auch grundverschiedene Welten haben ihre Berührungspunkte. Das Wort »Sage« kommt vom Wort »sagen«. Es ist eine Erzählung über eine Zeit, die so fern liegt, dass sie vage geworden ist. Das Wort »Fantasie« bezieht sich eher auf etwas Gesehenes, weil es mit einem griechischen Wort für Sichtbarmachen verwandt ist. Fakten kommen wiederum vom lateinischen »*factum*«, »das Gemachte«, denn sie sind etwas, das es konkret gibt oder gegeben hat.

Die Grenze zwischen dem Gesagten, dem Sichtbargemachten und dem Gemachten kann diffus sein. Auf Island ist die Saga Geschichtsschreibung; eine Aussage über Ereignisse, die so wirklich sind, dass sie an bestimmte Orte gebunden sind. Ein ähnliches Gefühl beschleicht mich, wenn sich in Nils Holgerssons Welt die kleine und die große Geschichte begegnen.

Alles beginnt mit dem klassischen »Es war einmal ein Junge« des Märchens, und schon wenige Seiten später hat ein Wichtel ihn verwandelt. Aber es ist eine

Verwandlung im Dienst der Wirklichkeit. Als Knirps kann Nils die Natur in gewisser Weise objektiver wahrnehmen, weil die Fliege darin tatsächlich von mittlerer Größe ist. Durch seine Nachtaugen kann er außerdem sehen, was im Dunkeln passiert, und sein Platz auf dem Gänserücken verschafft ihm einen vortrefflichen Überblick.

Eine Verzauberung scheint ein besseres Bild der Wirklichkeit zu vermitteln, könnte man zusammenfassen. Nur ein beschwipster Kunstflieger könnte die Vogelroute so deuten wie Akkas Geschwader, mit ständigen Loops und Zickzackwendungen von zwanzig Grad. Aber die tanzlustige Route zeigt ganz hervorragend das Land. Und kein zuverlässiger Kalender hätte der Zeit einen solchen Weitwinkel verschaffen können wie die Schöpfungssagen, mit denen die Geologie der Landschaften erklärt werden.

Ich muss zugeben, mein Verhältnis zur Fiktion ist gespalten. Aber in Nils Holgerssons Welt geht es bei der Fiktion nicht um Wirklichkeitsflucht, eher ist das Gegenteil der Fall. Sicher, man sehnt sich fort von den Gruben, den Papier- und Streichholzfabriken und Krankenheimen, wo alle den Wildgänsen »Lasst uns mitkommen!« zurufen. Dennoch spricht Nils beharrlich darüber, welch gutes Land zum Leben es trotz Emigration, Tuberkulose und wachsender Industrialisierung ist. Ein sozialdemokratischer Kritiker meinte, in *Nils Holgersson* einen Vorgeschmack auf den schwedischen Wohlfahrtsstaat zu bekommen.

Man kann auch nicht sagen, dass die Wildgänse vor der Wirklichkeit fliehen. Die Märchenzeit überschwemmt zwar das datierte Logbuch der Route mit der Phrase »Zu jener Zeit, als Nils Holgersson mit den Wildgänsen durchs Land zog«. Aber die mythische Zeit wird laufend mit historischen Augenblicken und Ereignissen verflochten. Dadurch wird das Land beweglich in der Zeit und die Wirklichkeit magisch.

So war es auch gedacht. Lagerlöf wollte die Tradition und den Zukunftsglauben in die Gegenwartsgeschichte integrieren, denn das Buch sollte die Liebe zu Schweden vermitteln, was literarische Mittel erforderte. Nackte Fakten können weder Landschaften malen, noch Gefühle vermitteln. Aber auf der Grenze zwischen Sachinformationen und sichtbar machender Fantasie kann die ganze Landschaft verzaubert werden wie in Lagerlöfs Version der Begegnung von Land und Meer in Blekinge.

Erst liegt das Meer trostlos leer, und das Land sieht aus, als dächte es nur an Hafer und Rüben und Kartoffeln, Fichten und Kiefern. Dann schleichen sich die Meeresbuchten hinein; das Land wird in Landzungen und Inseln zersplittert, bis die Elemente fast unmerklich ineinander gewoben werden, »und vielleicht sieht es deshalb so aus, als ob sie einander in Freude und Eintracht entgegenkämen.«

›Ich habe den Eindruck, dass es das Meer selbst ist, was hier kommt‹, sagt das Land, und dann beginnt es, sich zu schmücken. Es bekränzt sich mit Blumen, wellt sich in Hügeln auf und nieder und wirft Inseln ins Meer. Es will nichts mehr wissen von Kiefern und Fichten, sondern wirft die alten Alltagskleider fort und prunkt statt dessen mit großen Eichenbäumen und Linden und Kastanien und mit blühenden Wiesen und wird so prächtig wie der Park eines Herrenhofs. Und wenn es auf das Meer trifft, ist es so verändert, dass es sich selbst nicht mehr erkennt.

In so verliebten Begegnungen zwischen unterschiedlichen Welten konnte das Ergebnis, wie Lagerlöf schrieb, »ein Kunstwerk und zugleich ein Schulbuch« werden.

Das Buch hat in erster Linie als Kunstwerk überlebt. Die doppelten Perspektiven erschaffen darin eine Spannung, die Lagerlöfs Kollegen in aller Welt bewunderten. Michel Tournier fand eine symbolische Doppelperspektive. So glich die Aufregung der Hausgänse den Schöpferträumen junger Romantiker, obwohl sie am Ende meist ein bequemes Leben wählten wie Mårten Gänserich. Als der Adler Gorgo aus einem Käfig befreit werden sollte, kam eine umgekehrte Perspektive und Antwort ins Spiel: »Stör mich nicht, Däumling! Ich sitze hier und träume, dass ich frei dort oben in der Luft schwebe!« Da wurde das wirkliche Leben stattdessen von Träumen verdeckt.

Aber der genialste Zug des Buchs war für Tournier, dass Nils' Verzauberung nicht zu einer beliebigen Märchenwelt führte, sondern zu einer klaräugigen Erforschung der Wirklichkeit. Und gerade das scheint viele Autoren angesprochen zu haben – erst recht die wirklichkeitsverzauberten Dichter, ich befinde mich also in guter Gesellschaft. Harry Martinson ließ Nils zum Piloten bei den Entdeckungsreisen der ganzen Welt werden und Czeslaw Milosz liebte seine Fähigkeit, sowohl Details als auch große Zusammenhänge zu erfassen. In dieser doppelten Perspektive zwischen dem Teil und dem Ganzen sah er eine Metapher für die Aufgabe des Dichters.

Ja, auch für etwas Größeres, fügte er hinzu. Keine Beschreibung kann die Reichtümer der Erde erschöpfend abbilden, deshalb werden wir immer weiter getrieben in unserer Suche nach Wirklichkeit. Die Frage »Was ist Wirklichkeit?« bedeutet für ihn »Was ist Wahrheit?«

Gehören Wahrheit und Blickwinkel zusammen? Wechselt er, ist eine andere Beschreibung erforderlich, so komplex ist die Wirklichkeit. Die Erde ist Planet und zugleich Humus. Will man das zeigen, benötigt man eine bewegliche Perspektive. Linné nahm auf seine Reisen Fernglas und Mikroskop mit, aber heute sind das Ferne und das Kleine so eng zusammengerückt, dass die gewohnten Perspektiven ins Wanken geraten. Vergrößerungen von Schmetterlingsstaub oder Kristallen und Luftaufnahmen von der Erde erinnern an abstrakte Kunstwerke. Die Kunst hat sich immer neue Blickwinkel gesucht, und dabei ist die Technik hilfreich gewesen.

Doch Selma Lagerlöf ist nie geflogen und hatte auch kein Mikroskop. Ihre Fantasie musste auf eigene Faust die Perspektive der großen und kleinen Welten gestalten. In der kleinen Welt hörte sie die Gänseflügel rauschen wie ein Sturm, während der große Blickwinkel den Flickenteppich von Schonens gelbgrauen Stoppelfeldern, braunen Kleewiesen und schwarzen Rübenackern ausbreitete. Die gleiche Vogelperspektive gab sämtlichen Landschaften, Seen und Städten eine eigene Kontur; immer ergänzt um Bilder aus der Bodenperspektive. Im Wechsel von Luft und Erde wurden sowohl Flucht als auch Verwurzelung über das Land gewebt. Wenn sie an ein Detail heranzoomte, wurde das abstrakte Ganze plötzlich lebendig.

Die Welt durch eine Veränderung der Perspektive neu zu machen, gehört zu den Geheimnissen der Poesie. Ein anderes ist, das Ganze von einem Teil beleuchten zu lassen. Das wusste Lagerlöf. Und sie wusste viel über die Macht der Bildsprache. Hälsingland verglich sie mit einem Blatt, während die Region Bergslagen für Nils gestreift war wie eine Schürze. Die Wildgänse erklärten es durch »Flüsse und Bergzüge, Straßen und Eisenbahngleise«. In diesem Stil durften sie sprechen, mit den rhythmischen Wiederholungen der Vogelsprache. Auch das ein poetischer Zug. Die Singdrossel sang »Wie schön du bist! Wie schön du bist! Wie schön du bist«, während die anderen Zugvögel mit dem Frühling heranzogen: »Hier kommen wir mit Anemonen, hier kommen wir mit Rosen, hier kommen wir mit Apfelblüten und Kirschknospen, hier kommen wir mit Erbsen und Bohnen und Rüben und Kohl.«

Der melodische Rhythmus der Vogelsprache passte auch zur leicht fließenden Sprache, die eigentlich pädagogische Gründe hatte. Weil das Buch im Fach Lesen benutzt werden sollte, musste der Stil leicht von der Zunge gehen. Schriftsprachliche Worte wurden durch mündlichere ersetzt, und der Satzbau war einfach: Ganze Bündel von kleinen Hauptsätzen wurden mit wiederholten »und« verbunden. Dadurch erhielt der Stil eine Luftigkeit, die zum Flug der Vögel passte.

Auf dem Erdboden bekam dagegen die sinnennahe Konkretion Raum. Ich werde mich immer nach dem Fluss Ronnebyån sehnen, bis es mir möglich ist, »auf dem kleinen, dunklen Fluss zu rudern und nach oben zu schauen, auf all das weiche Grün, das sich an die schroffen Felshänge klammert.« Da sind Traubenkirschen und Geißblatt, Weißdorn und Erlen, Vogelbeeren und Weiden.

Im Fluss schwimmen Otter, und am Djupadals Park singen im Frühjahr die Nachtigallen. Bestimmt hätte ich dort gern verweilt, beim Geißblattduft über dem Fluss.

Lagerlöf konnte weder das tun noch über die Nachtigall meditieren. Nils Holgersson musste weiter. Schließlich sollte er das ganze Land durchmessen, vom Aufbau der Vogelnester bis zur Eisenherstellung. Außerdem war Selma Lagerlöf eine Erzählerin, und der Erzählung steht der Flug näher als sinnliche Ruhe. Es braucht Ereignisse, die die Geschichte vorantreiben; energische Verben, derer sich die Tiere annehmen mussten. Passive Pflanzen und Landschaften gehören eher zu einem lyrischen Sensualismus, in dem nichts passieren muss – es reicht, dass es etwas gibt und wahrgenommen wird. Und dass die stille Vegetation sich in Nils Holgerssons Welt dennoch ausbreiten durfte, erklärt viele der lyrischen Züge.

Man kann *Nils Holgersson* also kaum ein gewöhnliches Kinderbuch nennen. In Frankreich ordnete Michel Tournier es zwischen Klassikern wie Fontaines Fabeln und Saint-Exupérys *Der kleine Prinz* ein, und Marguerite Yourcenar stimmte ihm zu. Das Buch wurde für schwedische Schulkinder geschrieben, aber über ihren Köpfen sprach Lagerlöf auf den Höhen des Mythos zu den Erwachsenen. Yourcenar vernahm zudem einen epischen Fluss, der sich durch das ganze Buch zog, das sie andernorts einen Bildungsroman nannte – durch die Tiere lernte Nils Mut und Mitgefühl. Etwas Ähnliches sah ihr japanischer Kollege Kenzabue Oe. Für ihn war es ein Lehrbuch in Moral und Ökologie.

Ich selbst nenne es ebenso gern eine Reiseschilderung. Es ist ein wunderbar grenzenloses Genre für Entdecker, Reporter, Fremdenführer, vagabundierende Essayisten und andere literarische Landstreicher. Allen gemeinsam ist die Entdeckerlust, die Liebe zur Wirklichkeit und dass der rote Faden eher im Raum als in der Zeit liegt. Die Handlung, die für fiktionale Literatur so wichtig ist, wird nicht gebraucht – meistens reicht die Reise selbst als Handlung.

Vor allem war Nils Holgerssons Reise dennoch eine Chimäre; eine sagenhafte Mischung. Es ist ein Märchen- und ein Naturbuch; ein Bildungsroman und eine lyrische Reiseschilderung; ein internationales Epos und ein urschwedisches Lehrbuch in mehr Fächern, als ein Professor hätte abhandeln können, geschweige denn, dass er sie hätte verzaubern können. Als ich das Buch zuschlage, spüre ich, dass die lange Reise so leicht wie abenteuerlich gewesen ist. Gestaltet war sie im Rhythmus aus Weite und Ruhe, wobei der Flug von der Frage – »und dann?« – angetrieben wurde, obgleich jeder Ort es wert gewesen wäre, an ihm zu verweilen. Natürlich gestaltete die Sage die Natur manchmal um, durch die ich geführt werden sollte. Aber die Wirklichkeit durfte mit der Fiktion immer um die Wette glänzen.

Und in der Wirklichkeit habe ich stets Wunderwerke gefunden. Man nehme nur die Zugvögel, die Nils Holgersson durchs Land führten. Bessere Führer hätte er nicht bekommen können. Schon auf ihrer ersten Reise wissen sie, wohin sie müssen, und finden den Weg mit ihren unwahrscheinlichen Sinnen. Sie spüren den Druck der Luft, die Düfte der Winde, das Magnetfeld der Erde und verinnerlichen die Landmarken so leicht, wie sie die Positionen von Sonne, Mond und Sternen deuten. Durch entlegene Windströmungen und Wellen können sie das Wetter tausende Kilometer entfernt erahnen, ehe sie sich über das Meer werfen. Leicht wie Briefe, aber mit großen Herzen fliegen sie über Berge, wo wir kaum noch atmen können. Für mich strahlt die Wirklichkeit heller als die Sagen vom Vogel Rock und vom Phönix.

Sehnsucht kann verschiedene Gesichter haben. Ein Flug ist nicht das Gleiche wie eine Entdeckungsreise. Das eine kann Märchen oder Sage genannt werden, das andere Wirklichkeit. Das eine gleicht den Träumen der Nacht, glänzend wie kleine russische Lackschatullen um ihre erstaunlichen Geheimnisse. Das andere ist von all dem erfüllt, was die Sinne im strömenden Licht erfassen. Es sind getrennte Welten, aber sie brauchen einander. Träumen fehlt die Neugier und sinnliche Konkretion. Fakten müssen beseelt werden, um sprechend, malend zu werden. Sich selbst überlassen kann das eine zu Eskapismus und das andere zu Erbsenzählerei werden. Aber in einer Grenzregion zwischen ihnen vermag auch die Wirklichkeit zu schweben – zumindest, wenn ein Gänsekiel sie berührt.

Aus dem Schwedischen von Paul Berf

Anmerkung

1 Alle Zitate aus *Nils Holgerssons wunderbare Reise* folgen Thomas Steinfelds Übersetzung

Johanne Lykke Holm

Rote Sonne

Sie legt die Hand an die Glastheke und bittet um ein Pfund Rindfleisch. Die Verkäuferin nickt, nimmt das Fleisch und legt es vor sich. Sie schneidet und wiegt, da ist Blut auf dem Metall, wo sie arbeitet. An der Wand hinter ihr hängen Messer und Pinzetten, verschiedene Metzgerwerkzeuge. Alles glänzt silbrig im harten Licht der Neonröhre. Die Verkäuferin macht ein Paket, schreibt mit Permanentmarker den Preis quer darüber. Die Fingernägel unter den Gummihandschuhen sind lackiert, das Korallenrosa des Nagellacks beißt sich mit dem roten Fleisch. Über ihnen dreht sich ein Ventilator, in dem etwas zu klemmen scheint, es ist ein weißes, scharfes Geräusch, und India blickt auf. Ein Papierstreifen schlägt und schlägt in der gekühlten Luft, flattert schneller, als das Auge ihm folgen kann. Vor ihr klopft es gegen die Scheibe. India zuckt zusammen, erwidert den Blick der Verkäuferin über den Tresen. Mit beiden Händen streckt sie ihr das Fleisch hin, und India nimmt es ebenso entgegen, legt es in den Korb. Dann sieht sie hinab auf ihre Füße, die blanken Kacheln und das Gitter im Boden, wo das blutige Wasser abfließt. Als sie wieder aufblickt, ist die Verkäuferin bereits mit der nächsten Kundin beschäftigt, kehrt ihr den Rücken zu und hebt eine Aluminiumschale von einem glänzenden Kühlschrank. India fährt sich mit der Hand über den Nacken, geht anschließend weiter durch den Laden.

Sie packt Brot, Tomaten, Rotwein ein. Nimmt den letzten Carob-Kuchen aus dem Regal. Greift nach einer großen Rispe fast schwarzer Weintrauben, überlegt es sich dann aber anders. Bei den Milchprodukten verweilt sie, kühlt sich für einen Moment vor den Kühlaggregaten ab. Sie schließt die Augen, atmet die Feuchtigkeit ein, nimmt sich dann eine Flasche Sahne und ein Päckchen Butter, schaut in ihren Einkaufskorb, ob sie nichts vergessen hat. Auf dem Weg zur Kasse packt sie Datteln, Salz, Mineralwasser ein. Sie hebt den Korb und legt die Waren auf das Kassenband, greift nach einem Päckchen Kaugummi mit Zimtgeschmack. Sie nickt der Kassiererin zu, bezahlt, fängt an, alles in ihre Netztasche zu packen. Sie wirft einen Blick zur Seite. Die anderen Frauen sind da. Sie überreichen Scheine und Münzen, rufen einander zu und lachen. An der Tür steht ein Mädchen und schält eine Apfelsine. Lässt die Schale auf den Boden fallen, wischt sich die Hand mit angeekelter Miene am Kleid ab.

Die Hitze vor dem Geschäft ist unerträglich. Die Sonne ist der Erde näher gerückt, als wollte sie diese verbrennen. India würde sich gerne eine Zigarette anzünden, geht stattdessen aber zum Blumenladen quer über die Straße. Der

Asphalt fühlt sich weich an unter ihren Plastiksandalen und riecht stark, giftig und vulkanisch, eine Fabrik, die in Brand geraten ist. Sie stemmt sich mit der Schulter gegen die Tür, hört es über sich läuten. Drinnen ist die Luft kühl und es duftet, alles ist frisch und lebendig, Dahlien und Efeu und Sonnenblumen, eine extravagante Pflanzenwelt, die sich bis zur Decke erstreckt. Und mitten in all dem Grünen steht die Verkäuferin wie ein Luftgeist, wie zur Hälfte aus Dampf, das Haar unterhalb der Ohren zu zwei weichen Knoten gebunden. Als India eintritt, blickt sie auf, sagt jedoch nichts, arbeitet weiter an ihrem Blumengesteck, befestigt eine schwarze Trauerschleife an einer kerzengeraden Lilie.

India lässt den Blick über den Raum wandern, die Plastikeimer mit Eukalyptus und die erleuchteten Blumenkühlschränke, in denen alles steht und in kräftigen Farben prangt. Lange starrt sie auf eine dunkelviolette Flamingoblume, nimmt dann aber, wie immer, das Billigste: grüne, bereits aufgegangene Nelken. Die Verkäuferin wickelt die Blumen in Zeitungspapier, ohne etwas zu sagen, und bindet sie mit einer Schnur zusammen. Hinter der Theke hängt ein schmutziger Spiegel. Er spiegelt die Pflanzen und den Nacken der Verkäuferin wider, ins Licht der Armaturen getaucht. Ein Schweißtropfen rinnt India vom Haaransatz über Stirn und Nase hinab, legt sich in das Grübchen über dem Amorbogen, rinnt weiter und verschwindet im Mund. Der salzige Geschmack lässt India ans Meer denken, man bekommt Wasser in den Mund und schluckt, fährt sich mit der Zunge über die Zähne, die sich gummiartig anfühlen oder wie Korallen, der scharfe Geschmack nach Tang. Die Türglocke läutet, und India schaut hin. Ein junger Mann steht da und starrt auf seine Füße. Vor Nervosität wirkt er unscharf, scheint nicht genug Platz in seinem eigenen Körper zu finden. Sie sieht, wie er fieberhaft und ohne Richtung zwischen den Bündeln von roten Rosen umherzugehen beginnt. Die Verkäuferin lächelt beinahe unmerklich, schaut auf die Nelken, die vor ihr liegen, unterwürfig und blassgrün, sie greift nach einer Blumenschere und arbeitet weiter.

Erst als India den Strauß annehmen soll, fällt ihr ein, dass sie die Hände voll hat, und sie legt die Einkäufe auf die Theke. Sie lächelt, wie um für sich selbst um Entschuldigung zu bitten, als die Verkäuferin ihn ihr mit einer strengen und routinierten Geste überreicht. Sie nimmt die Blumen und zieht das Portemonnaie aus dem BH, bezahlt mit einem Geldschein. Die Verkäuferin kommt um die Theke herum. Sie trägt schwarze, kniehohe Latexstiefel, als könnte ihr die Hitze vor dem Laden nichts ausmachen. Sie stellt sich dicht neben India und beginnt ihr die Netztasche und die Flaschen umzuhängen, als wären sie Teile eines sehr komplizierten Kleidungsstücks, ein Korsett, bei dem jedes Band mit einem besonderen Knoten befestigt werden muss. Die Verkäuferin sieht India an, steckt ihr den Strauß unter den Arm. Sie mustert sie von oben bis unten, wie um sich zu vergewissern, dass sie alles mitbekommt, aber auch, denkt India, um ihr Werk und was sie vollbracht hat, zu bewundern. Über die krausen grünen Blüten hinweg sehen sich die Frauen an. India wird verlegen, lacht nervös und senkt den Kopf, bedankt sich, ohne dem Blick der Verkäuferin noch einmal zu begegnen, schlüpft auf die Straße hinaus.

Draußen schlägt ihr die Hitze mit voller Wucht entgegen. Sie bleibt einen Augenblick stehen, gewöhnt sich wieder an den Staub und das Tageslicht und die trockene Luft. Die Kühle des Ladens hängt noch einen Moment an ihrer Haut, bevor sie verdunstet. India fühlt sich aufgelöst, konturlos, den hohen Temperaturen ausgeliefert. Sie blickt auf. Da hängen die Wolken und spiegeln sich in den Blechdächern. Die Stadt ist groß und kompakt und liegt an einem nichtssagenden Fluss, der in ein labyrinthisches Delta mündet, wo die Trauerweiden sacht über der vibrierenden Wasseroberfläche hin und her streichen, um den Fluss mit ihrem stummen Schauspiel zu ehren, diesen Fluss, der der Stadt und den umliegenden Bergen seinen Namen gegeben hat, auch wenn man ihn tatsächlich von dort, wo man gerade steht, nie sehen kann und er sich damit begnügt, sich durch seinen faden Geruch zu erkennen zu geben sowie durch die Stürme, die sich hin und wieder weit draußen sammeln und über die Stadt hinwegrollen, ein starker und schmutziger Wind, der durch die Straßen fegt wie eine rastlose, blutrünstige Jugendgang und die Einwohner aus ihrem Schlummer reißt. Die Menschen hier sind müde, aber arbeitswillig. Das Leben geht weiter, genau wie der Tod, und ohne diese wiederkehrenden Stürme würde die Stadt immer tiefer in einen ohnmächtigen, kollektiven Schlaf sinken, der dem Tode gleicht. Hier, in der Stadt am Fluss, herrscht eine Erschöpfung, die sich von Generation zu Generation vererbt, weil hier nie jemand Erholung findet, selbst wenn er sich tatsächlich einmal ausruht. Hier ist der Urlaub nur weitere Arbeit, etwas, das ertragen werden muss, genau wie die Katastrophen und die glücklichen Wendungen, Geburten und Beerdigungen, alles ist dasselbe, weil alles ermüdend ist, und das Einzige, was belebend auf die Leute wirkt, ist deshalb dieser Wind, der mit dem Frühlingsende und dem Herbstanfang kommt und in seltenen Fällen auch an einem klebrigen Sommertag wie diesem, an dem India mit ihrer Netztasche über der Schulter und den Nelken, die bereits schlaff werden, unter den schwitzenden Arm geklemmt, durch die Straßen geht.

Sie streckt sich, bleibt kurz stehen und atmet durch, es brennt in der Lunge und in den Handflächen, sie wird hässliche Blasen bekommen, feuerrote Beulen, die aufplatzen und eine durchsichtige Flüssigkeit absondern. Sie blickt über die cremeweißen Gebäude hinweg, die einen Ring um den Marktplatz bilden. Über allen Fassaden liegt ein Grauschleier, der, wenn man nahe genug herangeht, stark nach Rauch und Abgasen riecht. Um sie herum tost der Verkehr, und über den Bergen hängt der Smog dicht und gelb. Sie geht langsam und bleibt oft stehen, verliert ein paarmal beinahe die Flaschen und Tomaten, versucht die Netztasche mit der Hüfte abzustützen. Sie gelangt zum Park, an dem ein Aushang darüber informiert, dass das öffentliche Schwimmbad noch den ganzen Monat geöffnet ist. Auf einer Schiefertafel hat der Parkwächter die Tagestemperatur notiert, siebenunddreißig Grad im Schatten, steht da in großen runden Buchstaben mit hellblauer Kreide.

Sie stößt mit dem Fuß das Tor auf und geht quer über den Rasen, an einer Reihe von Mastixsträuchern vorbei. Es riecht stark nach grünem Terpentin und Zuckerwatte. Ihre Schuhe klappern beim Gehen, ein rhythmisches, beruhigendes Geräusch, das mit dem Sommer zu tun hat: verlassene Straßen entlangzugehen, wenn alle anderen im Urlaub sind, hören, wie die Schritte endlos widerhallen, weil man allein in der Hitze ist und einem die Stadt deshalb anheimfällt, einfach, weil sie niemand anderem anheimfällt. Um sie herum ragen große getrimmte Sträucher auf, grüne Würfel und Kugeln. India kommt an einer Zypresse vorbei und an einem kleinen Kiosk, wo man Limonade und Chips kaufen kann. Auf einem Hügel steht eine Skulpturengruppe, die auf ein Schwimmbecken herabschaut, es riecht nach Chlor und nassen Steinen, auf dem kleinen Pfad, auf dem sie geht, zwischen dem hellgrünen Wasser und den Liegestühlen aus weißem Plastik. Im flachen Teil des Beckens treibt eine Frau zwischen den kleinen Kindern auf dem Rücken. Die Frau schwimmt zum Beckenrand, greift nach einer Zigarettenschachtel und raucht dann, die Arme auf den Steinbelag gestützt. Ihre Wangen glänzen vom Wasser und leuchten in der grellen Sonne. Auf einem Stein sitzt ein Kind und trinkt Melonensaft aus einem pyramidenförmigen Pappkarton. India winkt, und das Kind winkt zurück. Sie geht weiter, schweißnass unter den Brüsten und im Nacken.

Als sie in ihre Straße einbiegt, wird sie schneller, als müsse sie sich beeilen, als wolle sie einen vollbesetzten Zug nach Süden erwischen, man rennt durch den Bahnhof, das Herz sprengt einem fast die Brust, panische Angst, den Zug zu verpassen, der einen aus der Hitzeglocke befreit und ans Meer bringt, wo die Brise abends durch die Straßen weht und man im Kiosk auf der Strandpromenade gekühlte Getränke kaufen kann. Sie überquert den Hof, geht zu ihrer Haustür, hebt den Blick kurz zum Himmel, wo ein Militärflugzeug schneller fliegt als sein Schall, eine weiße Wolke hinter sich herziehend wie einen Schwanz, dann lässt sie den Blick über den Innenhof wandern.

Sie wohnen im siebten Stock, im ersten von einer langen Reihe identischer Hochhäuser, uneinnehmbare Betonklötze, die in einer Überfülle von Grün errichtet wurden und in diesem Spätsommer keuchen und schnaufen. Die Laubengänge sind voller Topfpflanzen und Satellitenschüsseln, hier und da hat jemand eine Fahne über sein Geländer gehängt. An der Fassade stehen verschiedene Parolen in roter Schrift, an manchen Stellen hinter Werbeplakaten und handgeschriebenen Aushängen verborgen. Für sie ist es der glücklichste Ort der Welt, denn es ist ihrer und der all der anderen, der Nachbarn, all dieser Menschen, die unmittelbar neben ihrem Leben wohnen, das Geräusch der Rohre und der Fahrstuhl und das Treppenhaus, das wackelt, wenn die Jugendlichen abends rauf und runter rennen.

Ihr fällt ein Ball ins Auge, der einen der Steinplattenwege durch die Wiese entlangrollt, er rollt und rollt wie aus eigener Kraft, um am Ende geradewegs in einem rechteckigen Wasserbecken zu landen, in das jemand vor langer Zeit goldene Fische und kleine Frösche zwischen den Seerosen eingesetzt hat. Der Ball gehört den Nachbarkindern, sie erkennt den Namen, den sie mit Permanentmarker auf den roten Untergrund geschrieben haben. Sie will ihn aus dem Wasser retten, kann ihre Einkäufe aber nirgends abstellen. Da entdeckt sie einen jungen Mann, der etwas weiter weg die Wege abspritzt, sie will rufen, lässt es aber sein, sie weiß nicht, warum, vielleicht, weil ihr plötzlich der Geruch nach nassem Beton und Pflanzen entgegenschlägt, etwas Sakrales, das einen ermahnt, alle Geräusche zu dämpfen. Sie pfeift einen tiefen Ton, und der Mann schaut zu ihr herüber. Sie macht eine Kopfbewegung, und er sieht den Ball. Nickt ihr zu und legt den Schlauch beiseite, geht zum Becken.

Sie hat den Schlüssel vergessen, drückt mit dem Ellbogen den Klingelknopf, auf dem der Name, der früher nur seiner war, den sie jetzt aber beide tragen, in Schwarz geschrieben steht, von hinten beleuchtet von einem kalten weißen Licht. Ihr scheint es, als könne sie die Gegensprechanlage oben in der Wohnung durch die offene Balkontür hören. Sie sieht ihn vor sich, wie er durch die Wohnung geht, barfuß und stark in dem zerknitterten weißen Hemd, das sie ihm vor ein paar Stunden gegeben hat. Er sagt kurz Hallo. Sie antwortet.

»Ich bin's.«

Aus dem Schwedischen von Hanna Granz

Mara Lee

Der Geschmack von Fleisch, ein Motiv

1. Der Geschmack von Fleisch: Hermes

Im Griechenland der Götter und Mythen waren sie davon besessen, einander das Vieh zu stehlen
Rinder vor allem, aber auch andere
Lebewesen.
Viele dieser Mythen stellen Tiere ins Zentrum
göttlicher Mühen, aber auch
Menschen
und ihr Fleisch.

Ein früher Mythos, der mit Viehdiebstahl steht und fällt, ist der vom Trickstergott und Götterboten Hermes. Er wurde im Morgengrauen geboren und am Mittag hatte er bereits ein Musikinstrument erfunden, die Lyra, aus einem Schildkrötenpanzer. Aber es ist etwas anderes, das lockt, jenseits des heimischen Herds, etwa da draußen. Denn in seinem Herzen pochen niedere Begierden und wahre Teufeleien, der Trieb, Dinge zu tun, die sonst nur Schurken im Schutz dunkler Nacht tun; denn Hermes sehnt sich nach dem Geschmack von Fleisch.
Also bricht er auf. Über die Berge, zu den Weiden, auf denen das Vieh der Götter grast. Nun stiehlt er Apollo fünfzig Rinder. Dann macht er ein Feuer, schlachtet zwei der Rinder und bereitet sie über dem Feuer zu. Der aufsteigende Duft steigert seine Begierde, aber er zügelt sich; verzichtet, denn was vor ihm zubereitet wird, ist Menschennahrung, und er ist ein Gott.
Dennoch.
Die intensive Sehnsucht
nach dem Geschmack von Fleisch
weckte einen Trotz. Sie trieb ihn an, *trieb* ihn in die Welt hinaus.
Der Geschmack von Fleisch, ein Motiv.

2. Der Geschmack von Fleisch: Geryon und Herakles

Ein anderer bekannter Viehdiebstahl ist die zehnte Mühe des Herakles, der Auftrag, die roten Rinder des Monsters Geryon zu rauben, was ihm auch gelingt. Dieser Raub bildet den Motor in Anne Carsons berühmter Umdeutung des Mythos im Buch *Rot*. Aber Anne Carson wäre nicht Anne Carson, würde sie die Dinge nicht zuspitzen. Und so spielt ihre Version in moderner Zeit, und es ist nicht mehr Herakles die Hauptperson, sondern Geryon, das Monster, und sie sind zwei
junge
Männer.
Außerdem hat Anne Carson den zentralen Konflikt – den Raub des Viehs – in heutige Begriffe umformuliert. In *Rot* geht es nicht um die roten Rinder des Monsters, sondern um sein rotes Herz sowie seinen roten Körper sowie seine rote Seele. Denn es sind nicht Geryons Kühe, die der schnieke Held stiehlt, es ist sein Herz. Kurz und gut, Geryon verliebt sich. In Carsons Umdeutung und moderner Übersetzung des Mythos ist der Viehdiebstahl in Liebe überführt worden.
Der Geschmack von Fleisch, ein Motiv.

3. Der Geschmack von Fleisch: Die Rosse des Diomedes

Recht viele von Herakles' Mühen liefen übrigens darauf hinaus, Tiere zu stehlen und sie manchmal auch zu töten. Als Herakles befohlen wird, die Rosse des Diomedes zu fangen, die achte Mühe, steht erneut der Geschmack von Fleisch im Mittelpunkt.
Denn diese Rosse sind speziell. Und nun lese ich, in Übersetzung, aus dem Drama des Euripides, das den Namen des Helden trägt:

sie die dort stampften ohne Zügel
an ihren blutigen Krippen
verlangend nach widerwärtigem
Futter: Menschenfleisch zu fressen.

Was ins Auge springt, was dazu führt, dass die Furcht sich durch Mark und Bein *sägt*, ist nicht das Wort Menschenfleisch, sondern blutige Krippen. Die Nackenhaare, jedenfalls meine, sträuben sich angesichts dieser furchtbaren Futterstelle. Was Hafer und Heu sein soll, ist mit Blut besudelt. Verzerrte Natur, reines und schieres Grauen. So verwandelt sich Alltag in Wahnsinn, verwandeln sich Nutztiere in Monster. Und plötzlich bekommt der Bibelspruch »alles Fleisch ist wie Gras« einen etwas anderen Klang.
Wie auch immer:
Die Rosse des Diomedes hatten also Geschmack an Menschenfleisch gefunden. Und warum? Nun, weil sie nichts anderes kannten. Weil sie Zeit ihres Lebens mit Fremden gefüttert wurden, die zu der Insel kamen. Ja, also Menschen, die als unwichtig galten. So gewohnen sich die Rosse daran. Wir Menschen werden ihr Alltag und Futter, und sie werden in unseren Augen widernatürlich und Monster.
Sie erwecken Furcht, Hass und den Willen zu vernichten.
Der Geschmack von Fleisch, ein Motiv.
Soll ich weitermachen?

4. Der Geschmack von Fleisch: Sarx

Das griechische Wort für Fleisch ist sarx. Sarx deckt sich nicht mit soma, das Körper bedeutet und unterschiedliche Arten von Körpern meinen kann; den des Menschen, aber auch zum Beispiel des Staats, der Kirche, die Körper von Organisationen.
Unsere Menschenkörper bestehen aus Fleisch; sarx.
Als religiöser Begriff bezieht sich sarx auf unseren sterblichen Körper als der Erbsünde unterworfen; degradiert, gefallen.

Spuren dieses Worts, sarx, findet man im Schwedischen nur wenige, sichtbar aber sind sie etwa in Sarkophag und Sarkasmus. Sarkasmus, eine versteckte Huldigung des Beißens, kommt vom griechischen sarkázein, höhnisch sein, bittere Worte sagen: in Fleisch beißen, Fleisch zerfetzen.

Die Worte, die reißen, beißen, stoßen, sarx, sarcasmos, uralt aber
wie sie das Jetzt zerfleischen
das Fleisch des Jetzt zerfetzen. Sich zurück zum Verlorenen verzweigen,
sparagmos, dem rituellen Zerfetzen
sie schleudern die Raserei hin und her durch die Geschichte
zerreiße
jetzt. Genuss
spüren, spüre das Fleisch
den Geschmack im Mund, wie ihr zerreißt, zerfetzt.

5. Der Geschmack von Fleisch: einheimisch

Ich komme gleich vorbei und stehle eure Kühe.
Ich nehme kurz das Rad und ermorde eure Pferde.
Ich steige in den Bus und verbrenne euer Vieh.
Ich gehe joggen und schlachte eure Frauen.
Ich mache eine Spritztour und nehme eure Töchter gefangen.
Ich kriege den letzten Flug und verschleppe eure Söhne.
Ich schaue um fünf vorbei und vermöbele eure Kinder.

Ich mache ein Feuer, bereite 12 Portionen Fleisch zu
verzichte,
opfere etwas
deponiere es hoch, hoch über der Erde.

Der Geschmack von Fleisch, dieses Land.
Der Geschmack von Fleisch, dieser Winter.
Der Geschmack von Fleisch, ein Motiv.

Aus dem Schwedischen von Paul Berf

Johannes Anyuru

Asche

Geschrieben im Herbst 2016 nach den rassistisch motivierten Terrormorden an einer Schule in Trollhättan; Ahmed Hassan, ein Schüler, und Lavin Eskandar, ein Sozialpädagoge, waren zwei der Opfer; später erlag auch der Lehrer Nazir Amso seinen Verletzungen. Die anderen Personen, die im Gedicht genannt werden, sind die Opfer des sogenannten Lasermanns, der 1991/92 aus rassistischen Gründen auf elf Menschen schoss, sowie John Hron, der 1995 von Nazis ermordet wurde, und Björn Söderberg, der 1999 von Nazis ermordet wurde.

Asche
Asche
Ich umwickele meine Hände
Ahmed Hassan ähnelt mir
so sehr
dass ich meine, alles leuchten zu sehen
aus seinen Augen
auf dem Selfie: die Gesellschaftslektionen
in angezogenen Jacken, die Mopeds
die an den Abenden vorbeizogen, das Polygon
des Fußballs, ein Mond
gefroren einen Meter
über der Erde –
ein bis auf die Knochen verletzlicher Traum
verweht über einem Schulhof –
nun werden seine Augen geschlossen von dem
der ein Gebet
über Licht flüstert –
Ich halte die Hand vor mir hoch
und wickele den Stoffstreifen
über meine Knöchel
Als ich zum ersten Mal Angst hatte, waren wir Kinder
die schrien, rannten
in Treppenhäusern, Unterführungen, in Glassplittern
und in den weißen
Marlboro-

Zügen der großen Schwester:
Reste eines Volks
das wir singen hörten
auf der anderen Seite
der Nächte: Kreolen: alles, was kommen würde
jagte uns
Ich trage den Boxsack
über der Schulter
Jetzt sind wir groß
Rauch kommt aus meinem Mund
wenn ich mich bewege, eine Wolke
wie radioaktives Gas, sie schimmert
im Licht, das den Fußballplatz umgibt
und uns Sicherheit
geben sollte
Die Angst ist ein Stoff
in der Luft, ein Geschmack
wie Aluminium
Ich denke an den Namen des Kumpels, falsch
ausgesprochen in so vielen Mündern
Ein Name, der hinter dem Stirnbein schwebt
und die Waffe, gefertigt, um Vögel zu jagen
Mein Kumpel stand im Kies,
die Schrotflinte auf seine Stirn gesetzt
Er war ein Teenager und auf einer Fete
auf dem Land
und Skinheads hatten ihn hinausgestoßen
auf den Hof
Nie waren wir die Kinder der Polizei
Nie die Kinder der Lokalzeitung
Schmerzende Hände griffen nach etwas
Ganzem, oder nur nach einer Scherbe
von Menschlichkeit: Eddingzeichen
auf der Außenseite einer Welt
die nicht zu uns gehörte
Asche
Asche
Die Ketten des Boxsacks rasseln
als ich ihn über den Fußballplatz trage

Nie waren wir die Kinder der Gerichte – im Gegenteil
Wesen aus ihren
Alpträumen – ein weißer Pyromane
oder Mörder dagegen war
immer schon menschlich – wir nie
erst recht nicht, wenn wir unsere
Menschlichkeit verteidigten – aber vielleicht
war ja niemand menschlich, niemals – wir gingen
heim mit Gesichtern
wie Bronzeschilde, mit Augen
ausgeschnitten aus dem Blech
diese Jahre; eine Vision, nachdem ich Fanon
gelesen hatte; wir kämpften, um nicht selbst
zusammengetreten, abgestochen zu werden, wie John
Hron, erschossen
wie Patrick Nadji, Isa
Aybar – sie flogen dahin
einen Meter unter der Straße
während schwarze Elektrizität
aus ihren Wunden rann, Kinder
der Trabantenstädte
zehn Stockwerke hoch, fossilisierte
Beckenknochen: Kinder
einer erlöschenden
Utopie

Lavin Eskander
Ahmed Hassan

Kinder von Zeit
die verrann

*

Ich hänge den Boxsack im Fußballtor auf
wo die Jungen tagsüber spielen
die Schrotflinten auf ihre
Stirnen gerichtet
Ich habe gesprenkelte Eierschalen

im Mund
Die kleinen geballten Fäuste des Jungen
in meinen
Die Skinheads um meinen Kumpel
sehen aus wie lebende Schädel
aus einer urzeitlichen oder postapokalyptischen
Bürgerkriegslandschaft
Wir wickeln unsere Kinder in Namen ein
um sie zu schützen, flüstern die Namen
um die Kinder zu wecken
die im Alptraum zittern: kehr zurück

Hasan Zatara
Wach auf

Der Typ, der die Waffe hält
grinst, betätigt
den Abzug: Mein Kumpel schließt die Augen, glaubt
dass seine Zeit
gekommen ist
Aber das Gewehr ist nicht einmal geladen
Die Nazis lachen
Ich schlage, Jab, rechte Gerade, Haken,
eins zwei drei,
eins zwei,
eins zwei drei –
Ab und an kommen Jogger vorbei
auf der beleuchteten Bahn, ihre Schritte knirschen
im Kies und der Asche, die Reflexe
blinken im Dunkeln, erlöschen
Björn Söderberg
Heberson Vieira Da Costa
Der Boxsack ist schwer wie der Körper
eines jungen Menschen, bei jedem Schlag
zittert das ganze Tor
Im Traum schlagen
Wellen ans Ufer
Auf Vater hatten sie es auch
abgesehen, zerschnitten

seine Jacke, einfach
so, gingen
hinter ihm, zwei Typen,
einer schnitt mit einem Teppichmesser
im Stoff, er merkte es nicht
bis er heimkam
und die Streifen flattern sah: ein Ritual
um die Natur zu
zerfetzen
Der schlafende Junge
der ich bin
wälzt sich im Bett, im Traum schaukeln
der Boxsack, das Tor
und die Erde
Die Wirklichkeit ist nicht
sicher
Ich habe gebrochene Finger
im Mund
Asche
Asche
Flüchtlinge sammeln sich
in einem Haufen
wenn sie durch ein Land gehen
das um sie herum
schrumpft wie eine Hand
die geballt wird
zur Faust: bald sind
nur noch Reste übrig, etwas, das
den kleinen Knochen
im Flügel eines Vogels gleicht
Nazir Amso
Wach auf
Eins, zwei, drei
Die Kinder, die übers Meer kommen
tragen Vaters Gesicht, ausgemergelt
Vogelnester brennen
und fallen rauchend
aus den Birken, den Kiefern; ein neuer Nachrichtenzyklus
wird eingeleitet; Scherben des Universums

in den Augen; die Polizei verhaftet niemanden
dafür, dass sie sagen, Menschen
wie Ahmed Hassan
sollten ermordet werden, und in der Nacht werden
keine weißen, säkularen Kinder geweckt
von einem militärisch gerüsteten Einsatzkommando
weil eine Phrase in einem abgehörten Telefon
falsch verstanden wurde – nicht einmal
wenn jemand offen sagt
dass man Menschen wie uns mit
Maschinengewehren niedermähen sollte
passiert etwas
Nichts geschieht
Nichts ist geschehen
Asche
Nie waren wir
die Kinder des Staatsschutzes
Asche
Ich schlage gegen das spröde Leder des Boxsacks
um die Kinder
zu schützen
die ich bin
und wenn ich dann die Bandagen von meinen Händen nehme
sind die Knöchel geschwollen, wund
wie die Sterne
die uns betrachten
zusammengekauert auf ihren hohen, nassen
Mittelmeerklippen
Asche
Die Augen des schlafenden Jungen
bewegen sich rasch unter den Lidern
Keine Schulen werden Richtlinien erhalten
in denen Kleidungsstil, Computerspiele
oder die Musik weißer, säkularer Kinder beschrieben werden
und in denen man Lehrer bittet, sie der
Polizei zu melden
Weil jemand, der im Traum stirbt
auch in der Welt stirbt
Wir schlafen in einem Haus, das mit

schwarzen Flammen brennt
und im Schlaf berühren wir einander
mit Flügelspitzen, die
Ankerketten ähneln
Kokons werden geschossen aus der
Nostromo
segelt
durch den Graben aus Sternen
dorthin –
heim –
Im Traum gehe ich nun
am Ufer entlang und wickele
magere Körper
in weiße Streifen
und bete, dass sie gewaschen werden
mit Regen, mit Schnee
mit wehendem
Hagel
Gebete über Licht
Wach auf; es ist Nacht
In der Zukunft des Terrors
wird es uns niemals
gegeben haben: Kinder
dessen, was nun entsteht
Asche

Aus dem Schwedischen von Paul Berf

Sara Stridsberg

Victoriaseerose

In meiner Jugend gab es nur sie. Evelina, die Pfarrerstochter. Ich erinnere mich so genau an ihren Duft, als wäre sie immer noch nah bei mir. Jederzeit kann ich mir den Geruch ins Gedächtnis rufen, der an jenen Winternachmittagen, Mitte der Achtzigerjahre, in meinem Zimmer zwischen ihren Beinen hervorströmte. Ein bisschen modrig, krankenhausartig, wie ungewaschener Kinderpo oder Puder. Ganz anders als die Frauen, die ich später kennenlernte. Alle anderen hatten diesen süßlichen, herben, fauligen Geruch, wie Moschus oder stehendes Meerwasser, nicht aber sie. Auch daran erinnere ich mich: Wie sie jedes Mal glaubte, der Himmel würde bersten, wenn sie gemeinsam mit einem anderen Mädchen kam. Sie sprang auf und versuchte mit zitternden Fingern, den kleinen Spalt in meiner Gardine zu schließen, der ständig aufgleiten und das blaue Licht zwischen den dünnen Fäden hereinlassen wollte. »Keiner kann uns sehen«, flüsterte ich ihr ins Ohr, fasziniert davon, wie sie so überzeugt sein konnte, dass ihr Körper in einer direkten Verbindung zum Himmel draußen stünde. Ich selbst ging davon aus, dass der Himmel unsere Gegenwart gar nicht bemerkte und unsere kurze Zeit auf Erden unbemerkt verstrich. Evelina war anders, ihr Körper war eins mit den Naturgesetzen, mit Gottes Zorn, mit den Planeten, die draußen um uns kreisten. Sie behauptete, sie könne sich an den großen Fall erinnern, als wir ohne Flügel gestürzt waren. Ich stimmte ihr in allem zu, weil ich verrückt nach ihr war. Und anschließend, nachdem sie noch einmal zu den Sternen hinausgezogen worden und wieder bei mir im Bett gelandet war und sich der Himmel um all seine Schrammen und Wunden geschlossen hatte, wurde sie für einen Moment von rebellischem Glück erfasst, ehe sie über die Autobahn nach Hause rannte, unter dem lila Himmel, der sich abends auf die Stadt herabsenkte. Sie rannte nach Hause zum Pfarrer an der Brunnsviken und beichtete alles.

Ich wuchs im Naturhistorischen Landesmuseum auf, Evelina wohnte in einem Haus am Ufer der Brunnsviken. Wir hielten uns in den alten Ausstellungssälen auf; wenn alle Lichter gelöscht waren, rannten wir umher, und wenn wir das Rennen leid geworden waren, liebten wir uns in einer der Garderoben auf dem Boden. Manchmal schliefen wir dort ein und wurden vom Geräusch der Wachleute geweckt, die mit ihren bellenden Hunden eintrafen. Wir schnappten unsere Klamotten und sprangen halbnackt zu mir nach Hause, meine Familie und ich lebten in der kleinen Dienstwohnung nebenan, in den Schwarzen Häusern. Wenn ich meinen Vater heute im Museum besuche, kann ich manchmal immer noch unser Lachen im Inneren des Gebäudes widerhallen hören, und wenn ich die Augen zusammenkneife, bilde ich mir ein, ich würde zwei junge Mädchen durch die Säle rennen sehen, wie Gespenster aus den Achtzigern.

»Erinnerst du dich an Evelina?«, würde ich dann gern fragen, aber ich tue es nie.

Evelina konnte nicht lügen, wenn sie zum Pfarrer nach Hause kam, alles, was wir am Nachmittag getan hatten, sprudelte aus ihr hervor, und wenn sie am nächsten Tag wieder bei mir war und ihre Strumpfhosen auszog, waren ihre Schienbeine und die Rückseite ihrer Oberschenkel mit blauen Flecken übersät. Ich wusste, dass ich der Grund dafür war, dass sie im selben Moment aufhören würden, in dem ich aus ihrem Leben verschwand, und trotzdem trafen wir uns weiter. Die alten Male wurden gelb und neue kamen hinzu, schärfer und heller, rötliche, gelbe und braune. Ich hätte mir nie vorstellen können, dass irgendetwas, was ich tat, einen solchen Zorn wecken konnte. Niemand hatte mir je ein Haar gekrümmt, weder bei uns zu Hause noch anderswo. In meiner Familie fassten wir einander nie an, weder zärtlich noch gewaltsam, und dennoch war eine stille Liebe da, durch die ich mich geborgen fühlte. Die Sexualität war meine erste Begegnung mit Gewalt und Zärtlichkeit, und ich hatte oft das Gefühl, beide wären untrennbar miteinander verbunden. Damit meine ich nicht, dass wir uns Schaden zufügten, Evelina und ich, meine nicht mal die blauen Flecken, die regelmäßig auf ihren Beinen auftauchten und wieder verblassten, aber ich wunderte mich über die Aggressivität, die zwischen uns entstand, wenn wir einander berührten, diese leichte Feindseligkeit.

»Kannst du nicht sagen, du würdest mit einer Freundin lernen?«, fragte ich, während sie im Museumskeller in meinem Arm lag und zu mir aufsah, ich hatte vergessene Mäntel und Jacken auf den Boden gezogen und ein Nest für uns gebaut. Es gab nichts, was nicht aufrichtig war in diesen klaren, traurigen Augen, die mich ansahen, als könnte ich sie vor der Welt draußen beschützen. Anfangs dachte ich, es wäre Koketterie, aber sie konnte wirklich nicht lügen, für sie waren Sprache und Worte wie Mathematik oder Physik. Zu lügen war so, als versuchte man, das Licht aufzuhalten.

»Wenn er fragt, sage ich einfach, was ich getan habe«, meinte sie nur, »ich sage alles. Ich bestehe darauf, es bis ins kleinste Detail zu erzählen.«

Die Autobahn verlief zwischen dem Museum und der Brunnsviken, wir standen auf unserer jeweiligen Seite und betrachteten einander, erfüllt von überirdischer Sehnsucht. Hin und wieder sah ich den Pfarrer von weitem, er hatte wildes, aufgebauschtes Haar, das über seinem Kopf schwebte, ich blieb immer auf Abstand, versteckte mich hinter einem Baum oder kauerte mich hinter einen Zaun. Ich war nie bei ihr zu Hause, sondern spähte von meinem Posten auf das Haus hinab, sie bewegten sich langsam im Garten, der Pfarrer im Arbeitsoverall, Evelinas Mutter und sie selbst in gelben Regenjacken, aus der Ferne wirkte das Ganze ein wenig planlos, wie auch das Leben an sich, Evelinas Gesicht leuchtete in der Dämmerung, während sie Laub ins Feuer warf. Unterhalb ihres Hauses hatten sie ein Regattaboot liegen, auf dem wir einige Male übernachteten, näher war ich nie daran, bei ihr zu Hause zu sein, ich wartete unten am Ufer auf sie, bis das Haus dunkel war, und dann kletterte sie durch ihr Fenster hinaus und kam zu mir. Das Geräusch des Wassers, das gegen den Rumpf schwappte, weckte uns früh, die Scherben des Himmels, die in den schmalen Fenstern aufblitzten, das Geräusch tausender Vögel, die über uns kreisten. Ich eilte nach Hause, die Morgen mit ihrem rosa Schimmer erinnerten mich an den Tod. Manchmal brachen wir nachts in den Botanischen Garten ein und schwammen hinaus zur Riesenseerose Victoria. Wenn sie blühte, konnte man sich hineinlegen wie in ein Nest, die Blätter waren so stark, dass sie uns trugen. Manchmal waren wir darin eingesperrt, wenn sie sich morgens wieder schloss, wir und die vielen Käfer, die sich nachts dort aufhielten.

Als wir aus den Schwarzen Häusern auszogen – was damit einherging, dass ich von zu Hause auszog und mein Vater seine Stelle verlor –, hatte meine Mutter, wie sich herausstellte, schon eine eigene Wohnung gefunden. Wir, die achtzehn Jahre lang Wohnung, Fernsehsofa und Toilette geteilt hatten, zerstreuten uns innerhalb weniger Wochen. »Ich habe nur deinetwegen durchgehalten«, sagte sie bei einem Glas Wein im Restaurant Tennstopet, nachdem sie mir ihre leere Wohnung gezeigt hatte. Es war typisch für sie, einfach die Zeit abzusitzen, ich hatte sie nicht darum gebeten, und es hatte lediglich dazu geführt, dass sie in meiner Anwesenheit zugeknöpft und geheimnisvoll gewesen war. Das Museum erlaubte meinem Vater weiterhin, dort zu sitzen und mit den Sammlungen und Katalogen zu werkeln, ich habe den Verdacht, dass sie eigentlich nicht auf ihn verzichten konnten. Er zog in eine Studentenwohnung nach Lappis. Noch heute sitzt er dort im Museum, über ein Formalinglas gebeugt, Auge in Auge mit einem alten Tintenfisch. Meinen Vater so zu sehen, erfüllt mich immer mit einer besonderen Zärtlichkeit. Vielleicht sind die Tiere die einzigen Wesen, vor denen er nie Angst hatte.

Nach dem Gymnasium verloren Evelina und ich uns aus den Augen, ich begann zu studieren, und sie besuchte irgendein christliches Internat außerhalb von Uppsala. In den Neunzigerjahren sahen wir uns hin und wieder, eines Tages stand sie im Regen vor meinem Studentenzimmer und wollte sich ein Ei borgen, und danach trafen wir uns sporadisch. Einmal lud sie mich zu einem Abendessen zu sich nach Knivsta ein, um mir ihren Freund vorzustellen, ich war neugierig, wen sie sich wohl ausgesucht hatte. Ich sah sofort, dass er ein Arschloch war. Er hatte einen Freund mitgebracht, und die beiden redeten ausschließlich miteinander, wie kleine Jungs auf einem Kindergeburtstag. Sie hatte den Tisch so schön gedeckt, mit Leinenservietten und Blumen in einer Vase, obwohl wir noch so jung waren. Wir saßen ein wenig unbeholfen im bleichen Sommerlicht um den Tisch und hantierten mit den großen Servietten, und noch während der Hummersuppe flüchteten die beiden Typen. Ich war auf die Toilette gegangen, und Evelina hatte in der Küche mit dem Hauptgericht gekämpft, ich wusste, dass ihr so etwas nicht leicht von der Hand ging, und als wir zurückkamen, waren sämtliche Stühle leer, wir suchten überall in der winzigen Wohnung, wir suchten im Treppenhaus, wir lehnten uns sogar aus dem Fenster und spähten hinaus, doch die beiden waren nirgends zu sehen, sie mussten in einen der Pendelzüge Richtung Stadt gestiegen sein, die alle Viertelstunde kamen. Evelina weinte in ihre Hummersuppe.

»Es war doch nur eine Dosensuppe«, versuchte ich sie zu trösten.

Damals wusste ich nicht, was es hieß, so zu lieben, wie sie diesen Kasper liebte, ich hatte mich gerade erst aus dem bequemen Gefängnis meiner Kindheit befreit und war noch nicht richtig bereit, mich jemandem zu unterwerfen. Evelina gehörte zu jenen Menschen, die von anderen immer für etwas einfältig gehalten wurden, sie konnten sich nicht vorstellen, welche Genialität sich hinter einem solchen Gesicht verbarg, diesen clownesken Zügen und den Augen, die so groß und blau waren, dass sie immer ein wenig erstaunt wirkte, ihrem dünnen, flüchtigen, fast weißen Haar. Sie erkannten nicht die Klarheit in ihrem Blick, die Lebendigkeit in ihren Augen. Zu meinem zwanzigsten Geburtstag erschien sie in glänzenden Rotkäppchenschuhen, sie musste bei mir übernachten, als sie den letzten Bus verpasste, wir schliefen eng beieinander in langen Unterhosen und Wollsocken, es war kalt dort, wo ich damals wohnte. Anschließend zogen wir in getrennte Richtungen ins Leben hinaus, und es sollte Jahrzehnte dauern, ehe ich sie wiedersah, ich hörte, sie habe eine Ausbildung zur Diakonin gemacht und in Ecuador und Venezuela gewohnt. Unterwegs war sie Opfer eines Betrügers geworden, das hatte in der Zeitung gestanden, früher dachte ich immer, Frauen, denen so etwas passierte, seien nicht ganz bei Trost mit ihrem kranken Verlangen danach, sich von Diamanten und schönen Worten mitreißen zu lassen, doch jetzt sah ich nur ihre großen, weitaufgerissen Augen vor mir, die die Welt ungefiltert in sich aufzunehmen schienen. Alles wurde von diesen schwarzen, zitternden Pupillen eingesogen und blieb dort. Ich selbst hatte mich in die Wissenschaft gestürzt.

Die Universitätsgebäude, nur einen Steinwurf vom Museum entfernt, waren ausgeblichen, ihre himmelblaue Farbe verblasste genau wie die antiken Gebäude, die einmal farbenfroh gewesen waren; mein Büro lag im neunten Stock. Und als große Teile meines Lebens bereits vorübergezogen waren, wartete ich eines Sonntagabends allein in einem Bankettsaal unter einem riesigen Kristallleuchter darauf, meine Rede über Newton halten zu dürfen – das war mein Lebenswerk und Broterwerb geworden: Newton und einige andere Herren der Wissenschaft –, als Evelina plötzlich vor mir stand, wie einer Luke im Boden entstiegen. Ich war darauf eingestellt, dass jemand aus der Vergangenheit im Publikum auftauchte, das passierte immer wieder, eine ehemalige Mitschülerin oder die Tante eines Verflossenen, eine Weile pflegte auch unsere Religionslehrerin aus Stora Skuggan betrunken in meinen Vorlesungen zu erscheinen. Dies war etwas anderes, es war, als stünde ich selbst als Sechzehnjährige vor mir.

»Hier bist du also?«, fragte sie leise, als wären wir bereits im Gespräch.

Ihre Stimme war nach wie vor heiser, ein wenig brüchig.

»Ja«, sagte ich, »warum sollte ich es *nicht* sein?«

Ich war irritiert. Ich sollte an diesem Abend sprechen, ich war der Anlass für all das, für die Kristallgläser, die große Bühne, die umherirrenden Menschen, und dennoch wunderte sie sich darüber, mir hier zu begegnen. Es war wie mit meiner Mutter, wenn sie ausnahmsweise einen meiner Vorträge hören wollte und wir gemeinsam dorthin gingen; wie sie mich dann durch die Stadt scheuchte, bis ich am Ende stehen blieb und fauchte *Sie werden wohl kaum ohne mich anfangen.* Was sie lediglich als Hochmut auffasste, oder als bloße Einfalt, und dann holte sie mit ihrer Handtasche nach mir aus und eilte mit einem festen Griff um den Knauf ihres Stocks weiter die Straße entlang. Jetzt war sie schon seit einigen Jahren tot, und es nützte wohl kaum noch etwas, sich darüber aufzuregen, das Mütterproblem war teilweise weggefallen.

Evelina lachte sanft.

»Ich meinte bloß, dass ich mich freue, dich zu sehen. Ich konnte mir nur schwer vorstellen, dass es dich immer noch gibt. Ich habe dich ja auf Fotos in der Zeitung und im Fernsehen gesehen, aber das ist nicht dasselbe. Da wirkst du immer so ernst. Ich habe dich gar nicht ernst in Erinnerung.«

»Nein, du warst die Ernste.«

Wir standen schweigend da, sie drehte ihr Glas ein wenig. Ihr Haar war genauso blond wie früher, ich hielt nach grauen Fäden im Gold Ausschau, doch jede Strähne schien noch voll Licht und Leben.

»Ich wusste nicht, dass Newton Jungfrau war. Deswegen bin ich gekommen.«

Dann ging sie. Anschließend hätte ich mich unter die Leute mischen sollen, aber ich war von Evelinas Anwesenheit abgelenkt, wie sie von Grüppchen zu Grüppchen ging und ein paar Worte sagte, ehe sie weiterzog. Normalerweise hütete ich mich vor solchen Veranstaltungen, oft blieb ich den ganzen Abend über bei derselben Person stehen, gelangweilt und doch mit dem Gefühl, meinem Gegenüber alles geben zu wollen, in langen, platten Gesprächen ohne Richtung verloren und unfähig, mich weiterzubewegen. Ich wusste immer schon, was die Leute sagen würden, ich hätte gern vorgespult, es war, als folgten alle einem schlecht oder viel zu gut geschriebenen Drehbuch. Oft ertappte ich mich dabei, in der Zeit voranstürmen zu wollen, aufs Ende zu, all diese Gedanken an die Zukunft, die in Wirklichkeit nur eine Sehnsucht danach waren, dass das Leben endlich vorbei sein wird. An einem Silvesterabend war es mir gelungen, Mitternacht ohne meinen Mann zu verbringen, weil ich auf dem Balkon mit einem anderen Mann festhing, der einsam und ein wenig vom Leben benachteiligt wirkte. Mein Mann hatte sehr darüber gelacht, wie er um Punkt Zwölf allein mit seinem Sektglas herumgestanden hatte. Jetzt befand er sich weit weg, in Kapstadt mit unseren beiden erwachsenen Söhnen. Ich sehnte mich nach ihnen. Die Sehnsucht, die ich gespürt hatte, als sie klein waren und ich von ihnen fortreisen musste, war nichts im Vergleich dazu, was ich jetzt empfand, da sie nie wieder nach Hause zurückkehren würden, oder nur als Fremde.

In unserem letzten Jahr am Gymnasium bildete Evelina sich ein, sie würde ein kleines Jesuskind unter dem Herzen tragen, sie rannte über die Autobahn, um mir die Neuigkeit zu berichten. Ich war davon geschmeichelt, dass sie wirklich glaubte, ich könnte sie schwängern, doch sie weinte vor Schreck. Sie legte meine Hand auf ihren runden Puttenbauch.

»Hast du nicht einfach nur zu viel Kohl gegessen?«, fragte ich.

»Ich hasse Kohl«, sagte sie und weinte noch mehr.

»Und was ist mit Rührkuchen?«

»Genauso war es auch bei der Jungfrau Maria.«

»Jetzt machst du Scherze?«

Sie meinte es ernst, wie immer.

Schließlich nahm ich sie mit in eine Praxis für junge Mädchen wie uns.

»Ich bin definitiv in anderen Umständen«, sagte sie auf dem Weg dorthin, »ich brauche keinen Doktor, um das zu wissen.«

»Aber wie?«, fragte ich.

Sie antwortete nicht, so wie Leute es tun, wenn die Fragen zu dumm sind.

In der Praxis fuhr eine Frau mit einer Lichtmaschine über Evelinas blassen Bauch, darin war es dunkel und still.

»Du hast kein Kind in dir, Schätzchen«, sagte die Frau anschließend. Evelina nickte gehorsam, zog ihren Pullover herunter und sagte, sie verstehe. Doch als wir uns draußen im Park auf eine Bank setzten, flüsterte sie: »Mein Vater wird sich jedenfalls freuen, wenn er hört, dass ich einen kleinen Christus in mir trage.«

»Du«, sagte ich und zwang sie, mich anzusehen, »bist du jetzt verrückt geworden? Ich meine, es macht nichts, wenn du verrückt bist, ich muss nur wissen, ob es so ist.«

Sie sagte, sie sei nicht verrückt, und nach einigen Wochen ließ diese Sache, was auch immer es gewesen war, sie wieder los. Anschließend dachte ich, sie war einfach gezwungen gewesen, sich ihr hinzugeben, sie hatte es gebraucht, um damit leben zu können, dass es uns beide gab. Ich dachte, sie und ich schlugen ein wenig aus unserer Art, wir gehörten eher zu den ausgestorbenen Menschenaffen meines Vaters, die tief im Museum an ihrem künstlichen Feuer hockten und sich bis in alle Ewigkeit wärmten. Die schmal zulaufende Stirn, die Behaarung, der träge und zugleich wachsame Blick, das primitive Begehren; das waren *unsere* Blicke. Vielleicht waren wir aber auch nur gewöhnliche Dämonenkinder. Wenn ich früher als Kind in den Sammlungen umhergegangen war, hatte ich meinen Vater oft betrachtet und überlegt, ob er unter seinem weißen Kittel auch ein Affe war, so nah schien er diesen Wesen, die vor langer Zeit gelebt hatten. Abends hatte ich dann meinen Körper nach Zeichen dafür abgesucht, ob ich auch ein Menschenaffe war, es gab ein schmales Band aus dunklem Haar, das aus meinem Pagenkopf den Rücken hinabwuchs und mich verriet. Evelina strich mit dem Finger über diesen Streifen, wenn ich auf dem Bauch lag und döste.

Allen gefiel es, dass Newton Jungfrau gewesen war. Wie Jeanne d'Arc, sagte ich immer, wie H. C. Andersen, wie Norman Bates und Lewis Carroll mit seinem Kaninchenbau. Am Tag nach dem Vortrag wartete Evelina vor der Universität auf mich, als ich herauskam, wir gingen ein Stück zusammen, und als hätten wir es geplant, landeten wir im Labyrinth unserer Kindheit bei Belleville, im grünen Dunkel dort. Es gehörte uns, der Boden war so weich und roch so gut, ein Geruch nach Geburt.

»Willst du hineingehen?«, fragte Evelina und lief voran. Ich sah zu den Sonnenschatten, die sich auf ihrem Mantel bewegten, während sie vor mir ging, ich sah auf meine Füße herab, die hinter ihr her trampelten, wie sie es immer getan hatten. In der Tiefe des Labyrinths durfte man sich etwas wünschen, aber keine von uns hatte eine Münze dabei. Die meiste Zeit waren wir schweigend spaziert, ich hatte ein wenig mehr über Newton erzählt. Immer wieder Newton, wenn die Leute wüssten, wie leid ich ihn und seine endlosen wissenschaftlichen Dispute war.

»Willst du gar nichts über mein Leben wissen?«, fragte sie, als wir mitten im Labyrinth standen, ein Sonnenfleck irrte auf ihrem Gesicht umher.

»Doch, schon.«

»Ich bin immer noch Jungfrau«, sagte sie dann schnell, ehe mir eine Frage einfiel. Ich lachte laut.

»Bist du nicht.«

»Doch.«

»Wie kannst du so etwas zu mir sagen?«

»Das meint jedenfalls die Ärztin.«

Sie schwieg, ich blickte auf den Sonnenfleck, der ihr eines Auge erleuchtete, sie war immer noch so schön, dass es mir unpassend vorkam. Ich dachte an uns beide in der Victoriaseerose, das sanfte rosafarbene Licht darin, wie leicht wir gewesen waren, und dass sie uns heute nicht mehr tragen würde.

»Hast du damals wirklich geglaubt, du hättest einen Jesus im Bauch?«

Sie bohrte ihre Zehenspitzen in den Boden.

»Ich weiß es nicht. Vielleicht. Es war ein solches Wunder, was damals zwischen uns war.«

»Findest du?«

»Ja, natürlich.«

Ich brauchte den Pfarrer nicht zu erwähnen, er war dort im Labyrinth bei uns mit seinem aufgebauschten, unbändigen Haar und seinen schwarzen Augen, immer wenn sie zu mir zurückkam, ließ sie mich mit der Hand über die frischen Blessuren streichen.

»Das Leben hat ihm ziemlich übel mitgespielt«, sagte sie milde, gewissermaßen neutral.

»Das freut mich.«

Sie betrachtete mich, ihre Augen waren groß und reglos, ihre Pupillen weiteten sich: »Ohne diese blauen Flecken wäre ich untergegangen. Hast du das nicht verstanden?«

Wir gingen durch das Labyrinth und weiter bis unter die Eichen auf Djurgården, sie standen noch genauso da wie vor hundert Jahren, unerschütterlich, unsterblich. Wir sagten nichts, es gab nicht viel zu sagen, denn für das Wichtigste im Leben fehlen Worte. Jetzt, da ich neben ihr ging, hatte ich dieses starke Rilke-Gefühl wie schon einige Male zuvor im Leben, und immer, wenn es mich erfasste, nahm mein Leben eine Wendung. Das eine Mal, als ich im Louvre in Paris einen Torso von Apollo gesehen und ihn mit Ikaros verwechselt hatte und wieder nach Schweden gefahren und im letzten Semester mein Medizinstudium abgebrochen hatte, ein anderes Mal, als ich ein Porträt von Isaac Newton gesehen hatte, ohne zu wissen, wer er war. Ich betrachtete Evelina und mich wie von hoch oben, während wir vom Frühlingsduft umschlossen unter den Baumkronen entlanggingen, ohne eine Ahnung zu haben, wer wir waren und wohin wir gingen; als säße ich auf einem Stern weit draußen im Weltall.

Aus dem Schwedischen von Ursel Allenstein

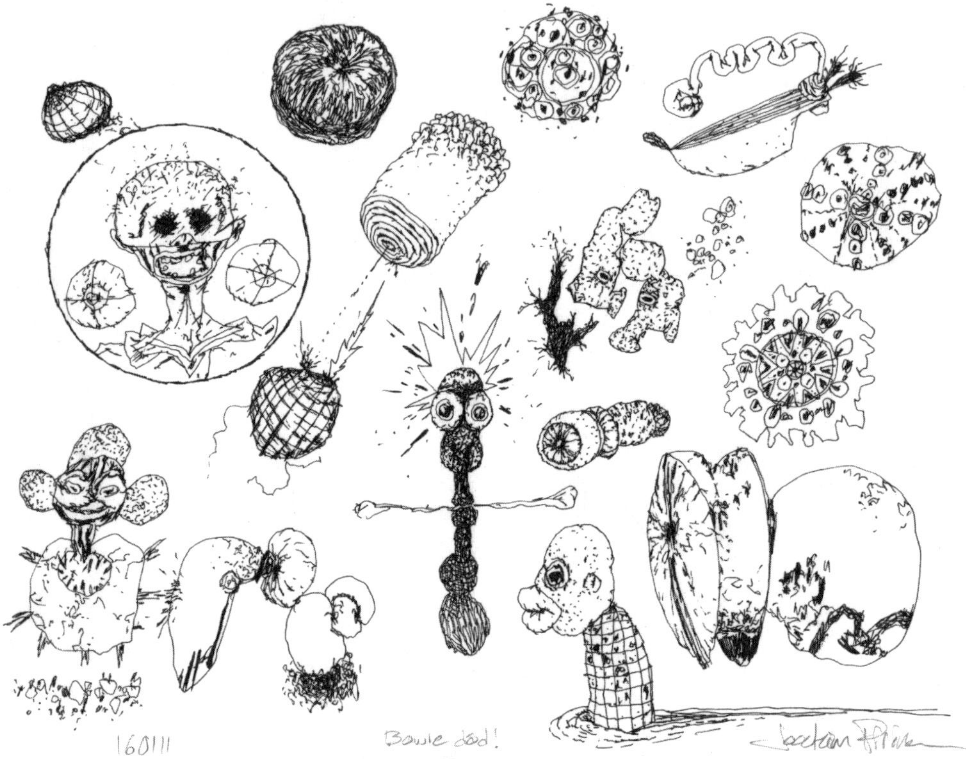
160111
Bowie död!

Jenny Tunedal

Wir versuchen uns hier an einer Gesellschaft

Ein Gespenst geht um in Bredäng-Mitte
Es ist am schönsten, wenn es dämmert und graut
Was du nicht weißt, kann dir niemand nehmen
Ich wusste nicht, dass Liebe sterben kann
In Bredäng-Mitte weht der Wind durch die Magnolie

Die Kinder tollen vor einem Planschbecken herum
Du kannst mich nicht nehmen, kannst mir nicht
nehmen, was ich schon nicht habe
Es ist schwer, ängstlich zu sein, wenn man älter ist
Die Kinder spielen, als sähe niemand zu

Die Häuser sind die hohen hellen Körper
Niemand weiß, wann die Trauer endet
Durch den Abend werden Schwalben stürzen
Ich wünschte, niemand ginge hinaus
Bisher versinken weder Häuser noch die Sonne

Die Mütter der Kinder schleppen Einkaufstüten
Was sie getan haben, spielt keine Rolle
Auf dem Spazierweg schnappen die Hunde über
wegen einander oder wegen der Möwen in der Luft
Was sie getan haben, spielt keine Rolle

Die Kinder spielen, sie hätten keine Zukunft
Sie wissen, jeden Tag geht die Sonne auf
und man darf nie jemandem etwas kaputtmachen
oder jemandem die Hoffnung rauben
Die Kinder spielen am Abend ewiges Leben

Eine Nachbarin raucht auf dem Balkon
Tausend Schwalben heulen im Flug
über den blauen Himmel oder durch
die Abende brennt die Glut durch Wolken
Eine Nachbarin auf dem Balkon hat eine Lampe

Sie sagte: Liebste, es ist richtig, zu rebellieren
Ich sagte: Ich traue mich nicht und weiß nicht wie
Sie sagte: Die Zeit nimmt dir trotzdem
was du nicht hast, wie du längst weißt
Sie sagte: Liebste, du bist jetzt schon die Letzte

Die Kinder haben Namen, die sich reimen
wenn man sie reinruft, während die U-Bahn
alle Geräusche und Fragen ertränkt
Menschen strömen über den Platz, der leer war
Und die Kinder rufen immerzu Mama

Die Nachbarin sagt, sie vermisse ihre Schwestern
Sie kam her, um glücklich zu sein mit ihrer Frau
Sie kam her, weil sie kein Geld hatte
Mit ihren Kindern für die Kinderfürsorge
Ich kam her, weil ich nicht sterben wollte

Die Nachbarin ascht in einen Hibiskuskübel
Trotzdem wird er hier niemals so schön
doch tief drinnen leuchten rote Lippen
Vielleicht sehnen wir uns ständig nach allen
Ich asche und gehe rein zu mir und meinem

Die Häuser sind elterngleiche Körper
mit gleich viel Platz für jeden
alles identisch, nur spiegelverkehrt
Bei einem Beben tut man kein Auge zu
Doch die großen bleiben immer stehen

Licht ist die Abwesenheit von Dunkelheit
Dann wird alles fallen und einstürzen
Vielleicht glaubst du nicht, dass der Herbst kommt
Die Mutter von jemand anders überlebt die Nacht
Licht ist die Abwesenheit von Trost

Wenn alle Häuser identisch sind
Wenn sich alle ihr Zimmer teilen
Wenn niemand in die Spüle weinen muss
Wenn alle einen verglasten Balkon bekommen
Wenn alle gleich lange leben

Wenn niemand anderen Lügen schreibt
Wenn wir eine Art Antwort füreinander haben
Wenn niemand zu weit weg lebt vom Meer
Da wird immer jemand sein, der um Geld bittet
Und niemand geht vorbei, ohne etwas zu geben

Manche Tage lassen sich nicht zählen
Sie zerfließen miteinander in grauem Schimmer
Die Häuser haben die Farbe des Bodens
Als lenke der Winter von allem ab
und niemand schafft mehr einen Schritt

Es spielt keine Rolle, wer wach ist
Es spielt keine Rolle, wenn niemand zuhört
Die Tage treiben umher im Schnee und weinen
Ein Radio soll laufen mit den Wellen des Meers
Wenn wir etwas haben, dann die Nacht

Sag etwas Kluges über alles, was zerbrochen ist
Über Ewigkeit und Einzigkeit und Leere
über unser aller totale Einsamkeit
Du hast gesagt, der Abstand sei wichtig
Ich sagte: Für ein Haus reichen fünfzig Meter

Niemand hat Zeit, immer wach zu sein
Nachts zählt niemand alle Lichter
Lampe Leuchte Fernlicht Seelicht Feuer
Niemand liegt draußen und friert
Jemand sterben zu lassen, ist gegen das Gesetz

Am Fenster ziehen Vögel vorbei
So ist das in hohen Häusern
Tauben oder Schwalben oder Saatkrähen
Kaum sichtbare Spatzen
Aber warum schreit die Kohlmeise im Dunkeln

Das Ziel ist, dass alles ein Garten wird
Ziemlich grün, mit hohen Bäumen, viel Gras
Die Autos dürfen nicht hindurchfahren
Man darf schnell radeln und Kinder langsam
Das Ziel ist, dass es Hoffnung gibt

Zum Zentrum gehen die meisten im Halbschlaf
Es ist ein Morgen, als gäbe es die Sonne nicht
Ein paar Kinder tragen bereits dicke Overalls
Ein paar Erwachsene halten es kaum aus
Wenn Augen einander anstrahlen

Niemand weiß von allein, wie die andere heißt
Man sieht, wie alle heimwärts streben
Nichts kann es verbergen
wenn viele Menschen schlafen und
versuchen sollen, drinnen ruhig zu sein

Nachts dampft es in der Dunkelheit
Obwohl alle Waschkeller verschlossen sind
Während tausend Körper schlafen und versuchen
Der Nebel besteht aus müden Träumen
die Körper hervorbringen, wenn sie können

Jemand macht Licht auf dem Balkon
Jemand raucht drinnen für sich allein
Jemand trinkt Kaffee vor dem Fernseher
als gäbe es keinen nächsten Tag
Und die Kinder schlafen schon oder nie

Sie brauchen Kraft, um den ganzen Tag zu leben
Wie Liebe oder Träume oder Versprechen
an jemand gerichtet, als sie gebrochen wurden
Du weißt, es ist in Ordnung, nicht mehr zu hoffen
Aber es ist schwerer, nicht sterben zu wollen

Es ist so leicht, in einem Hochhaus schlaflos zu sein
Es ist leicht, allein unter einer Eiche zu sitzen
Nachts leuchten so viele Laternen
Es ist leicht, durch sich selbst unterzugehen
So viele werden bald schon blühen

*

Ein Gespenst geht um in Bredäng-Mitte
Es ist so kalt, dass niemand an den Frühling glaubt
Doch abends funkelt der Regen im Gras
Die Kinder rufen Namen so laut, so glücklich
So viele Male, und sie beeilt sich zu gehen

Das Gespenst kläfft zwischen den Häusern, dass es hallt
Das Gespenst echot zwischen den Eichen, die noch stehen
wie alte Versprechen, es sei genug da für alle
Sie haben jetzt eine Krankheit, die an den Blättern zehrt
Das Gespenst kläfft zwischen den Häusern, die noch stehen

Aus dem Schwedischen von Stefan Pluschkat

Die Autor:innen, Künstler:innen & Übersetzer:innen

Ursel Allenstein, geb. 1978, hat u. a. Werke von Sara Stridsberg, Johan Harstad und Tove Ditlevsen übersetzt. Für ihre Übersetzungen aus dem Dänischen, Schwedischen und Norwegischen wurde sie vielfach ausgezeichnet, zuletzt mit dem Jane Scatcherd-Preis der Ledig-Rowohlt-Stiftung.

Thorsten Alms, geb. 1966, studierte Skandinavistik an den Universitäten Bonn und Lund. Er übersetzt aus dem Schwedischen, Dänischen und Norwegischen, aktuell Werke von Jens Liljestrand, John Ajvide Lindqvist und Lars Kepler.

Thomas Altefrohne, geb. 1991, studierte Interdisziplinäre Niederlandistik mit dem Schwerpunkt Kulturtransfer und literarisches Übersetzen und Skandinavische Studien an der Universitäten Münster. Nach seinem Abschluss arbeitete er unter anderem als Mitarbeiter an der Universität in Münster und übersetzt Literatur.

Johannes Anyuru, geb. 1979 in Borås, gilt als einer der wichtigsten Autoren seiner Generation. 2003 debütierte er mit der Gedichtsammlung *Det är bara gudarna som är nya* (Nur die Götter sind neu), der bislang zwei weitere Lyrikbände sowie drei Romane folgten. Sein Werk ist mit zahlreichen Preisen ausgezeichnet worden, u. a. mit dem Augustpreis für das beste schwedische Buch 2017 für den Roman *De kommer att drunkna i sina mödrars tårar* (Sie werden in den Tränen ihrer Mütter ertrinken). Das Langgedicht *Asche* in diesem Band stammt aus *Strömavbrottets barn* (Die Kinder des Stromausfalls), Norstedts, Stockholm 2018.

Arazo Arif, geb. 1991, studierte Literarische Gestaltung an der Akademie Valand in Göteborg. Sie arbeitet als Lyrikerin, Drehbuchautorin und multimediale Künstlerin. Die Auswahl stamt aus dem Gedichtband *mörkret inuti och fukten* (dunkel innen und feucht), Albert Bonniers, Stockholm 2020.

Paul Berf, geb. 1963, studierte Germanistik, Skandinavistik und Anglistik in Köln und Uppsala. Seit 1999 übersetzt er aus dem Schwedischen und Norwegischen u. a. Werke von Stig Dagerman, Aris Fioretos und Karl Ove Knausgård. Mitherausgeber dieses Bands.

Aase Berg, geb. 1967 in Stockholm ist Schriftstellerin und Literaturkritikerin. Sie debütierte 1997 mit der Gedichtsammlung *Hos rådjur* (Bei Rehen) und hat seither Lyrik, Essays, ein Jugendbuch und einen Roman veröffentlicht. Für ihr Werk wurde sie u. a. mit dem Literaturpreis der Tageszeitung Aftonbladet ausgezeichnet. Der Text *Vito* in diesem Band stammt aus ihrem neuesten Buch *Spöket* (Das Gepenst), Kaunitz-Olsson, Stockholm 2022. Mitherausgeberin dieses Bands.

Helena Boberg, geb. 1974, ist Lyrikerin und arbeitet darüber hinaus als Übersetzerin. Ihre dritte Gedichtsammlung wurde für *Sveriges Radios lyrikpris 2021* nominiert. Ausgewählt wurden hier Texte aus ihrer vierten Gedichtsammlung *Röd melankoli* (Rote Melancholie), Norstedts, Stockholm 2022.

Elis Monteverde Burrau, geb. 1992, lebt und arbeitet als Schriftsteller und Lyriker in Stockholm. Seine erste Gedichtsammlung *Och vi fortsatte att göra någonting rörande* (Und wir fuhren fort, etwas Rührendes zu tun) wurde für *Borås Tidnings debutantpris 2016* nominiert. Ausgewählt wurden Gedichte aus *Röda dagar* (Rote Tage), 10tal Bok, Stockholm 2017 sowie bisher unveröffentlichte Gedichte.

Nina Burton, geb. 1946, ist Lyrikerin und Essayistin sowie Mitglied der literarischen Gesellschaft *De Nio* und der Schwedischen Wissenschaftsakademie. Für ihre Bücher ist sie vielfach ausgezeichnet worden, u a. mit dem Augustpreis 2016 für ihr Buch über Erasmus von Rotterdam und seine Zeit *Gutenberggalaxens nova* (Die Nova der Gutenberggalaxie). Ihr Essay über Nils Holgersson stammt aus *De Nios litterära kalender 2007*

(Der literarische Kalender der Neun 2007), Norstedts, Stockholm 2007.

Justus Carl, geb. 1991, studierte Politikwissenschaften, Romanistik und Skandinavistik in Frankfurt a. M. Seit 2017 übersetzt er aus dem Schwedischen, Dänischen und Norwegischen. Er lebt und arbeitet in Heppenheim an der hessischen Bergstraße.

Susanne Dahmann, geb. 1962, studierte Geschichte, Skandinavistik und Philosophie und war danach in Vertrieb und Lektorat eines Sachbuchverlags tätig. Seit 1993 arbeitet sie als freie Übersetzerin in Marbach am Neckar.

Johanna Frid, geb. 1988, studierte Kulturvermittlung an der Syddansk Universitet und debütierte 2017 mit der Gedichtsammlung *Familieepos* (Familienepos). Sie lebt und arbeitet in Kopenhagen. Auszug aus ihrem ersten Roman *Nora eller Brinn Oslo brinn* (Nora oder Brenne, Oslo, brenne), Ellerströms, Malmö 2018.

Helena Granström, geb. 1983, studierte theoretische und mathematische Physik und arbeitet heute als Schriftstellerin und Kulturjournalistin. Sie veröffentlichte mehrere Romane und Essaybände und ist für ihr Werk mehrfach ausgezeichnet worden. Der Essay *Känslan bakom känslan* (Das Gefühl hinter dem Gefühl) stammt aus *De Nios litterära kalender 2018* (Der literarische Kalender der Neun 2018), Norstedts, Stockholm 2018.

Hanna Granz, geb. 1977, studierte Literaturwissenschaften und Skandinavistik in Bonn. Seit 2012 ist sie als freie Übersetzerin tätig und hat u. a. Werke von Tove Alsterdal, Gøhril Gabrielsen, Patrik Svensson und Alex Schulman übersetzt.

Jonas Gren, geb. 1981 in Stockholm, lebt heute in Uppsala. Er ist Lyriker und hat seit seinem Debüt 2014 bisher fünf Gedichtsammlungen veröffentlicht. Dieses Jahr erscheint sein erster Roman *Kromosomparken* (Der Chromosomenpark). Außerdem ist er Mitbesitzer des Kunstzentrums Ställbergs gruva und veröffentlicht Artikel zu Literatur und Umweltschutz. Die hier abgedruckten Gedichte stammen aus seiner vierten Gedichtsammlung *Dälden, där de blommar* (Der Wiesengrund, wo sie blühen), 10tal Bok, Stockholm 2018.

Johanne Lykke Holm, geb. 1987, lebt und arbeitet als Schriftstellerin und Übersetzerin aus dem Dänischen in Kopenhagen, wo sie mit der dänischen Autorin Olga Ravn Literarisches Schreiben unterrichtet. Mit ihrem zweiten Roman *Strega* wurde sie 2021 für den Literaturpreis des Nordischen Rats nominiert. Der Text in diesem Band ist ein Auszug aus dem noch unveröffentlichten Roman *Röd sol* (Rote Sonne).

Johan Jönson, geb. 1966, ist Lyriker und hat seit seinem Debüt 1992 eine lange Reihe von Gedichtbänden vorgelegt. Der Durchbruch bei Kritik und Publikum gelang ihm 2008 mit dem Band *Efter arbetsschema* (Nach dem Arbeitsplan) für den ihm der Literaturpreis der Tageszeitung Aftonbladet verliehen wurde. Es folgten zahlreiche weitere Auszeichnungen. Zuletzt erhielt er für den Doppelband *Marginalia/Xterminalia* 2019 den Lyrikpreis des Schwedischen Rundfunks. Die hier abgedruckten Gedichte stammen aus der mehr als zweitausend Seiten langen Sammlung *ProponeisiS*, Albert Bonniers, Stockholm 2021.

Sven Olov Karlsson, geb. 1971 in Norberg in Västmanland ist Schriftsteller und Journalist. Er debütierte 2003 mit dem Roman *Italienaren* (Der Italiener) und hat seither zwei weitere Romane sowie Erzählungen und literarische Reportagen veröffentlicht, u. a. *Brandvakten* (Die Brandwache) über den größten Waldbrand in Schweden in moderner Zeit. Der Text in diesem Band ist ein Auszug aus seinem zweiten Roman *Amerikahuset* (Das Amerikahaus), Natur & Kultur, Stockholm 2008.

Therese Korritter, geb. 1990 in Dresden, studierte nach der Ausbildung an der Palucca Hochschule für Tanz Skandinavistik und Literaturwissenschaft in Berlin, Strasbourg und Uppsala. Sie lebt und arbeitet in Stockholm und Berlin.

Lena Kvist, geb. 1966 in Borås, ist Kultur- und Gesellschafsjournalistin mit den Schwerpunkten Literatur und Fotokunst. 2009 bis 2020 war sie verantwortlich für den Preis der Tageszeitung Borås Tidning für das beste literarische Debüt. Der

Text *Der Grand Canyon ist da drüben* stammt aus Jan Töves Buch *Faraway Nearby*, Hatje Cantz, Berlin 2017.

Hannes Langendörfer, geb. 1975 in Heidelberg, studierte in Freiburg und Uppsala Skandinavistik und Germanistik. Er lebt als Übersetzer aus dem Dänischen, Schwedischen und Englischen in Berlin.

Kristoffer Leandoer, geb. 1962 in Stockholm, arbeitet als Schriftsteller, Übersetzer und Literaturkritiker. 1987 debütierte er mit der Gedichtsammlung *Dykarklocka* (Taucherglocke), der zahlreiche Gedichtbände und essayistische Werke folgten. Für sein Werk hat er zahlreiche Auszeichnungen erhalten. Er übersetzt Literatur aus dem Französischen und Englisch, u. a. von Emmanuel Carrère, Neil Gaiman und Marcel Schwob. Der Text *Eine Abkürzung durch den Wald* erschien in der Kulturzeitschrift *Hjärnstorm* (Gehirnsturm), Nr. 146/147, 2022.

Mara Lee, geb. 1972, ist Schriftstellerin und Professorin für Kunsttheorie und Kunstgeschichte. Sie veröffentlichte mehrere Lyrikbände und Romane. Ihre bisher letzte Gedichtsammlung *Kärleken och hatet* (Die Liebe und der Hass) wurde 2018 mit dem Gerard Bonniers Lyrikpreis ausgezeichnet. Auch ihre Prosawerke wurden mehrfach ausgezeichnet. Die Gedichtsuite *Der Geschmack von Fleisch, ein Motiv* ist ein Originalbeitrag für diesen *horen*-Band.

Agnes Lidbeck, geb. 1981, arbeitet als Schriftstellerin und Analytikerin beim Schwedischen Institut in Stockholm. Für ihren Debütroman *Finna sig* erhielt sie 2017 den Preis für das beste literarische Debüt der Tageszeitung *Borås Tidning*. Seither hat sie eine Gedichtsammlung und drei weitere Romane veröffentlicht. Der Text ist ein Auszug aus ihrem Roman *Finna sig* (Sich abfinden), Norstedts, Stockholm 2017.

Ida Linde, geb. 1980, aufgewachsen im nordschwedischen Umeå, lebt heute als Prosaautorin und Lyrikerin in Stockholm. Für ihren Roman *Norrut åker man för att dö* wurde sie mehrfach ausgezeichnet. Zusammen mit Athena Farrokhzad ist sie künstlerische Leiterin der Internationalen Literaturbühne Stockholm. *Das Zimmer der Erhängten* ist ein Auszug aus dem Roman *Norrut åker man för att dö* (Nach Norden fährt man, um zu sterben), Norstedts, Stockholm 2014.

Erik Lindman Mata, geb. 1992 in Mérida, Venezuela, wuchs auf der Insel Gotland auf und lebt heute in Stockholm. Er hat Philosophie und Komposition studiert und arbeitet heute als Lyriker, Übersetzer und Redakteur der Zeitschrift *Kris och kritik* (Krise und Kritik). Für seine erste Gedichtsammlung *Pur* (2020) erhielt er die beiden wichtigsten Preise für das beste literarische Debüt des Jahres. Ausgewählt wurden Gedichte aus seinem zweiten Buch *Liten lek* (Kleines Spiel), Nirstedt, Stockholm 2021.

Iman Mohammed, geb. 1987, lebt und arbeitet als Schriftstellerin und Übersetzerin von Lyrik aus dem Englischen in Malmö. Die Texte in diesem Band stammen aus ihrer ersten Gedichtsammlung *Bakom trädet ryggar* (Hinter dem Baum Rücken), Norstedts, Stockholm 2018. Das Buch wurde von der Kritik gefeiert und ist in mehrere Sprachen übersetzt worden.

Martina Montelius, geb. 1975 in Stockholm, hat seit 2013 mehrere Romane und Theaterstücke veröffentlicht und ist darüber hinaus als Theaterregisseurin und Kulturjournalistin tätig. Sie ist künstlerische Leiterin des Theaters Brunnsgatan fyra. Der Text in diesem Band ist ein Auszug aus ihrem ersten Roman *Främlingsleguanen* (Der Fremdenleguan), Atlas, Stockholm 2013.

Martina Müntzing, geb. 1968 in Helsingborg, studierte Kunst an der Kunsthochschule in Stockholm, wo sie heute lebt. Ihre Gemälde, die in einer realistischen Maltradition stehen, sind in zahlreichen schwedischen Museen vertreten.

Fredrik Nyberg, geb. 1968, gehört zu den wichtigsten schwedischen Lyrikern seiner Generation und hat für sein Werk zahlreiche Auszeichnungen erhalten. Er lebt und arbeitet in Göteborg, wo er Literarische Gestaltung an der Akademie Valand unterrichtet. Ausgewählt wurden Texte aus *Ruiner* (Ruinen), Norstedts, Stockholm 2021.

Ulf Karl Olov Nilsson (UKON), geb. 1965 im nordschwedischen Robertsfors, lebt heute als Schriftsteller und Psychoanalytiker in Göteborg. Seit seinem Debüt 1990 mit der Gedichsammlung *Kung-kung* (König-König) hat er eine Reihe von Lyrik- und Essaybänden veröffentlicht, zuletzt das Buch *Röstautograferna* (Die Stimmautographen), eine Mischung aus Essay und Lyrik. Der Text *Die Poetik der Demenz* in diesem Band stammt aus seinem Buch *Glömskans bibliotek* (Die Bibliothek des Vergessens), Norstedts, Stockholm 2016.

Sarah Onkels, geb. 1986, studierte Skandinavistik und Keltologie in Bonn, Köln und Turku. Sie übersetzt aus dem Finnischen und Schwedischen und lebt nach Stationen in Finnland und Kanada in Troisdorf bei Bonn.

Joakim Pirinen, geb. 1961 in Solna bei Stockholm, gehört zu den bekanntesten Comiczeichnern Schwedens, arbeitet aber auch als bildender Künstler, Illustrator, Schriftsteller und Dramatiker. Der Durchbruch gelang ihm bereits 1985 mit der Figur *Socker-Conny* (Zucker-Conny) im gleichnamigen Buch. Die Zeichnungen und Skizzen hat der Künstler exklusiv für diesen Band zur Verfügung gestellt.

Stefan Pluschkat, geb. 1982, studierte Komparatistik und Philosophie in Bochum und Göteborg. Er übersetzt aus dem Schwedischen und Norwegischen, u. a. Werke von Lina Wolff und Simon Stålenhag.

Nora Pröfrock, geb. 1981, studierte Skandinavistik, Komparatistik und Literarisches Übersetzen aus dem Englischen. Sie übersetzt aus dem Norwegischen, Dänischen, Schwedischen und Englischen u. a. Werke von Marta Breen, Leonora Christina Skov und Jonas Moström.

Hanna Rajs, geb. 1991 in Stockholm, hat seit ihrem Debüt 2018 mit der Gedichtsammlung *Armarna* (Die Arme) eine weitere Gedichtsammlung und einen autobiografischen Roman veröffentlicht. Außerdem gestaltet sie bei der Jüdischen Gemeinde Stockholm Kulturprogramme für Kinder. Die Gedichte in diesem Band stammen aus ihrer zweiten Gedichtsammlung *Under månen* (Unter dem Mond), Albert Bonniers, Stockholm 2020.

Elke Ranzinger, geb. 1980, studierte Theaterwissenschaft, Nordistik und Neuere Deutsche Literatur in München und Bergen. Nach mehreren Jahren als Schauspieldramaturgin am Landestheater Linz übersetzt sie seit 2015 norwegische und schwedische Prosa, Lyrik, Dramatik und Musicals, u. a. Werke von Merethe Lindstrøm, Helga Flatland, Kayo Mpoyi, Eirik Fauske und Tore Renberg.

Hanna-Linnea Rengfors, geb. 1981 in Skokloster, studierte Literarische Gestaltung an der Akadmie Valand in Göteborg und gibt heute selbst Schreibkurse an der Volkshochschule Jakobsberg. 2020 debütierte sie mit der Gedichtsammlung *Närhetsprincipen* (Das Näheprinzip). Der Text in diesem Band ist ein Auszug aus ihrem ersten Roman *Candy*, it-lit, Göteborg 2020.

Tone Schunnesson, geb. 1988 in Svedala, lebt heute als Schriftstellerin, Dramatikerin und Kulturjournalistin in Stockholm. Sie hat bislang zwei Romane veröffentlicht, die für mehrere Literaturpreise nominiert waren. Der Text *Trips und andere Reisen* stammt aus dem Buch *Tripprapporter* (Tripberichte), Norstedts, Stockholm 2017.

Fredrik Sjöberg, geb. 1958, studierte Biologie und Geologie und lebt heute als Schriftsteller und Kulturjournalist auf der Schäreninsel Runmarö nahe Stockholm. 2015 wurde er mit dem Essaypreis der Schwedischen Akademie ausgezeichnet. *Morgen ist ein anderer Tag. Über Martina Müntzing* ist eine gekürzte Textfassung aus *I morgon är en annan dag* (Morgen ist ein anderer Tag), Kaunitz-Olsson, Stockholm 2019.

Daniel Sjölin, geb. 1977 in Bålsta, ist Schriftsteller und Kulturjournalist. Er debütierte 2002 mit dem Roman *Oron bror* (Die Unruhe Bruder), für den er den Preis der Borås tidning für das beste literarische Debüt erhielt. Es folgten weitere Romane, außerdem war er sieben Jahre lang Moderator des Literaturprogramms *Babel* im schwedischen Fernsehen. Der Text in diesem Band ist ein Auszug aus seinem neuen Roman *Underskottet* (Schwund), Norstedts, Stockholm 2022.

Clara Sondermann, geb. 1990, studierte Skandinavistik und Literatur in Berlin und Reykjavík. Sie übersetzt aus dem Schwedischen und Norwegischen, u. a. die Autorinnen Athena Farrokhzad und Jenny Hval.

Sara Stridsberg, geb. 1972 in Solna bei Stockholm, ist Schriftstellerin und Dramatikerin und gilt als eine der bedeutendsten Autorinnen ihrer Generation. 2004 debütierte sie mit dem Roman *Happy Sally*. Der Durchbruch in Schweden und international gelang ihr 2006 mit ihrem zweiten Roman *Drömfakulteten* (Traumfabrik) für den sie mit dem Literaturpreis des Nordischen Rats ausgezeichnet wurde. Es folgten drei weitere Romane sowie Theaterstücke, für die sie zahlreiche Auszeichnungen erhielt. Die Erzählung *Die Victoriaseerose* stammt aus ihrem bisher letzten Buch *Hunter i Huskvarna* (Hunter in Huskvarna), Albert Bonniers, Stockholm 2021.

Andrzej Tichý, geb. 1978 in Prag, lebt heute in Malmö. Er debütierte 2005 mit dem Roman *Sex liter luft* (Sechs Liter Luft), für den er den Preis für das beste literarische Debüt der Tageszeitung Borås Tidning erhielt. Es folgten weitere Romane und Erzählungen, für die er mehrfach ausgezeichnet wurde. Die Erzählung *In den Wellen* stammt aus dem Band *Renheten* (Die Reinheit), Albert Bonniers, Stockholm 2020.

Jan Töve, geb. 1958 im westschwedischen Töve, lebt heute wieder in seiner ländlich geprägten Heimatregion. Seit 1994 ist er als freier Fotograf tätig und hat neben zahlreichen Ausstellungen in Schweden und international seit 1996 eine Reihe von Büchern veröffentlicht, zuletzt *Grusväg* (Schotterstraße), Neva Books, Rimforsa 2022. Die Bilder in diesem Heft stammen aus seinem Band *Faraway/Nearby* (Weit entfernt, ganz nah), Hatje Cantz, Berlin 2017.

Jenny Tunedal, geb. 1973 in Malmö, lebt heute in Skärholmen nahe Stockholm. Sie ist Lyrikerin und Übersetzerin und hat bisher sechs Gedichtsammlungen veröffentlicht, für die sie mehrfach ausgezeichnet wurde. Sie ist als Literaturkritikerin und Dozentin für Literarische Gestaltung an der Akademie Valand tätig gewesen und arbeitet heute als Verlagslektorin. Das Gedicht *Wir versuchen uns hier an einer Gesellschaft* stammt aus ihrer neuesten Gedichtsammlung *Dröm, baby, dröm* (Träume, Baby, träume), Wahlström & Widstrand, Stockholm 2022.